NATALIE TIELCKE

Mord auf Reisen

Tödliches St. Tropez

lübbe

Dieser Titel ist auch als Hörbuch und E-Book erschienen

Die Bastei Lübbe AG verfolgt eine nachhaltige Buchproduktion. Wir verwenden Papiere aus nachhaltiger Forstwirtschaft und verzichten darauf, Bücher einzeln in Folie zu verpacken. Wir stellen unsere Bücher in Deutschland und Europa (EU) her und arbeiten mit den Druckereien kontinuierlich an einer positiven Ökobilanz.

MIX
Papier aus verantwortungsvollen Quellen
FSC® C014496
FSC
www.fsc.org

Originalausgabe

Textredaktion: Dr. Ulrike Brandt-Schwarze
Einband-/Umschlagmotive: © shutterstock: RATOCA | Tamiris6 | Elena100 | Ana Gram | Victoria Sergeeva | iri.art | Rasto SK
Satz: 3w+p GmbH, Rimpar (www.3wplusp.de)
Gesetzt aus der Adobe Caslon Pro
Druck und Verarbeitung: GGP Media GmbH, Pößneck
Printed in Germany
ISBN 978-3-404-18825-3

5 4 3 2 1

Sie finden uns im Internet unter luebbe.de
Bitte beachten Sie auch: lesejury.de

Für Gravy

»Ich glaube, dass die Angst, die man hat, wenn man an
einem Abgrund steht,
in Wahrheit vielmehr eine Sehnsucht ist. Eine Sehnsucht,
sich fallen zu lassen
– oder die Arme auszubreiten und zu fliegen.«
Isabel Abedi

Prolog

Saint-Tropez

Louis Bernart hasste Wandern. Es gab viele Dinge, die der französische Kommissar liebte. Sein Wasserbett, schweren Rotwein, Musik aus den 50er-Jahren, ein gutes Buch in seinem Ledersessel mit Massagefunktion. Außerdem natürlich seine Frau und seine beiden Töchter – auch wenn die es ihm beizeiten mit pubertärem Gehabe schwermachten. Doch er war kein besonders großer Freund von Bewegung. Sein Körper dankte es ihm mit steifen Gelenken und einer Wampe, die bald so voluminös sein würde, dass er seine Füße nicht mehr sehen könnte. Trotzdem fühlte er sich wohl in seiner Haut.

Das Wetter war an diesem Freitagmorgen genau nach seinem Geschmack. Sonnig, aber nicht zu heiß. Mit einer leichten Brise. Dementsprechend hatte es viele Einheimische und Touristen hinaus ins Hinterland von Saint-Tropez gezogen. Heute früh um sieben Uhr – noch etwas, dass Bernart nicht verstand: Menschen, die gerne wanderten und dazu auch noch freiwillig so früh aufstanden – war die Meldung eingegangen, dass eine Gruppe Wanderer eine Leiche gefunden hatte. Das Massif des Maures war ein beliebtes Ziel für Naturfreunde. Und nun wurde ausgerechnet er zum Fundort bestellt. Ob es sich dabei auch um den Tatort handelte, ließ sich noch nicht sagen.

Bernart blieb keine Wahl. Es gab keine Abkürzung zu der Stelle, die ihm sein GPS anzeigte. Er parkte am Moulin Saint Roche in Grimaud und folgte dem Weg unterhalb der alten Mühle. Stufen führten zu einer Quelle hinab, Stufe um Stufe sagten seine Knie ihm, dass sie lieber im Bett geblieben wären. Er erreichte den Fluss La Garde und folgte ihm bis zu einer Steinbrücke, wo er kurz haltmachte und sich umsah. Sie stammte aus dem Mittelalter und wurde Feenbrücke genannt. Als seine Töchter noch klein waren, waren sie manchmal hier gewesen und hatten nach Feen Ausschau gehalten. Damit waren aber nicht die Fabelwesen, sondern die griechischen Landschildkröten gemeint, die sich hier angesiedelt hatten. Er ging weiter und verlangsamte seinen Schritt, als er am dicht bewachsenen Eichenwald ankam. Hier führte ein Pfad wieder bergauf, aber Bernart musste querfeldein gehen, um das Team zu finden, das den Weg mit Flatterband abgesperrt hatte. Denn man hatte die Tote nicht akkurat auf einem Wanderweg liegend, sondern etwas abseits mitten im Wald entdeckt. Er kraxelte die Anhöhe hinauf, bis er die ersten bekannten Gesichter sah.

Keuchend kam er am Fundort an und wurde allerseits mit »Guten Morgen, Monsieur le Commissaire« begrüßt. Während er zu Atem kam und jedem freundlich zunickte, überlegte er, wie es dem Täter gelungen sein konnte, sein Opfer hierher zu schaffen. Oder der Mörder hatte sie lebendig in den Wald gelockt – vielleicht ein romantisches Liebesspiel, das eskaliert war.

Dann warf er einen Blick auf die Tote. Die junge Frau war übel zugerichtet worden. Ihre Kleidung war blutverschmiert, ihr Körper derart verrenkt, dass jeder einzelne Knochen gebrochen sein musste. Ihr Gesicht war kaum zu erkennen. Grausam. Selbst nach fast dreißig Jahren Berufserfahrung gingen ihm solche Bilder sehr nah.

Er wandte sich an die Rechtsmedizinerin, die sich soeben neben die Leiche gekniet hatte. Dr. Sophie Dumont war eine alte Bekannte, trotzdem siezten sie sich bei der Arbeit. Geduzt wurde sich erst ab dem zweiten Glas nach Feierabend. »Können Sie schon was sagen?«

Dumont schüttelte den Kopf. Sie war keine Frau vieler Worte, was er sehr an ihr schätzte. Sie begutachtete den Leichnam und drehte das Handgelenk der Toten in Bernarts Richtung. Er erkannte ein Tattoo – ein chinesisches Schriftzeichen. »Wenn hier eine Straße wäre, würde ich auf den ersten Blick davon ausgehen, dass sie einen schweren Autounfall hatte – entweder angefahren wurde oder vielleicht sogar aus dem Wagen geschleudert wurde«, sagte sie und sah sich in alle Richtungen um. »Aber wie soll das gehen, mitten im Wald?«

Bernart winkte einen Kollegen von der Spurensicherung heran, der ein Foto von dem gestochenen Bild aus Tinte schoss. Er dachte an seine älteste Tochter, die sich letztes Jahr hatte tätowieren lassen, heimlich, da er es verboten hatte. Jetzt zierte ein Schmetterling, der aussah wie das verschwommene Bild eines Rorschach-Tests, ihren Knöchel. Würden die Eltern dieser Frau, die fast noch ein Mädchen war, ihre Tochter anhand des Tattoos identifizieren können?

Er beugte sich über das Opfer und besah ihre blutunterlaufenen Augen, ihr aufgeschlagenes Gesicht, den Knochen, der aus ihrem Unterschenkel hervorragte. Er hörte ein leises Pfeifen, dann ein Röcheln. Es dauerte einen Moment, bis er begriff, was das zu bedeuten hatte. Und plötzlich riss die Tote die Augen auf.

KAPITEL 1

»Ich sehe tote Menschen.«
Cole in *The Sixth Sense*

Los Angeles, 1986

Sie lag auf der Motorhaube eines schnell fahrenden SUV. Neben ihr geriet ein Laster ins Schlingern und knallte mehrmals gegen den Wagen. Sie klammerte sich am Scheibenwischer fest, ihre Finger schmerzten bis in die Spitzen, ihr ganzer Körper war nur noch ein einziger blauer Fleck. Und sie genoss es. Susan hielt den Blick starr auf den Fahrer gerichtet und gab sich alle Mühe, mit ihren Haaren ihr Gesicht zu verdecken. Sie musste immer genau darauf achten, dass man sie nicht erkannte. Zumindest vom Kamerafahrzeug aus, das neben ihnen herfuhr. Sie war als Stuntfrau für eine Newcomerin angefragt worden. Und wenn diese Frau als neuer Star am Firmament Hollywoods erstrahlen sollte, bedeute das für Susan mehr Aufträge.

»*Cut!*«, rief der Regisseur. Das Fahrzeug kam langsam zum Stehen, und sie rollte von der Motorhaube.

»Na, bereit zu brennen?«, fragte Garry, der Stuntkoordinator, und spielte damit auf die nächste Szene an, in der Susan wortwörtlich in Flammen aufgehen sollte.

Sie hatte es vermisst, als Stunt-Double zu arbeiten. Erst jetzt wurde ihr bewusst, wie sehr diese Form der Action ihr gefehlt hatte. Zu Hause in London bestand *Action* aus Wurfgeschossen aus Babybrei, dem gefährlichen Inhalt von Windeln und schwindelerregenden Stunts auf dem Spielplatz. Denn sie hatte die Arbeit für die schönste Sache der Welt aufgegeben: ihren inzwischen fünfjährigen Sohn und ihre knapp einjährige Tochter. Sie sehnte sich nach den beiden und nach ihrem Mann. Trotzdem war es schön, wieder in L. A. zu sein, sich mit Schurken zu prügeln, selbst der Bösewicht zu sein, von Dächern zu springen, Treppen hinabzustürzen oder sich – wie jetzt – anzünden zu lassen. Und da ihre Rolle nach dieser Szene nicht wieder auf wundersame Weise auferstand, hieß es: Susan ist abgedreht. Und es war an der Zeit, die Heimreise anzutreten.

Als sie am Flughafen ankam, rochen ihre Haare noch nach Rauch, und sie entschuldigte sich gleich bei ihrer Sitznachbarin im Flugzeug. Falls es verkohlt riechen würde, gäbe es keinen Anlass zur Sorge.

Doch das interessierte die ältere Dame herzlich wenig. Sie zitterte am ganzen Leib und umklammerte einen Becher mit einer klaren Flüssigkeit, die zwar aussah wie Wasser, aber eindeutig nach Alkohol roch. Ihr Gesicht war blass und von einem Schweißfilm überzogen. Da brauchte es vermutlich mehr als einen Drink zur Beruhigung.

»Sie müssen keine Angst haben«, sagte Susan und legte der Frau behutsam ihre Hand aufs Knie. »Flugzeuge sind das sicherste Verkehrsmittel auf der Welt.«

»Und das, in dem man am sichersten umkommt, wenn was schiefgeht«, erwiderte die Frau und starrte weiter auf die Rückenlehne des Sitzes vor ihr.

»Also, ich hab meinem Mann und meinen Kindern versprochen, dass ich zum Abendessen zu Hause bin. Wenn ich das nicht schaffe, muss ich mir richtig was anhören. Das will ich lieber nicht erleben.«

Die Frau sah sie mit weit aufgerissenen Augen an. »Würden Sie in dem Fall ja auch nicht. Es *erleben*, meine ich.«

»Stimmt. Puh, dann bin ich ja froh.« Susan schenkte ihrer Sitznachbarin ein breites Lächeln, das zögerlich erwidert wurde.

»Eine Amerikanerin mit englischem Humor. Trifft man selten. Woher kommen Sie, Schätzchen?«

»Eigentlich Washington. Der Staat, nicht die Stadt. Aber mein Mann und ich wohnen schon seit über fünf Jahren in London.«

Susan erzählte ihr von ihrem Zuhause und ihren beiden Kindern. Kurz rückte die Flugangst der Dame in den Hintergrund. Doch das hielt nur bis zum Start. Sofort verkrampfte sie sich wieder.

»Wird schon alles gut gehen«, versuchte sie die Frau zu beruhigen. Doch die Dame reagierte nicht mehr, sie hatte sich in ihre Angstwelt zurückgezogen. Es war nicht so, dass Susan keine Angst kannte. Aber ihre größte Sorge war, sich später fragen zu müssen: *Was wäre, wenn ich es getan hätte?* Susan hatte mehr Angst, zu bereuen, etwas nicht probiert zu haben, als davor zu scheitern. Besser man bereute etwas, das man getan hatte als etwas, das man nie versucht hatte.

Der Flieger hob ab, brach durch die Wolkendecke und begann leicht zu wackeln. Die Frau neben ihr schrie auf.

»Nur leichte Turbulenzen. Ist gleich vorbei.« Susan lehnte sich zurück. Sie bemerkte, dass der Rauchgeruch ihrer Haare sich verstärkte. Das Ruckeln wurde heftiger. Die Frau neben ihr schrie immer noch. Dann sah Susan die brennende Turbine. Und jetzt schrie auch sie.

KAPITEL 2

»Das Leben ist wie eine Schachtel Pralinen – man weiß nie, was man kriegt.«
Forrest Gump in *Forrest Gump*

London, heute

Claire hatte zwar keinen Führerschein zu verlieren, aber betrunken Rad zu fahren, vermied sie trotzdem. Also schob sie mit der linken Hand ihren geliebten Drahtesel neben sich her, während sie mit der anderen einen Pizzakarton balancierte. Sie hätte im Pub dieses dämliche Spiel nicht mitspielen dürfen. Jetzt hatte sie einen sitzen, obwohl morgen Montag war und sie früh aufstehen musste.

Das Kneipenspiel hieß *Tindertrinken,* und Barkeeper Scott hatte es eingeführt. Er war ein bärtiger Schotte Ende sechzig, der ständig auf London schimpfte, aber trotzdem nicht zurück nach Schottland zog. Da Claire oft allein in den Pub ging, hatte sie ein beinahe freundschaftliches Verhältnis zu ihm entwickelt. Und jetzt spielten sie ständig dieses Spiel, nur dass er weitaus trinkfester war als sie. Die Regeln waren simpel: Man beobachtete Pärchen, und wenn sich rausstellte, dass die beiden ein erstes Date hatten, musste man einen Schnaps trinken. Woran man erkannte, dass es ein erstes Date war, dafür hatte Scott seine eigenen Maßstäbe festgelegt. Untermauert wurden seine Entscheidungen stets mit dem Argument eines angeblich magischen Barkeeper-Auges. Claire vermutete, dass er einfach nur riet und Spaß daran hatte, sie abzufüllen. Aber immerhin trank sie so gratis.

Als Claire zu Hause ankam, zog sie zuallererst ihren BH aus. Das schaffte sie, ohne ihr Oberteil dafür ausziehen zu müssen. Ihr Ex-Freund fragte sich bestimmt bis heute, wie das funktionierte. Vermutlich war es sogar umständlicher, den BH unter dem Shirt zu öffnen, die Träger abzustreifen, wieder in die Ärmel zu schlüpfen und ihn dann an seinen Bügeln zu packen und unter dem Shirt hervorzuziehen. Aber diese in Perfektion einstudierte Choreografie gehörte zu ihrer täglichen Routine und lief automatisch ab. Als Zweites streifte sie die Schuhe ab und legte sich mit der Pizza aufs Bett. Ihre Freude währte allerdings nicht lange. Denn die Begrüßung ihres aktuellen Mitbewohners fiel so charmant aus wie eh und je.

»Igittigittigitt! Du Ekel, du! Igittigittigitt! Bah! Bah!«, krächzte es unaufhörlich aus dem Käfig in der Ecke neben dem Fenster.

Der Kakadu gehörte ihrer Kollegin, und Claire hatte sich bereit erklärt, ihn zu hüten, während Leslie im Urlaub war. *Auf einen Vogel aufpassen, wie schwer kann das schon sein,* hatte sie gedacht und sich gründlich geirrt. Ließ man ihn frei fliegen, dauerte es Stunden, ihn wieder in seinen Käfig zu befördern. Doch das war nicht das Problem. Der Kakadu war extrem laut, aufmüpfig und dazu auch noch ein Sexist. Er kreischte und schrie, sobald er Claire sah. Und dass er sprechen konnte, machte die Zwangsgemeinschaft nicht besser. Denn Nettigkeiten kamen dem Federvieh nur selten über den Schnabel. Sein Name war Sir Howard, und ein solch launischer Vogel war ihr noch nie untergekommen. Obwohl sie zugeben musste, von Vögeln keine Ahnung zu haben. Ein Satz, den sie nur einmal laut gesagt hatte. Seither brüllte Scott jedes Mal, wenn sie den Pub betrat: *Claire hat vom Vögeln keine Ahnung*.

Der Kakadu ließ keine Gelegenheit aus, sie zu beleidigen. Vor allem, wenn sie sich umzog oder nackt aus der Dusche kam. Dann verdrehte er den Kopf, plusterte sich auf, und streckte die Flügel aus, während er ein pfeifendes Geräusch machte und Dinge schnatterte wie »Igittigittigitt! Ekel, du Ekel, bah!«. Und wenn sie ihn dann strafend ansah, drehte er sich weg, blickte selbstverliebt in den kleinen runden Spiegel, der in seinem Vogelgefängnis hing, und krächzte: »Schöner Vogel, na du, schöner Vogel.«

Sie warf ein Handtuch über Sir Howards Käfig, schaltete den Fernseher an und biss genüsslich in das Stück Salamipizza, das zwar kalt, aber trotzdem extrem lecker war. So wie fast alles unfassbar gut schmeckte, wenn man über eine Promille im Blut hatte.

Im Fernsehen lief *Pretty Woman*. Claire liebte und hasste diesen Film gleichermaßen. Wenn es wirklich so einfach wäre, seine große Liebe zu finden, dann wäre sie auch Prostituierte geworden, war ihr letzter Gedanke, bevor ihr die Augen zufielen.

Ausgeliefert. Es gab keine Warteschlange. Sie war die Einzige, die auf der Achterbahn Platz nahm. Und das ausgerechnet auf dem schlimmsten Platz – direkt in der ersten Reihe. Der unmotiviert dreinblickende Mitarbeiter des Freizeitparks presste den Schulterbügel herunter, aber sie hörte, dass die Verriegelung nicht richtig einrastete. Sie rüttelte an der Befestigung, die viel zu locker saß. Sie schrie nach dem Mitarbeiter, der ihr nur mit der Hand signalisierte, dass sie sich beruhigen solle. Er drückte einen großen Knopf, und die Fahrt begann mit einem harten Ruck. Sie klammerte sich an die Schulterbügel und versuchte, sie näher an ihren Körper zu drücken, aber ihr fehlte die Kraft. Sie schrie, doch kein Ton kam aus ihrer Kehle, und die Achterbahn wurde eine gefühlte Ewigkeit bergauf gezogen. *Wo es hochgeht, geht's auch wieder runter,* hörte sie eine Stimme, die klang wie die ihres Vaters. Doch er war nicht bei ihr. Niemand war bei ihr. Sie war allein. Und machtlos.

Sie erreichte die Kuppe, ein kurzes Gefühl der Schwerelosigkeit, gefolgt von einer rasanten Abfahrt. Endlich löste sich die Klammer um ihre Luftröhre, sie schrie, und das Echo ihres Schreis hallte ihr entgegen. Der Sicherheitsbügel sprang auf, und sie wurde aus dem Sitz geschleudert. Sie hielt sich nur noch an dem Metallgriff fest und baumelte einem tödlichen Abgrund entgegen. Sie sah den Looping, nahm ihn, wirbelte herum und verlor den Halt. Sie fiel ins Leere, fiel und fiel … und plötzlich befand sie sich in einem Zug, der entgleiste, in einem Auto, das sich überschlug, in einem brennenden Flugzeug, das auf den Boden zuraste. Doch bevor es aufschlug, wurde Claire wach. Schweißgebadet. Aber glücklich, am Leben zu sein.

Normalerweise liebte Claire es aufzuwachen, bevor der einen Herzinfarkt auslösende Alarm ihres Weckers schrillte. Sie war kein Morgenmensch, aber wenn sie von allein wach wurde, bedeutete das, dass der Tag gleich besser begann. Ein gemütlicher Kaffee am Fenster ihres Dachgeschossappartements. Eine lange Dusche, vielleicht mit Haarkur und Peeling. Es war herrlich, wenn sie vor der Arbeit etwas Zeit hatte, sich noch ein wenig um sich selbst zu kümmern, bevor sie sich acht Stunden lang mit den Belangen anderer beschäftigte. Normalerweise fühlte Claire sich dann wunderbar erholt. Aber nicht nach Träumen wie diesen, die sie regelmäßig heimsuchten. Sie hatte schon alles Mögliche versucht: natürliche Schlafmittel, Kräutertinkturen und Tees bis hin zu Einschlafritualen und Hypnose. Doch die Albträume waren seit der hochgepriesenen Hypnosetherapie sogar noch schlimmer geworden. Claire war bereit, sich mit ihrem Schicksal zu arrangieren, ihr Unterbewusstsein jedoch war es nicht.

Sie war hellwach, obwohl es draußen noch stockduster war. Jetzt aufzustehen, würde wenig Sinn machen, also schloss sie für einen kurzen Moment die Augen. Sie spürte, wie ihr Herzschlag langsamer wurde, ihre Atmung sich beruhigte. *Es war nur ein Traum, Claire,* sagte sie sich immer wieder. Nur ein Traum. Und wenn sie es jetzt schaffen würde, einfach an nichts zu denken, dann konnte sie vielleicht behaupten, so etwas wie meditiert zu haben. *Schalte den Kopf aus … höre tief in dich hinein …*

Als sie die Augen wieder öffnete, war es taghell. Von wegen meditieren – sie war eingeschlafen. Doch sie fühlte sich bereit, voller Elan in den Tag zu starten. Und als sie sich aufsetzte und einen Blick auf die Uhr warf, wurde ihr schlagartig klar, warum.

Es war schon nach zehn. Geistesabwesend hatte sie ihren Wecker ausgeschaltet, als sie in der Nacht aufgewacht war. Schon vor einer Stunde hätte sie auf der Arbeit sein müssen! Als sie jetzt mit einem Puls von gefühlt 210 auf der Bettkante saß, stellte sie sich die Frage, die sich wohl jeder stellte, der verschlafen hatte. Duschen? Zähneputzen? Wie viel Körperpflege war jetzt wirklich noch notwendig? Sie schnupperte an ihren Achseln. Ein paar Sprühstöße ihres Deos mussten ausreichen – es handelte sich schließlich um ein 72-Stunden-Anti-Transpirant – wobei Claire sich fragte, wozu ein Konzern ein Deo mit einer Wirkung von drei Tagen konzipiert hatte. Gab es wirklich Menschen, die sich drei Tage lang nicht wuschen?

Claire ging so effektiv vor wie ein Geheimagent im Einsatz. Sie putzte sich die Zähne auf dem Klo, bürstete ihre Haare, während sie ihre Kleidung herauslegte, schminkte sich notdürftig und huschte zwölf Minuten, nachdem sie den Fuß auf den Boden gesetzt und in die Mitternachtssnack-Pizza von gestern getreten war, aus dem Haus.

»Hast du den Vogel gefüttert?«, rief ihr Vater.

Claire stand auf dem gepflasterten Weg, der durch den Vorgarten führte, und drehte sich zum Haus um. Aber da war niemand. »Hallo?« Ein Hirngespinst? Wurde sie verrückt?

»Was ist mit Sir Howard?« Wieder die Stimme ihres Vaters, irgendwo im Vorgarten musste er sein.

»Dad?« Claire sah sich um, als sie plötzlich die Blätter des großen Ahorns, unter dem sie stand, rascheln hörte.

»Hier oben. Im Baumhaus.«

Das Baumhaus, das Claire und ihr Bruder als Kinder geliebt hatten, bestand nur noch aus drei von Moos und Dreck zusammengehaltenen Holzbalken, die früher einen Teil des Bodens gebildet hatten. Weder von den Wänden noch dem Dach war etwas übrig geblieben. Und lebensmüde, wie ihr Vater war, saß er dort oben, paffte seine Pfeife und ließ den Blick über die Nachbarschaft schweifen.

Sie und ihr Vater hatten genaue Verhaltensregeln für ihr Zusammenleben definiert. Besser gesagt: Claire hatte sie festgelegt. Das Dachgeschoss gehörte ihr, sie hatte einen eigenen Eingang, und sie hatten sich vorgenommen, so zu tun, als würden sie nicht im selben Haus wohnen. Natürlich gelang das so gut wie nie.

Claire hätte einfach gehen können, ihn dort oben im Baum zurücklassen. Aber zu sehen, wie entspannt ihr Vater seine Beine von dem Balken baumeln ließ, machte sie von Sekunde zu Sekunde nervöser, und sie würde im Büro an nichts anderes denken können als daran, seine Leiche im Vorgarten zu finden, wenn sie nach Hause kam. Vermutlich noch mit Pfeife im Mund und einem breiten Grinsen auf den Lippen.

»Guten Morgen«, sagte Claire und legte den Kopf in den Nacken. »Was machst du da oben? Komm runter! Nicht, dass du noch fällst.«

»Und warum fallen wir, Claire?« Es war nicht wirklich eine Frage. An dem bedeutungsschwangeren Tonfall, den ihr Vater anschlug, erkannte sie sofort, dass es sich wie immer nur um ein Filmzitat handeln konnte.

»Keine Ahnung«, seufzte sie. »Schwerkraft?«

»Also bitte, Kind. Das ist aus *Batman begins.* Als Alfred nach dem Tod der Eltern dem kleinen Bruce Wayne erklärt, dass … Ach, was rede ich. Das musst du doch wissen!«

»Batman kann ja auch fliegen. Jetzt komm runter.«

»Batman kann … was? Habe ich etwa eine Tochter großgezogen, die Batman und Superman nicht auseinanderhalten kann?«

»Kann der nicht auch fliegen? Fledermaus und so?«

Ihr Vater schüttelte energisch den Kopf. »Batman ist ein Mensch wie du und ich.«

Claire kannte niemanden, der ein so großer Filmfan

war wie ihr Vater. Als Kind hatte sie sich beinahe eine Ohrfeige eingehandelt, als sie mit einem Stock gespielt und so getan hatte, als wäre er ein Lichtschwert und dabei gesagt hatte: *Guck mal, Dad! Ich bin Mister Spock.* Wer *Starwars* und *Star Treck* nicht unterscheiden konnte, galt für ihren Vater als ungebildet. Geometrie und Algebra waren weniger wichtig, als die Namen der Hobbits aus *Der Herr der Ringe* zu kennen oder alle Teile von *Der Pate* vorwärts und rückwärts gesehen zu haben. Die absolute Meisterleistung bestand darin, so etwas wie eine Verbindung zwischen dem weißen Kaninchen in *Alice im Wunderland* und dem in *Matrix* zu sehen.

»Jetzt komm da runter, Batman. Ich muss zur Arbeit.«

»Soll ich dich fahren?«, fragte er.

Sie schickte ihrem Vater einen alles sagenden Blick. »Sehr witzig.«

»Einen Versuch war es wert.« Er lachte. Es war ein warmes, kratziges Lachen und so tief, dass man es in der Magengrube spürte. »Apropos fliegen, was ist jetzt mit dem Vogel?«

»Ach, Scheiße.« Claire hatte den Kakadu komplett vergessen. Das Handtuch lag noch über seinem Käfig. Und ihr fiel es von Tag zu Tag schwerer, es morgens herunterzunehmen.

Sir Howard hatte Claire durch sein Verhalten mehr als einmal klargemacht, dass er sie abstoßend fand, und sie war heilfroh, ihn an diesem Tag wieder loszuwerden. Leslies dreiwöchiger Frankreich-Urlaub war vorbei, und Claire würde ihr nachher auf der Arbeit ein für alle Mal erklären, dass sie den Vogel nie wieder betreuen würde.

Ihr Vater hingegen fand den Kakadu toll und hatte ihm in den letzten zwei Wochen sogar seinen Namen beigebracht. Jetzt hieß es: »William. Na du, William, schöner Vogel.« Warum auch immer, aber wenn ihr Vater nach Sir Howard sah, kreischte dieser nicht direkt laut los, sondern ließ sich kraulen und überhäufte ihn mit Komplimenten. Claire nahm an, dass sie es schlichtweg mit einem frauenfeindlichen Vogel zu tun hatte, aber Leslie hatte nichts dergleichen erwähnt.

»Hast dich wieder nicht getraut, ihn heute Morgen zu wecken, was?« Anscheinend konnte ihr Vater Gedanken lesen. Zumindest die seiner Tochter. »Vögel spüren, wenn du Angst vor ihnen hast.«

»Ich dachte, das wären Hunde. Außerdem ist es keine Angst. Es ist nacktes Grauen. Kannst du dich um ihn kümmern?«, bat Claire.

Ihr Vater streckte sich, packte das Seil, das neben ihm an dem Ast befestigt war, und schwang sich daran hinunter auf den Rasen, wobei er ein tarzanmäßiges »Huahuahua« ausstieß. »Mach ich, Liebes. Und es bleibt bei heute Abend, ja?«

»Als ob ich eine Wahl hätte.«

»Ich bin doch auch nur ein Vater, der vor seiner Tochter steht und sie bittet …«

»*Notting Hill.* Hab's verstanden. Und wenn ich aussehen würde wie Julia Roberts, wäre ich bestimmt nicht mehr Single.«

»Du siehst fast so aus wie sie. Obwohl … noch mehr erinnerst du mich an Emma Stone.« Tatsächlich ließ sich eine gewisse Ähnlichkeit mit der rothaarigen Schauspielerin nicht abstreiten. Allerdings waren Claires Haare nicht gefärbt, sondern von Natur aus rotbraun. Und zudem hatte Claire grüne und keine blauen Augen. Und ihr Vater merkte in diesem Moment ungefragt noch einen Unterschied an: »Du hast was von Emma Stone, definitiv. Nur mit etwas mehr auf den Rippen. Aber das mögen die Männer.«

»Danke, Dad, das schreib ich in mein Online-Dating-Profil. Ich sehe aus wie eine dicke Emma Stone.«

Und statt *Nein, Schatz, du bist nicht dick* oder wenigstens etwas dergleichen zu äußern, sagte er: »Du machst endlich Online-Dating? Wie toll!«

»Nein, immer noch nicht. War ein Witz.« Es war die Wahrheit, aber Claire hatte keine Lust, ihrem Vater von ihren Online-Dating-Experimenten zu erzählen, die immer gleich ausgingen – nämlich frustrierend.

»Na, ein Blind Date wird dich schon nicht umbringen. Und er ist ein Freund von Jake. Der wird schon nett sein.«

»Wenn du das sagst.« Claire gab ihrem Vater einen flüchtigen Kuss auf die Wange und ging zu ihrem Fahrrad, während sie fieberhaft überlegte, wie sie das Date mit Jakes Kumpel Mortimer absagen könnte, ohne dass es ein schlechtes Licht auf ihren Bruder warf. Wer nannte sein Kind schon Mortimer? Das ließ nur den Schluss zu, dass dieser Typ seltsame Eltern haben musste. Und seltsame Eltern zeugten noch seltsamere Kinder. Deshalb hatte sie schon allein wegen seinem Namen keine Lust, Mortimer kennenzulernen. Wenn sie ehrlich war, hatte sie nie große Lust, irgendwen kennenzulernen. Genau deshalb war sie seit Jahren glücklicher Single. Auch wenn das glücklich eher als zufrieden oder ganz okay zu bezeichnen war. Claire fummelte das Schloss vom Reifen ihres Fahrrads und machte sich endlich auf den Weg in das Reisebüro, in dem sie bereits ihre Ausbildung gemacht hatte.

Ihre Chefin Victoria würde es ihr sicherlich nicht übel nehmen, dass sie mehr als eine Stunde zu spät kam, denn in der Regel war sie ihre verlässlichste Mitarbeiterin. Die Konkurrenz war allerdings nicht groß, denn bis auf Victoria gab es nur noch Sir Howards Frauchen Leslie, für die mit ihren Anfang zwanzig das Leben eine einzige Party war. Claire kam sich mit ihren gerade einmal vierunddreißig manchmal vor wie Leslies Mutter.

Sie radelte durch Richmond, den in ihren Augen schönsten Teil Londons. Sie liebte es hier. Allein wegen des riesigen immergrünen Parks, in dem es sogar wilde Hirsche gab – von denen sie allerdings noch nie einen gesehen hatte, obwohl sie fast jeden Tag hier war. Langsam hielt sie es für einen Mythos. Die einzigen wilden Tiere hier waren Eichhörnchen, die dank der Touristen immer fetter wurden und kaum noch von Ast zu Ast springen konnten. London war eine volle Stadt, Menschen quetschten sich eng aneinander in die U-Bahn – selbstverständlich andere Menschen, nicht Claire. Doch im Park konnte sie die Weite genießen, ein angenehmes Gefühl von Isoliertheit. Die idyllische Landschaft ließ sie völlig vergessen, dass sie sich inmitten einer hektischen Metropole befand. Zumindest wenn sie die Tatsache ignorierte, dass alle vierzig Sekunden ein Flieger über Richmond Richtung Heathrow donnerte. Und es – wie auch heute – regnete. Claire war die Einzige, die bei diesem Wetter mit dem Rad unterwegs war. Natürlich wäre sie mit der Bahn oder dem Auto um einiges schneller am Ziel gewesen, aber sie mied jegliche elektrischen oder motorisierten Fortbewegungsmittel. Und *meiden* war da ein ziemlicher Euphemismus.

Sie war seit ihrem dreizehnten Lebensjahr weder in ein Auto noch in einen Zug oder gar ein Flugzeug gestiegen. Und an Deck eines Schiffes brachten sie keine hundert Pferde – hatte denn niemand den Film *Titanic* gesehen? Zudem gab es absolut keinen Grund, die nähere Umgebung ihrer Wohnung zu verlassen. Alle Geschäfte des täglichen Bedarfs waren fußläufig erreichbar, wie es immer hieß. Was sie nicht in der näheren Umgebung besorgen konnte, bestellte sie online. Auch wenn ihr Umweltbewusstsein sie wissen ließ, dass das nicht nachhaltig war. Aber im Vergleich zum Durchschnitt lebte sie vermutlich fast so klimaneutral wie Greta Thunberg.

Claire hatte England noch nie verlassen. Ein Fakt, den sie gekonnt unter den Tisch fallen ließ, wenn sie ihren Kunden Reisen zu den exotischsten Orten der Welt verkaufte. Auf der Arbeit gab sie vor, bereits die halbe Welt kennengelernt zu haben. Und das fiel ihr nicht mal schwer. Selbst ihrer Chefin war das bisher nicht aufgefallen. Wenn Claire Urlaub nahm, behauptete sie regelmäßig, eine Reise anzutreten. Das geschah aber nur in ihren Gedanken. Stattdessen schaute sie sich sämtliche Dokumentationen über das Land an, in das sie angeblich fuhr, las Bücher und Artikel darüber, träumte sich in die Ferne und sorgte durch ihr theoretisches Wissen dafür, dass sie so gut wie jedem vormachen konnte, dort gewesen zu sein. So weit gegangen, ein Foto vor einer tropischen Fototapete als Urlaubsbild auszugeben, war sie allerdings noch nicht. Doch wenigstens ihr Gaumen konnte nahezu jedes Land erkunden. Spanische Tapasbars, indische Restaurants und unzählige andere kulinarische Angebote gab es vor Ort, nicht zuletzt Chinatown. Um die Welt zu bereisen, musste Claire London nicht verlassen.

Von Europa über Asien nach Afrika, Südamerika bis Polynesien – sie interessierte sich sehr für fremde Kulturen und ferne Länder und wenn es jemals möglich sein sollte, sich dorthin zu beamen, wäre sie vermutlich die Erste in der Schlange. Aber solange es nötig war, dafür in ein Auto, einen Zug oder ein Flugzeug zu steigen, blieb Claire in England und radelte mit ihrem treuen roten Drahtesel durch den Regen.

KAPITEL 3

»Falls ich in fünf Minuten nicht zurück sein sollte, warten Sie einfach etwas länger.«
Ace Ventura in *Ace Ventura – Ein tierischer Detektiv!*

Tropfnass kam Claire im Reisebüro an und sah sich nach Leslie um, doch am Schreibtisch ihrer Kollegin war niemand. Victorias Arbeitsplatz, der mehr einem hermetisch abgeriegelten Glaskasten als einem Büro glich, lag am Ende des großen Raums. Alles war vollgekleistert mit Bildern von malerischen Stränden, Sehenswürdigkeiten und Angeboten für Kreuzfahrten. Ihre Chefin winkte sie in ihr Büro.

Victoria trug an diesem Tag einen kurzen Lederrock und eine weit ausgeschnittene weiße Bluse, durch die man ihren schwarzen Spitzen-BH deutlich mehr als nur erahnen konnte. Und wieder fiel Claire auf, wie verdammt sexy sie aussah – und das mit Anfang fünfzig. Sie hatte volles, lockiges dunkelbraunes Haar, das sie meist offen trug, grüne Augen und lange Wimpern, von denen Claire sich immer fragte, ob sie echt waren oder so professionell angeklebt, dass man den Unterschied nicht bemerkte. Dazu hatte diese Frau eine Figur, um die sie viele weibliche Mitstreiter – darunter auch Claire – beneideten. Victoria war schlank, aber nicht dürr. Sie hatte einen runden, knackigen Po, ein üppiges C-D-Körbchen, einen flachen Bauch und lange Beine. Sie war eine der Frauen, deren Oberschenkel sich nicht berührten. Wenn Victoria vor ihr stand, schien die Sonne durch ihre Beine, da, wo Claires Schenkel aneinanderrieben. Was vor allem im Hochsommer unangenehm werden konnte.

Sie streifte ihre nasse Regenjacke ab, hängte sie über ihre Stuhllehne und ging zu ihrer Chefin, die sie mit besorgter Miene begrüßte. »Wenigstens du tauchst heute noch auf.«

»Sorry«, entschuldigte sie sich. »Ich hab verschlafen. Kommt nicht wieder vor.«

»Du? Verschlafen? Was ist denn los? Kam gestern ein *Stirb-langsam*-Marathon, und dein Vater hat dich gezwungen, das mit ihm anzusehen?« Victoria lachte kurz, wurde aber schnell wieder ernst, was für sie sehr ungewöhnlich war. Claires Chefin war normalerweise stets gut gelaunt, und sie hatte sie noch nie wütend oder bekümmert erlebt. Der Gesichtsausdruck, den sie heute an den Tag legte, war neu. Etwas musste passiert sein.

Claires Gedanken überschlugen sich. Dem Reisebüro ging es finanziell gesehen nicht besonders gut. Die meisten Leute buchten ihre Reisen inzwischen online, und es war nur eine Frage der Zeit, bis Claire durch einen Logarithmus ersetzt werden würde.

»Setz dich.« Victoria deutete auf den Stuhl ihr gegenüber.

»Ist was passiert?«, fragte Claire, als sie Platz nahm.

»Es geht um Leslie. Sie ist nicht da.«

»Vielleicht hat sie ihren Urlaub verlängert?«

»Ohne Bescheid zu geben? Obwohl … na ja … ungewöhnlich für sie wäre das nicht. Da hast du recht.«

»Hast du es auf ihrem Handy versucht?«, fragte Claire, die sich auch schon darüber gewundert hatte, dass sie in den letzten zwei Wochen nichts von ihrer Kollegin gehört hatte. Normalerweise schickte Leslie hin und wieder ein Urlaubsfoto, wenn sie unterwegs war. Zudem betreute Claire zum ersten Mal den Kakadu, und Leslie hatte sich nicht ein einziges Mal nach ihm erkundigt. Vielleicht war ihr der Vogel aber auch einfach egal, was bei seinem unausstehlichen Verhalten nur verständlich gewesen wäre.

»Natürlich habe ich das. Da springt direkt die Mailbox an.« Victorias PC gab einen Piepton von sich, eine Mail war eingegangen. Ihre Chefin überflog sie und sprach nebenbei weiter. »Ich habe ihr eine Nachricht hinterlassen.«

»Ich hab jedenfalls auch nichts von ihr gehört.«

Victoria konzentrierte sich wieder auf Claire. »Aber ihr seid doch befreundet. Also privat. Oder nicht?«

»Ja, irgendwie schon …«

»Aber irgendwie auch nicht?«

»Doch, wir sind Freundinnen … denke ich.«

Victoria sah sie schief an. Claire wusste nicht recht, was sie dazu sagen sollte. Man sprach nicht so über den Status einer Freundschaft wie über den Stand einer Beziehung. *Sind wir jetzt fest zusammen?*, war zu gegebener Zeit eine legitime Frage, aber *Sind wir jetzt richtig befreundet oder nur Kollegen?*, so was fragte man nicht. Leslie und sie unternahmen regelmäßig etwas zusammen und verstanden sich gut. Aber Leslie hatte auch viele Interessen, die Claire nicht teilte: Party machen bis zum nächsten Morgen, ständig Typen abschleppen – nicht zu vergessen Haustiere wie Kakadus. Aber irgendwie war

Leslie die einzig greifbare Freundin, die sie hatte, und Claire vertraute ihr. Sie hatten manchmal nächtelang einfach nur geredet, Musik gehört, gelacht und rumgealbert. Leslie war ihr ans Herz gewachsen, sie war die kleine Schwester, die Claire nie hatte.

»Ich habe von Anfang an gedacht, dass es für eine junge, attraktive Frau wie sie keine gute Idee ist, allein zu verreisen«, sagte Victoria. »Aber sie wollte sich ja unbedingt ins große Abenteuer stürzen. Leslie ist so schrecklich unbekümmert, was das angeht. Aber was soll ich sagen? Ich war nicht anders in dem Alter.«

»Ich könnte ihre Eltern anrufen und mich erkundigen, ob sie wissen, was los ist«, schlug Claire vor.

»Gut, gut. Mach das.« Victorias PC piepte erneut, diesmal mehrfach hintereinander. »Und dann ran an die Arbeit.« Sie bedeutete Claire mit einem kurzen Wink, dass das Gespräch beendet war, und Claire verließ den Glaskasten.

Froh, dass es nicht um das Thema Kündigung ging, aber trotzdem besorgt, Leslie könnte etwas zugestoßen sein, suchte sie die Nummer von Leslies Eltern heraus, die regelmäßig im Reisebüro vorbeikamen und bei ihrer Tochter alles buchten – egal ob Fernreise oder Tickets für eine Londoner Touristenattraktion wie Madame Tussauds.

Claire fand die Telefonnummer bei den Kundendaten in ihrem PC und wählte. Kurz darauf meldete sich eine trällernde Frauenstimme.

»Hallo?«

»Hallo, Mrs Simpson, hier ist Claire Carter, die Kollegin Ihrer Tochter.«

»Ach, Claire, Darling, wie oft habe ich dir schon gesagt, du sollst mich Samantha nennen?«

»Heute ist Leslies erster Arbeitstag nach ihrem Urlaub, aber sie ist bisher nicht aufgetaucht. Haben Sie von ihr gehört?«

»Oh, Darling, das muss jetzt schon über eine Woche her sein. Oder? Warte mal … Bill!«, schrie Samantha, ohne den Hörer vom Mund wegzubewegen, sodass Claires Ohren klingelten. »Bill, Liebling, wann haben wir zuletzt mit Leslie telefoniert?«

Claire konnte Leslies Vater durchs Telefon hören. »Habe *ich* mit ihr geredet oder *du?*«

»Nicht wer, sondern wann!«, fauchte Samantha ihren Ehemann an.

»Was weiß ich. Da drüber führe ich nicht Buch «, antwortete er wesentlich entspannter, als Claire erwartet hätte.

»Also, Darling«, wandte Samantha sich wieder an Claire, »es ist bestimmt schon eine Woche her. Frankreich hat ihr super gefallen. Vor allem wegen den Männern, wenn du verstehst …«

»Hat sie jemanden kennengelernt?«

»Sie hat es nur angedeutet, aber ich kenne meine Tochter. Sie hatte diesen verträumten Ton in ihrer Stimme, weißt du. Wie ihn nur junge Frauen haben, die noch von den Männern umschwärmt werden.« Claire spürte, dass der letzte Satz an Bill und nicht an sie gerichtet war.

»Wir machen uns einfach nur Sorgen, weil wir sie nicht erreichen können.«

»Ach, Darling, Leslie kann gut auf sich allein aufpassen. Du kennst sie doch.«

Eben, dachte Claire. Sie kannte Leslie. Sie war zwar nicht dumm und äußerst selbstbewusst, aber sie war erst einundzwanzig und in manchen Punkten noch ziemlich naiv. Sie wäre mit jedem mitgegangen, der ihr eine tolle Party versprach, und hätte jede Droge eingeschmissen, um gut draufzukommen. Das wollte sie ihrer Mutter aber natürlich nicht sagen. »Es ist nur so ungewöhnlich, dass sie nicht an ihr Handy geht«, sagte Claire, und das entsprach definitiv der Wahrheit, denn normalerweise war Leslie mit ihrem Smartphone verwachsen.

»In der Tat, das ist seltsam … Bill!«, brüllte Samantha erneut ins Telefon, aber diesmal war Claire vorbereitet und hielt den Hörer schnell von ihrem Ohr weg. »Bill, Leslie ist weg.«

»Wie, weg?«, wollte ihr Mann wissen, der dem Geräuschpegel nach jetzt direkt neben seiner Frau stand.

»Nicht auf der Arbeit und nicht erreichbar«, erklärte sie ihm. »Vielleicht sollten wir die Polizei einschalten?«

Claire hatte das Gefühl, ungewollt eine Lawine losgetreten zu haben. Ihrer Kollegin ging es sicherlich gut. Vielleicht hatte sie einfach nur ihr Handy verloren. Und jetzt hatte Claire ihre Eltern mit sorgenvollen Gedanken infiziert.

»Wir schauen erst mal in ihrer Wohnung nach«, hörte Claire Leslies Vater sagen, der jetzt weniger entspannt klang.

»Wenn wir was von ihr hören, sage ich ihr, dass sie sich bei dir melden soll. Okay, Darling?« Und noch bevor Claire antworten konnte, hatte Samantha auch schon aufgelegt.

»Und?« Claire fuhr erschrocken herum. Sie hatte nicht bemerkt, dass Victoria die ganze Zeit hinter ihr gestanden haben musste. »Was sagen Leslies Eltern?«

»Sie wollen sich in ihrer Wohnung umsehen und melden sich, wenn sich was tut. Sie haben letzte Woche noch von ihr gehört. Da hat sie von Frankreich geschwärmt … Ihre Mutter vermutet, dass sie da jemanden kennengelernt hat.«

»Ein Mann. Das wundert mich nicht. Bestimmt hat

ein sexy Franzose unserer Kleinen den Kopf verdreht«, sagte Victoria.

»Sie hätte sich aber trotzdem melden können.«

»Es sind eben nicht alle so verantwortungsbewusst wie du, Claire.«

Claire konnte sich nicht vorstellen, dass jemand für eine Urlaubsliebe seinen Job riskierte. Allerdings wenn das jemand tat, dann vermutlich Leslie. Sie musste unbedingt wieder auftauchen. Abgesehen davon, dass sie die Vorstellung schrecklich fand, Leslie könnte etwas zugestoßen sein, hoffte sie inständig, den nervtötenden Kakadu bald wieder loszuwerden.

Ein grauhaariger Mann betrat das Reisebüro. Victoria signalisierte ihr mit einem Kopfnicken, sich um den Kunden zu kümmern, und verschwand in ihrem Büro. Der ältere Herr nahm seinen Hut ab und lächelte Claire freundlich an, wobei er eine große Zahnlücke entblößte. Er nahm ihr gegenüber Platz und studierte ihren Schreibtisch.

»Kann ich Ihnen etwas anbieten? Tee, Wasser?«

»Nein, vielen Dank.« Er deutete auf eine Postkarte, die hinter ihr hing. »Da möchte ich hin. Ist das die Karibik?«

Claire nickte. »Schwebt Ihnen eine bestimmte karibische Insel vor?«

»Meine Frau wollte immer auf die Bahamas. Wir haben es nie geschafft. Und nun kann ich nur noch ihre Asche dort verstreuen.«

Melancholie stieg in ihr hoch. Sie fand das traurig und fühlte sich plötzlich an sich selbst erinnert. Würde es eines Tages jemanden geben, der ihre Asche rund um den Globus trug? Nach dem Motto: *Meine Frau hat England nie verlassen, obwohl sie immer die ganze Welt sehen wollte.*

Es war kurz nach achtzehn Uhr, als Claire gemeinsam mit Victoria das Reisebüro verließ. Sie hatte über den Tag mehrfach erfolglos versucht, Leslie auf dem Handy zu erreichen. Doch es meldete sich lediglich die Mailbox.

Vor der Tür warf Victoria kopfschüttelnd einen Blick auf Claires rotes Fahrrad, das an der Laterne direkt vor dem Büro angeschlossen war. »Warum du nicht einfach mit dem Bus kommst, ist mir unbegreiflich.«

»Bin eben sportlich«, flunkerte Claire, denn das war sie überhaupt nicht, und der Blick ihrer Chefin verriet, dass sie exakt dasselbe dachte.

»Dann komm doch mal mit zum Spinning.« Victoria klatschte mit der flachen Hand auf ihren Knackarsch. »Lohnt sich.«

Claire konnte sich kaum etwas Schlimmeres vorstellen, als auf der Stelle stehend in die Pedale zu treten und dabei zu laut aufgedrehter Techno-Musik von einem verschwitzten, muskelbepackten Mann angebrüllt zu werden. »Ich denk drüber nach. Aber Fitnessstudios sind nicht so mein Ding.«

»Falls du es dir anders überlegst, die bieten auch Anfängerkurse an. Also … schönen Feierabend. Und melde dich, falls du was von Leslie hörst.« Victoria winkte Claire zum Abschied und ging zu ihrem Wagen, einem schwarzen Mini mit weißen Rennstreifen. Sie brauste an Claire vorbei, noch bevor diese das Fahrradschloss geöffnet und um den Sattel gelegt hatte.

Auf dem Weg nach Hause ging Claire im Kopf ihren Kleiderschrank durch. Wie schick sollte sie sich für das anstehende Date mit Mortimer, auf das sie eigentlich keine Lust hatte, machen? Lässig in Jeans und T-Shirt oder doch lieber ein Kleid und Stiefel? Sie hatte als Treffpunkt einen neuen hippen Sushi-Laden vorgeschlagen, bei dessen Speisekarte sich vermutlich jeder Japaner im

Grab umgedreht hätte. Dort gab es Gerichte wie Crispy Fish and Chips Inside Out oder frittierte Snickers-Maki.

Zu Hause angekommen, schlüpfte Claire in eine lässige karierte Bluse und behielt die Jeans an. Sie hatte beschlossen, keinen zu guten ersten Eindruck zu machen. Bis auf Mortimers Namen und seinen Beruf – irgendwas mit Finanzmanager, die genaue Berufsbezeichnung hatte sie sich nicht merken können, sie klang wesentlich komplizierter – wusste sie nichts über ihn. Sie hatten bisher nur per WhatsApp Kontakt gehabt, und er hatte kein besonders aussagekräftiges Profilbild. Genau wie sie war auch er auf dem Foto nicht zu sehen. Claires Bild zeigte ihr Fahrrad, das vor einem blühenden Kirschbaum stand. Mortimers Profilbild war ein einfallsloser Sonnenuntergang. Sie hatte keine Ahnung, wie er aussah, denn sie hatte sich mit aller Kraft davon abgehalten, ihn zu googeln. Es war also im wahrsten Sinne ein Blind Date.

Das Restaurant lag nur ein paar Straßen entfernt, und Claire schaffte es zu Fuß in weniger als zwanzig Minuten. Was dazu führte, dass sie nicht, wie eigentlich geplant, eine vornehme Viertelstunde zu spät ankam, sondern eine streberhafte Viertelstunde zu früh.

Claire betrat das Restaurant und sah sich um. An einem kleinen Tisch direkt neben der Theke saß ein Mann, der Claire mit großen Augen ansah, als die Tür hinter ihr ins Schloss fiel. *Auch ein pünktlicher Streber*, dachte Claire und fand den Mann, der ihr jetzt zulächelte auf Anhieb sympathisch. Sie ging zu ihm an den Tisch. »Mortimer? Hi, ich bin Claire Carter.« Warum erwähnte sie ihren Nachnamen? Egal, jetzt war es zu spät, um die Förmlichkeit zurückzunehmen.

»Hi.« Der Mann lachte. »Furchtbarer Name«, sagte er mit einer sonoren Stimme, die nicht zu seiner schmalen

Gestalt passte. »Nicht Claire Carter, sondern Mortimer, meine ich. Claire Carter ist ein ziemlich cooler Name.«

»Gut, dass du das sagst«, erwiderte Claire, so charmant sie konnte, und setzte sich, bis ihr die Doppeldeutigkeit ihrer Antwort auffiel. »Also nicht, dass du meinen Namen cool findest, sondern dass Mortimer ein furchtbarer Name ist.«

»Welche Eltern tun ihrem Kind so was an? Da züchtet man doch automatisch einen Soziopathen heran.«

»Bist ist du ein Soziopath?«

»Willst du es rausfinden?« Er legte den Kopf schief und zog eine alberne Grimasse, die Claire sofort zum Lachen brachte. Vielleicht hatte sie zu vorschnell über Mortimer geurteilt. Er wirkte jünger, als sie gedacht hatte. Ihr Bruder hatte erwähnt, dass er Anfang vierzig war, der Mann ihr gegenüber sah aber eher aus wie Anfang dreißig. Und bei näherer Betrachtung stellte sie fest, dass er offenbar ebenfalls beschlossen hatte, keinen guten ersten Eindruck machen zu wollen. Seine nougatbraunen Haare waren zerzaust, und sein hellgraues Shirt hatte einen kleinen Fleck, der verdächtig nach Sojasoße aussah. Was daher rührte, dass er ohne sie angefangen und bereits etwas zu essen vor ihm stand. Doch sein nettes Lächeln ließ sie darüber hinwegsehen.

Sie hörte innerlich, was ihr Vater beim Anblick dieses Mannes sagen würde. *Der sieht aus wie ein junger Sean Penn.* Und das traf in der Tat zu. Er war weit von der Optik eines Unterwäsche-Models entfernt, aber seine charismatische Ausstrahlung zog Claire sofort in ihren Bann.

»Also, Claire Carter«, er betonte ihren Nachnamen, »hast du Hunger?«

»Und wie. Ich bin sehr gespannt auf die japanisch-englische Fusionsküche.«

»Hier, probier mal. Ich weiß nicht, ob es gut ist oder einfach nur ekelhaft. Nennt sich Egg-and-Sausage-Sushi.« Mortimer nahm mit den Stäbchen gekonnt ein Stück Sushi von seinem Teller und hielt es ihr hin. Sie öffnete den Mund, und er schob das undefinierbare Gebilde hinein. Mit eng zusammengekniffenen Augenbrauen studierte er ihre Reaktion.

Sie kaute konzentriert, würgte das Teil herunter und gab mit feierlicher Stimme ihr Urteil bekannt: »Eindeutig ekelhaft. Gib mir mehr.«

Mortimer prustete so laut los, dass sich die meisten Gäste des Restaurants nach ihm umdrehten, doch das schien ihm überhaupt nichts auszumachen.

Der Kellner trat an ihren Tisch, und Claire bestellte ein Glas Weißwein und ein paar wilde Sushi-Kombinationen. Sie und Mortimer stachelten sich gegenseitig an und bestellten die absurdesten Speisen der Karte. Selbst der Kellner schüttelte bei einigen der Gerichte den Kopf.

Als er gegangen war, griff Mortimer nach Claires Hand und sah ihr tief in die Augen. »Und, was hast du heute so gemacht, Claire Carter?«, fragte er, als ob sie alte Freunde wären, die sich regelmäßig trafen. In dieser Pose mussten sie auf Außenstehende wie ein Paar wirken, weshalb sie schnell ihre Hand wegzog.

»Das Übliche. Arbeit halt. Und du?«

»Wo arbeitest du denn?«, fragte er, ohne auf Claires Frage zu antworten. Wusste er das nicht längst von Jake? Hatte ihr Bruder seinem Kumpel etwa nichts über sie erzählt?

»In dem Reisebüro in der Upper Richmond Road.«

»Dann kommst du bestimmt viel rum.«

»Na ja … Ist eigentlich ein ganz normaler Bürojob«, wich sie aus. Sollte sie das Date direkt mit einer Lüge beginnen? Sie hatte genau zwei Vorgehensweisen, was das

Thema anging. Die Wahrheit war keine davon. Entweder sie gab vor, regelmäßig zu verreisen, was sie in Wirklichkeit aber nicht tat, oder sie schob ihren angeblich kranken alten Vater vor, den sie pflegen musste. Das war normalerweise eine super Ausrede, weshalb man das Land nicht verlassen konnte. Denn die meisten konnten nicht wissen, dass William fit wie ein junger Jack Russel Terrier und heute Morgen noch auf einen Baum geklettert war. Doch da Mortimer ihren Bruder kannte, wusste er wahrscheinlich, dass es ihrem Vater sehr gut ging. »Und du?«, fragte Claire stattdessen.

»Ich bin ständig unterwegs. Und ich überlege momentan, wohin als Nächstes. Was würdest du mir empfehlen?«, fragte er und schob sich einen graugelben Sushi-Klumpen in den Mund.

Der Kellner brachte die Getränke, und Claire nahm einen tiefen Schluck des viel zu säuerlichen Weißweins, um Zeit zu schinden. »Barcelona ist toll. Du musst dir unbedingt die Basilika Sagrada Família anschauen. Die ist weltbekannt und gilt als Lebenswerk von Gaudí. Außerdem gehört sie zum UNESCO-Weltkulturerbe. Besonders beeindruckend ist das zentrale Kuppelgewölbe, das hundertsiebzig Meter in der Höhe misst. Und wenn du Fußballfan bist, solltest du dir unbedingt das Camp Nou ansehen. Das ist das größte Fußballstadion in Europa.«

Er hörte ihr aufmerksam zu und nickte. »Klingt, als würdest du Infos aus 'nem Reiseprospekt auswendig aufsagen. Warst du schon mal da?«

Ertappt, dachte Claire. Genau so war auch Leslie hinter ihr Geheimnis gekommen. Claire hatte sich beim Zitieren von ihrer Kollegin erwischen lassen. Doch Leslie hatte es niemandem verraten und sie nie gefragt, woher ihre Phobie kam. Sofort spürte sie, wie sich vor Sorge ihr

Magen zusammenzog. Instinktiv griff sie zu ihrem Handy, um nachzusehen, ob Leslie auf ihre Nachrichten reagiert hatte. Doch stattdessen sah sie eine SMS von Mortimer, die vor wenigen Minuten eingegangen war. *Tut mir leid, verspäte mich etwas.*

»Hast du mir gerade geschrieben, dass du dich verspätest?«

»Ich?«, fragte ihr Gegenüber, griff nach Claires Weinglas und leerte es in einem Zug.

Und als Claire ihm ihr Display zeigte, spürte sie plötzlich eine Hand auf ihrer Schulter. »Hi, bist du Claire?«

Claires Gegenüber fing schallend an zu lachen, sodass er erneut zum Mittelpunkt des Restaurants wurde. Er tupfte sich den Mund mit einer Serviette ab, stand auf und bot dem Mann, der neben Claire aufgetaucht war, freundlich seinen Platz an.

»Mortimer, hi. Schön, dich kennenzulernen. Ich hab dir schon mal den Platz vorgewärmt. Ich hoffe, du hast noch einen Zweitnamen oder bist wenigstens nicht allzu soziopathisch veranlagt. Also, viel Spaß euch zwei. Es war mir eine große Freude, dich kennenzulernen, Claire Carter.« Das junge Sean-Penn-Double zwinkerte ihr frech zu und verschwand durch die Tür.

Sie war völlig perplex. Wer war dieser Fake-Mortimer mit dem sie sich in den letzten Minuten besser amüsiert hatte als jemals bei einem Date zuvor?

Der richtige Mortimer war nicht weniger irritiert, was sich noch steigerte, als der Kellner mit einem Tablett voller kurioser Köstlichkeiten auftauchte und sie mit einer angewiderten Grimasse servierte.

»Du hast schon bestellt?«, fragte der echte Mortimer gespielt überrascht, obwohl es kaum zu überhören war, für wie unhöflich er das hielt. Mit einem brüskierten

Blick auf das lieblos auf dem Tisch drapierte Essen nahm er Platz.

»Ich dachte, er wäre du«, versuchte Claire zu erklären.

»Du glaubst doch nicht, dass dein Bruder sich mit solchen Leuten abgibt. Und was bitte hatte der an meinem Vornamen auszusetzen? Man nennt mich übrigens Morti.«

Tatsächlich war Morti-Mortimer das genaue Gegenteil des Mannes, der eben noch auf seinem Platz gesessen hatte. Er trug einen dunkelblauen Anzug, ein perfekt gebügeltes Hemd, hatte seine Haare mit viel zu viel Haargel nach hinten gestriegelt – wahrscheinlich um so zu verbergen, dass er auf dem Hinterkopf kahl wurde – und roch nach einer großzügigen Ladung eines herben Männerparfüms.

»Er war eigentlich ganz nett.«

»Ich kann auch wieder gehen.«

Der zickige Schulmädchen-Unterton in seiner Stimme turnte Claire augenblicklich ab. Egal, was geschah, mit diesem Mann würde sie niemals in der Kiste landen. Geschweige denn, so etwas wie eine Beziehung anstreben.

»Sorry. So war das nicht gemeint«, entschuldigte sie sich, um die Wogen zu glätten, obwohl sie genauso gut hätte gehen können. »Wie geht es dir?«

Schon während er antwortete, verlor sie das Interesse. Ihre Gedanken schweiften ab, und sie hörte ihm nicht richtig zu, als er über Jahresbilanzen und Abschlusszahlen schwadronierte.

»Das willst du aber nicht wirklich essen, oder?«, riss er sie aus ihren Gedanken. Er deutete mit verzogenem Mund auf ein grünes Sushi, das in einer undefinierbaren pinken Soße schwamm und das Claire gerade mühevoll versuchte, mit den Stäbchen zu greifen.

»Essen wegwerfen ist eine Sünde«, sagte sie, bekam das Sushi zu fassen und schob es in ihren Mund.

Mortimer sah sie an und begutachtete ihre Figur, als wolle er sagen: *Das sieht man dir an.* »Ich würde eher das Essen hier als Sünde bezeichnen«, sagte er.

Mit langweiligem Small Talk und Anekdoten aus der Arbeitswelt ging die Verabredung nach einer gefühlten Ewigkeit zu Ende. Claire machte innerlich einen Purzelbaum, als der Kellner endlich die Rechnung brachte. Mortimer, ganz Gentleman, zückte sein Portemonnaie. »Dich lade ich natürlich ein, aber für deinen ominösen Freund zahle ich nicht. Vor allem nicht den Whiskey für 40 Pfund.«

Fake-Mortimer war abgehauen, ohne seine Rechnung zu begleichen. Und die blieb jetzt an Claire hängen.

London, 24. Juni 2019

Liebes Tagebuch,

was für ein seltsamer Tag! Erst mal verpennt, dann ist Leslie heute nicht zur Arbeit erschienen. Und ich kann sie nicht erreichen. Ich mach mir echt Sorgen ... Hoffentlich taucht sie morgen wieder auf oder meldet sich wenigstens zurück. Dieser blöde Kakadu ist immer noch hier und schickt mir seine verächtlichen Blicke. Am liebsten würde ich den ganzen Tag das Tuch auf seinem Käfig lassen, aber das bringe ich nicht übers Herz. Es ist schon hart genug, in einem Käfig zu leben. Ich weiß, wovon ich spreche, auch wenn mein Käfig selbst gewählt und wesentlich größer ist.

Aber machen wir uns nichts vor. Wie viele Freundschaften und Beziehungen sind schon daran gescheitert? An der Distanz. Sicher, man telefoniert, aber nach und nach werden es weniger An- oder wie in meinem Fall Rückrufe. Meine Freunde haben keine Lust mehr auf mich. Abgesehen von meiner Familie und meinen Kolleginnen.

Aber Leslie und Victoria zählen nicht. Und ob die wirklich Kontakt zu mir halten würden, wenn wir nicht zusammenarbeiten würden? Ich wage es zu bezweifeln …

Nein, Claire, du musst es dir eingestehen: Du bist den meisten Leuten egal. Außer meiner guten, alten Rachel Philipps. Rachel ist super. Ich liebe sie. Auch wenn sie total verrückt und durchgeknallt ist. Wahrscheinlich sind wir aber genau deshalb seit dem Kindergarten die besten Freundinnen. Und obwohl Rachel inzwischen in Irland lebt, skypen wir fast täglich. Zumindest normalerweise. Sie ist ›frisch verliebt und auf Wolke sieben nicht erreichbar‹. Ohne Witz, genau so lautet momentan ihre Mailboxansage! Ich habe quasi gleich zwei verschwundene Freundinnen. Nur im Gegensatz zu Leslie weiß ich bei Rachel genau, wo sie steckt und was sie treibt. Im wahrsten Sinne des Wortes. Sie ist mit ihrer neuen Flamme Marco abgetaucht und genießt die traute Zweisamkeit. Oder, um es auf den Punkt zu bringen: Sex, Netflix und Pizza.

Einerseits freue ich mich natürlich für sie, andererseits bin ich aber auch ein bisschen neidisch. Ich gönne es ihr. Aber ich gehe davon aus, dass es laufen wird wie immer. Ihre Beziehungen halten für gewöhnlich nicht lange. Früher oder später kommt der ›Ich hab Schluss gemacht!‹-Anruf. Dann wird kurz geheult, unmittelbar danach startet wieder die Party- und Aufreißerphase, bis ein neuer Traumprinz auf ihrem Radar auftaucht, und dann geht das Ganze von vorne los. Es ist immer Rachel, die Schluss macht. Zumindest behauptet sie das. Ich kann ja schlecht überprüfen, ob es stimmt. Als wolle sie sich davor schützen, verletzt zu werden. Sie kommt dem drohenden Ende einer Beziehung einfach zuvor und zieht die Reißleine weit vor der Gefahrenzone.

Aber wenigstens hat sie Beziehungen. Was soll ich sagen? Die Sache mit Kyle ist gescheitert, als er vor drei Jahren den Job in Liverpool angenommen hat. Aber ich muss sagen, dass ich ihn weniger vermisse, als ich angenommen hatte. Und am Anfang lief es ja noch gut mit der Fernbeziehung. Aber mal ehrlich: ich und eine Fernbeziehung? Wie soll das gehen? Kyle ist immer hierhergekommen, ich war nie bei ihm, kein einziges Mal. Klar hat ihn das abgefuckt. Klar hatte er irgendwann keinen Bock mehr, der ›Pendel-Arsch‹ zu sein, wie er es nannte.

Und seit er mich verlassen hat, swipe ich auf Tinder hin und her, obwohl ich mich mit keinem der Kerle treffen will. Man analysiert Fotos, matcht, schreibt, langweilt sich, lässt es, löscht den anderen aus Scham wieder. Ein immerwährender Teufelskreis der ›Oben-ohne-vorm-Spiegel-im-Fitnessstudio‹-Bilder. Ich frage mich, was der Klassiker bei den Profilfotos der Frauen ist. Irgendwie glaube ich, es muss etwas mit Katzen sein, obwohl ich nicht genau definieren kann, warum. Wahrscheinlich, weil viele Kerle beim Chatten als Erstes fragen, ob man eine Katze hat. Zurzeit könnte ich immerhin behaupten, dass ich einen Vogel habe. Ein guter Eisbrecher, wenn auch nur bedingt komisch und eigentlich überhaupt nicht mein Humor.

Was mein Profilbild wohl über mich aussagt? Ich stehe auf der Westminster Bridge, im Hintergrund sieht man das London Eye, und in meiner Sonnenbrille spiegelt sich der Big Ben. Und ich lächle. Ein ehrliches Lächeln. Anders als das, das ich beim Date mit Real-Mortimer aufgesetzt habe.

Das Date mit dem echten Mortimer ist keiner Wiederholung würdig. Ein langweiliger Typ. Logisch, dass Jake mich mit so einem verkuppeln will. Sicheres Einkommen, im richtigen Alter, keine Altlasten wie Kinder oder eine verbitterte Ex-Frau. Mein Bruder hat es nur gut gemeint. Da bin ich mir sicher. In seinen Augen ist Mortimer eine sichere Bank für seine kleine Schwester. Ein solider Kerl, der keiner Fliege was zuleide tut. Aber trotzdem ... Ich will mit jemandem zusammen sein, mit dem jeder Tag ein kleines Abenteuer ist.

KAPITEL 4

»Alles was du besitzt, besitzt irgendwann dich.«
Tyler Durden in *Fight Club*

Ohne Leslie fühlten sich die Tage im Büro länger an als sonst. Sie hatte mit ihrem quirligen Auftreten und ihren urkomischen, wenn auch teils sehr absurden Geschichten aus ihrem wilden Klubleben immer für Stimmung auf der Arbeit gesorgt. Doch die Woche war vergangen, und von Leslie fehlte noch immer jede Spur. Und Sir Howard machte Claire weiterhin mit seinen gekrächzten Beleidigungen wahnsinnig. »Igitt, igitt! Schöner Vogel, du, William, schöner Vogel.«

Am Freitag tauchten Leslies Eltern im Reisebüro auf. Samantha sah aus, als hätte sie seit Tagen nicht geschlafen, und fing sofort an zu weinen, als Claire sie begrüßte. Ihr Mann Bill war wesentlich gefasster und erklärte trocken, dass sie die Polizei eingeschaltet hätten.

»Die sagen, dass Leslie die Rückreise nicht angetreten hat!«, schluchzte Samantha.

»Sie haben gesagt, dass sie das vermuten«, wurde sie von ihrem Mann korrigiert.

Sie kramte eine faserige Rotzfahne aus ihrer Handtasche und schnäuzte sich. »Ihre Wohnung ist leer, sie geht nicht ans Handy …«

Claire reichte der weinenden Frau den Kosmetiktuchspender von ihrem Schreibtisch, damit sie sich ein frisches Taschentuch nehmen konnte. Samantha griff direkt die ganze Pappschachtel und umklammerte sie. »Ihr habt auch nichts gehört?«

Victoria hatte das Schauspiel von ihrem Glaskastenbüro aus verfolgt und kam dazu. Sie lehnte sich seitlich an den Schreibtisch, und Claire entging nicht, dass Bill die Kontrolle über seine Augen verlor und ihre Chefin mehrmals von oben bis unten ansah, als stünde ein Fabelwesen vor ihm. Auch Samantha entging die Reaktion ihres Mannes auf Victorias engen Leopardenprint-Jumpsuit nicht. Man musste Mr Simpson vergeben. Mit den dunkelroten High Heels und einer lässigen und trotzdem schicken Hochsteckfrisur sah die Inhaberin des charmanten kleinen Reisebüros an der Upper Richmond Road heute wieder einmal umwerfend aus.

»Mrs und Mr Simpson, es tut mir sehr leid. Wir haben ebenfalls mehrmals versucht, Ihre Tochter zu erreichen. Leider ohne Erfolg. Gut, dass Sie die Polizei eingeschaltet haben.«

»Das letzte Mal, als wir mit ihr gesprochen haben, hat sie von Paris geschwärmt und uns gesagt, dass das Hotel, in dem sie wohnt, purer Luxus ist.«

»Am Louvre«, sagte Victoria. »Das hat sie übers Reisebüro gebucht, wegen dem Mitarbeiterrabatt. Ich erinnere mich.«

Auch Claire erinnerte sich, vor allem daran, dass das Hotel trotz Rabatt so teuer gewesen war, dass Leslie es nur für die erste Nacht gebucht hatte.

»Wir wissen nicht, ob sie noch da ist«, sagte Bill. »Und die Polizei ist auch ahnungslos.«

»Das Problem ist ...«, schniefte Samantha, »Leslie ist im Ausland verschwunden ... Ich habe das Gefühl, da können die nicht viel machen. Angeblich wissen die Behörden in Frankreich Bescheid, aber was bringt uns das?«

»Haben Sie etwas Vertrauen«, sagte Victoria mit ruhiger Stimme und legte der Frau mitfühlend ihre Hand zwischen die Schulterblätter.

Samantha rupfte ein neues Taschentuch aus der Packung. »Wir wissen ja nicht mal, wo genau sie in Frankreich überhaupt war. Sonst würden wir hinfahren.«

»Aber Schatz, wir sprechen doch kein Wort Französisch.« Leslies Vater legte liebevoll den Arm um seine Frau. Wobei sein Arm den von Victoria berührte. Samantha stieß beide weg.

»Es geht um Leslie! Unsere Tochter!«, schrie sie ihren Mann an.

Ein unangenehmer Moment der Stille entstand. Unausgesprochene Beschuldigungen, die im Raum standen, aber nicht greifbar waren. In Samanthas Blick lagen Streitigkeiten einer ganzen Ehe, verpackt in der Sorge um ihre Tochter.

»Sie wollte zuerst nach Paris«, sagte Claire beschwichtigend. »Und dann weiter Richtung Süden. Aber wohin genau, weiß ich leider auch nicht.«

Victoria nickte, ihr ging es genauso. »Leslie war auf der Suche nach *Fun,* wie sie selbst sagte. Sie wollte sich von Paris aus spontan entscheiden, wo es anschließend hingeht.«

»Bill und ich, wir haben überlegt, ein Detektiv vielleicht ...«, sagte Samantha und ließ sich von ihrem Mann wieder in den Arm nehmen.

»Ich würde Ihnen raten, sich erst mal auf die Polizei zu verlassen. Bei Detektiven … da gibt es mit Sicherheit viele schwarze Schafe, die Ihnen nur das Geld aus der Tasche ziehen«, entgegnete Victoria.

Claire konnte die Einwände ihrer Chefin nachvollziehen, andererseits war Geld momentan wohl die geringste Sorge der Simpsons. Leslies Eltern sehnten sich nach einem Hoffnungsschimmer, der ihnen ihre Tochter wiederbringen würde.

Nachdem Leslies Eltern das Reisebüro verlassen hatten, winkte Victoria Claire in den Glaskasten.

»Da gibt es noch etwas, das ich vor ihnen nicht erzählen wollte. Ich weiß nicht, ob ich es besser hätte tun sollen, aber ich hatte das Gefühl, das wäre taktlos gewesen. Verstehst du, Claire?«

»Im Moment versteh ich, ehrlich gesagt, kein Wort. Um was geht es?«

Victoria atmete tief durch. »Ich will niemandem etwas unterstellen. Vielleicht ist das alles auch nur ein Missverständnis.«

Claires Ohren fingen an zu glühen und zu jucken. Sie wurde auf eine Art nervös, die ihr Körper nur durch plötzliches Ohr-Erhitzen zu kompensieren wusste. Eine Eigenart, die sie seit ihrer Kindheit verfolgte und sich einfach nicht abstellen ließ. Zu versuchen, ein Pokerface aufzusetzen, war aussichtslos, denn sobald sie nervös wurde, liefen ihre Ohren feuerrot an. »Jetzt spann mich nicht so auf die Folter«, sagte sie.

»Es fehlt Geld vom Geschäftskonto«, sagte ihre Chefin. »Ich denke, Leslie hat sich mit der Firmenkreditkarte an unserer Kasse bedient.«

»So was würde sie nicht machen«, schoss es reflexartig aus Claire hervor.

»Man kann niemandem hinter die Stirn gucken«, sagte Victoria, und Claire stimmte dem stumm zu. Trotzdem hatte sie Leslie instinktiv verteidigt, weil sie sie für eine ehrliche Haut hielt. Leslie hatte immer zu ihr gehalten und ihr Geheimnis bewahrt. Sie hatte das Gefühl, ihr etwas schuldig zu sein.

Victoria seufzte schwer. »Wer weiß … Liebe macht nicht nur blind, sondern auch dumm. Sie will mit irgendeinem Franzosen durchbrennen … braucht Geld. Ich weiß es doch auch nicht.«

»Das glaub ich nicht. Leslie ist sprunghaft, das stimmt. Nicht ausgeschlossen, dass sie sich in irgendeinen heißen Kerl verguckt hat. Aber dass sie uns beklaut, glaube ich nicht.«

»Was soll ich sagen, Claire? Das Geld ist weg, und die Firmenkreditkarte nutzen nur du, ich und Leslie. Und da ich es nicht war …«

»Ich war es auch nicht!«, sagte Claire.

»Bleibt nur Leslie …« Victoria sah sie an. »Ich kann es mir auch nicht vorstellen. Aber das sind die Fakten.«

Claire musste sich eingestehen, dass an der Theorie ihrer Chefin etwas dran sein konnte. »Das muss die Polizei erfahren.«

Victoria nickte und griff zum Telefon. »Erledige ich sofort. Und du, mach Feierabend, Claire. War ein harter Tag.«

Auf dem Heimweg versuchte sie, ihre beste Freundin anzurufen, aber Rachel war noch im Rosarote-Brille-Modus und ging nicht ans Telefon.

Claire trat in die Pedale. Ihr ging die Idee mit dem Detektiv nicht aus dem Kopf. Was sollten die Simpsons tun, wenn die polizeilichen Ermittlungen ins Leere liefen? Hatte die Polizei schon versucht, Leslies Handy zu orten? Ging das im Ausland überhaupt? Claire knurrte der Magen. Hungrig konnte sie nicht denken, und sie hatte heute nicht mehr als drei Kekse und ein halbes Thunfisch-Sandwich gegessen.

Zu Hause angekommen, musste sie allerdings feststellen, dass in ihrem Kühlschrank gähnende Leere herrschte. Das einzig Essbare, das ihre kleine Pantryküche noch hergab, war körniges Vogelfutter und abgelaufener, tiefgefrorener Rosenkohl, den sie in einem Wahn des Vorsatzes gesunder Ernährung kurz nach Neujahr eingekauft hatte. Nicht dieses Neujahr. Auch nicht das letzte oder vorletzte. Die Vorsätze blieben gleich, die Jahre gingen vorbei, der Rosenkohl blieb tiefgefroren – und jetzt war er tatsächlich abgelaufen. Was ihr das sagen sollte, darüber wollte sie jetzt lieber nicht nachdenken. Also beschloss sie, sich selbst bei ihrem Vater zum Essen einzuladen.

Es gab eine Treppe, die direkt von Claires Wohnzimmer hinunter ins Erdgeschoss und damit in seinen Wohnbereich führte. Doch sie und ihr Vater hatten sich geeinigt, die Bereiche strikt zu trennen, weshalb vor der Tür zu der Treppe ein großer Kleiderschrank stand. Den Schrank wegzuschieben machte definitiv mehr Arbeit, als außen herumzugehen. Also verließ Claire ihre Wohnung, stieg die Stufen der nachträglichen angebrachten Metalltreppe hinunter und klopfte an die Haustür.

Ihr Vater öffnete in seinem dunkelgrünen Flanellpyjama und legte grinsend den Kopf schräg. »Hunger? Oder was treibt mein Mädchen her?« Er kannte seine Tochter sehr gut. »Was ist denn mit deinen heiligen Hausregeln?« Er winkte sie herein. Es roch nach Speck und Zwiebeln.

»Es gibt Omelett«, rief er ihr zu, als er Richtung Küche verschwand.

Wenig später machten sie es sich mit dem Nachtisch auf der Couch im Wohnzimmer bequem. »Natürlich würde ich alle Hebel der Welt in Bewegung setzen, um dich zu finden«, versicherte ihr Vater, nachdem sie ihm alles über Leslies Verschwinden erzählt hatte. »Aber bei dir muss ich mir da ja leider keine Sorgen machen.«

»Leider?«

»Weil du nie verreist. Nicht, dass ich mir nicht generell Sorgen mache, natürlich tue ich das, du bist meine Tochter. Aber wie willst du im Ausland verschwinden, wenn du nie ins Ausland fährst?«

Eine unangenehme Pause entstand. »Du weißt, warum das so ist.« Claire klang trotziger als beabsichtigt.

Ihr Vater machte eine wegwerfende Handbewegung. »Weiß ich, ja … Aber das hätte deine Mutter niemals so gewollt. Du weißt doch, deine Mom war das Risiko in Person – wortwörtlich. Und sag jetzt nicht, das hätte sie ihr Leben gekostet. Hat es nämlich nicht. Und dein Bruder hat doch auch nicht …«, er unterbrach abrupt, suchte nach Worten.

Claire ahnte, was ihr Vater sagen wollte. »So eine Macke?«

»Solche Ängste, wollte ich sagen.« Er und ihr Bruder waren die Einzigen, die wussten, woher ihre Phobie rührten. Was nicht bedeutete, dass sie nicht alles versucht hatten, um sie zu bekehren. Sie hatten Claire beispielsweise schon ins Auto getragen, während sie geschlafen hatte, doch sie war jedes Mal vom Starten des Motors wach geworden und noch rechtzeitig aus dem Wagen gesprungen. Ihr Vater verglich sie regelmäßig mit Mister T vom *A-Team,* den man mit Pferdenarkotika betäuben musste, um ihn in ein Flugzeug zu bekommen.

»Leslies Eltern überlegen, einen Detektiv einzuschalten«, kam Claire zurück auf das eigentliche Thema.

»Da weiß ich jemanden«, sagte ihr Vater, während er seinen Schokoladenpudding auslöffelte. Claire war noch dabei, die Haut von dem selbst gekochten Dessert zu heben, auf die ihr Vater bereits schielte. Sie war zwar in er Lage, die irrsten Sushi-Kombinationen zu vertilgen, aber Puddinghaut zu essen, ohne sie sofort wieder hochzuwürgen, war unmöglich.

»Du kennst einen Detektiv?«

»Nicht persönlich. Aber er hat kürzlich Selma geholfen. An Selma erinnerst du dich doch noch, oder?«

»Wusste gar nicht, dass sie noch lebt.« Selma hatte früher gelegentlich auf sie und ihren großen Bruder Jake aufgepasst. Und die Frau war damals schon steinalt, nahezu taub und fast blind gewesen.

»Unkraut vergeht nicht, weißt du doch.«

»Die ist doch inzwischen mindestens … hundert?« Claire schob die Puddinghaut auf den Teller ihres Vaters, der sie zwischen die Finger nahm, den Kopf zurücklegte und in seinen Mund gleiten ließ wie einen rohen Fisch. Schon dabei zuzusehen, löste bei ihr einen Würgereiz aus.

»Hundertzwei, um genau zu sein. Und raucht immer noch wie ein Schlot. Ich glaub, der Teer hält sie zusammen.«

»Und wozu hat sie einen Detektiv engagiert?«

»Ihr wertvollster Schmuck war weg. Ketten, Diamanten, das ganze Zeug. Selma hat die Anzeige von einem Detektiv in der Zeitung gesehen, und er hat den Schmuck innerhalb eines Tages gefunden.«

»Und den Dieb gefasst?«

»Welchen Dieb?«

»Du hast gesagt, jemand hat ihren Schmuck geklaut.«

Ihr Vater schüttelte den Kopf. »Nein. Nicht geklaut. Er war verschwunden. Genau wie deine Kollegin.«

»Und wo war er?«

»Selma hatte ihn so gut versteckt, dass sie ihn selbst nicht mehr finden konnte. Und dann hat sie vergessen, dass sie ihn versteckt hat.«

Claire lachte und fühlte sich augenblicklich an sich selbst erinnert. Auch sie hatte das Talent, wichtige Unterlagen so sicher zu verwahren, dass sie sie selbst nicht mehr fand.

Ihr Vater stellte die Puddingschüssel auf dem wackligen Couchtisch ab. »Wo war ich? Ach ja … Dieser Detektiv hat den Schmuck schließlich gefunden. Und als Honorar wollte er nur ein Bad nehmen und was Deftiges zu essen. Du kennst ja Selma, sie hat ihn direkt mit Hackbraten für ein ganzes Jahr versorgt.«

»Baden und was essen klingt ziemlich schräg, Dad. Ist der Mann obdachlos?«

»Nein, ich denke, er wollte einfach nur nett zu einer alten Dame sein.«

»Oder er hat heimlich was von dem Schmuck eingesteckt.« Claire wollte zwar an das Gute im Menschen glauben, tat es aber in ihrem Inneren nicht wirklich.

»Selma sagt, sie vermisst nichts.«

»Wo hatte sie den Schmuck denn letztendlich versteckt?«

»Im Staubsaugerbeutel. Da zu suchen, da muss man erst mal draufkommen. Scheint mir ein ideenreicher Typ zu sein.«

»Leslie wird sich aber kaum in irgendeinem Staubsaugerbeutel verstecken.«

»Hast du denn schon nachgesehen?« Ihr Vater zwinkerte ihr zu, und kurz genoss Claire diesen leichten Moment der Sorglosigkeit. Doch dann holten ihre dunklen Gedanken sie wieder ein.

»Ich habe wirklich Angst, dass ihr etwas passiert ist.

Eine partywütige, vertrauensselige Einundzwanzigjährige ganz allein im Ausland …«

»Mal nicht direkt den Teufel an die Wand.« Ihr Vater nickte nachdenklich. »Ich besorg dir die Nummer von dem Detektiv. Vielleicht kann er Leslies Eltern weiterhelfen. Fragen kostet nichts.«

»Stimmt. Danke, Dad.«

»Obwohl, manchmal kostet zu fragen schon etwas.« Er sah sie mit großen Augen an. »Zum Beispiel das Wohlwollen seiner Tochter.«

Sie ahnte, worauf das hinauslief. »Was willst du wissen?«

»Wie war dein Date mit diesem Mortimer?«, fragte ihr Vater und bemühte sich, dabei möglichst unschuldig zu klingen, obwohl Claire sein breites Grinsen nicht entging.

»Mit welchem? Dem richtigen oder dem Fake?«, konterte sie.

Sein Lächeln wich einer verblüfften Miene. »Muss ich das verstehen?«

Und weil Claire wusste, dass die Story ihrem Vater gefallen würde, erzählte sie ihm von dem Fake-Mortimer, der aussah wie der junge Sean Penn und der sie einen 40-Pfund-Whiskey gekostet hatte.

London, 2. Juli 2019

Liebes Tagebuch,

ich habe heute die größte Scheiße überhaupt geträumt. Aber es war auch irgendwie ein bisschen geil. Es ist nur leider so peinlich, dass ich es eigentlich nicht mal aufschreiben will. Aber ich will es auch nicht vergessen. Obwohl sich diese Bilder vermutlich sowieso unwiderruflich in meine Schädelinnendecke gebrannt haben. Ich habe von Fake-Mortimer geträumt. Wir lagen nackt aufeinander, eingerollt in ein Algenblatt. Wie Sushi. Er war grün, und ich war lila. Und wir haben uns aneinander gerieben, auf eine gute Art ... ziemlich erotisch sogar. Nur sind wir dabei ständig herumgerollt, weil wir ein großer Maki waren. Und irgendwann sind wir in die Sojasoße gerollt und waren ganz glitschig und haben ... okay, das kann ich nicht mal aufschreiben. Dann komme ich in die Hölle. Aber sollte es eine geben, komme ich dahin wahrscheinlich allein aufgrund des Traums.

Jedenfalls geht Mister 40-Pfund-Whiskey mir nicht mehr aus dem Kopf. Mit seinen nougatbraunen Augen und dem wie zufällig wirkenden, perfekt gewachsenen Dreitagebart. Ein schöner Mann. Obwohl ich glaube, dass er ein durchtriebener Mistkerl ist. Er hatte dieses Glänzen in den Augen, dieses verschmitzte Grinsen. Und er hat mich auf seiner Rechnung sitzen lassen. Ich kann nicht aufhören, an ihn zu denken. Vielleicht gehe ich noch mal in den Sushi-Laden, schaue, ob er da ist. Nein, Claire. Übertreib es nicht. So nötig hast du es nicht. Oder?

KAPITEL 5

»Einigen wir uns auf unentschieden.«
Der Schwarze Ritter in *Die Ritter der Kokosnuss*

Es war ein wunderschöner Sommertag in Richmond. Nur ein paar Wolken hingen am Himmel, der von den Kondensstreifen der Flugzeuge auf dem Weg nach Heathrow durchzogen war. Claire hatte Leslies Eltern von dem Detektiv erzählt, und sie hatten unverzüglich Kontakt zu ihm aufgenommen und ihn engagiert. Sie selbst hatten zu Hause eine provisorische Kommandozentrale eingerichtet und waren in ständigem Austausch mit den Behörden und der Presse. Deshalb hatten sie Claire gebeten, sich persönlich mit dem Privatdetektiv zu treffen, um die Details mit ihm abzustimmen.

An diesem Mittwoch machte sie sich in ihrer Mittagspause, ausgerüstet mit ihrem Laptop, Fotos und der Vermisstenanzeige von Leslie, mit dem Rad auf den Weg, um Andrew Sparks zu treffen. Der Privatermittler hatte sein Büro in Soho. Dieser Stadtteil Londons wurde von Reiseführern gern als alterativ bezeichnet und lockte jedes Jahr etliche Touristen an, die ihr Geld in den ausgefallenen kleinen Geschäften und Hipster-Cafés ließen.

Claire fand sich nicht wie erwartet vor einem Bürokomplex, sondern einem verfallenen Mehrparteienhaus wieder, in dessen Erdgeschoss ein Stripklub angesiedelt war. Vor dem Laden lauerte ein Türsteher, der ihr emotionslos zunickte. Vor ihm parkte eine proletenhafte Zuhälterkarre. Ein aufgemotzter Sportwagen in Knallgelb mit breiten Reifen und getönten Scheiben.

Claire schloss ihr Rad an einer Laterne fest und klingelte bei *A. Sparks*. Sie erhoffte sich einen findigen Ermittler, der mit allen Wassern gewaschen war. Sie dachte an Columbo, der Zigarre paffend das Rätsel um Leslies Verschwinden lösen würde. Der Türöffner summte, und sie betrat ein enges Treppenhaus mit zerbeulten Briefkästen, auf denen die Namensschilder kreuz und quer hingen. »Hallo?«, rief sie hinauf.

»Erster Stock!«, schallte es von oben.

Claire nahm die Stufen und betrat die wohl seltsamste Einzimmerwohnung, in der sie je gewesen war. Doch sie kam nicht dazu, sich über die Surfbretter oder das Bärenfell zu wundern. Vor ihr stand Andrew Sparks. Das war sein richtiger Name. Claire bekannt war er bisher allerdings als Fake-Mortimer. »Du?«

Er lachte. Laut und kompromisslos. Genau wie im Restaurant. »Claire Carter, so schnell sieht man sich also wieder! Wie schön …«

Sie verschränkte die Arme vor der Brust. Wieso kribbelten ausgerechnet jetzt ihre Ohren? Wenn jemand einen Grund hatte, nervös zu sein, dann definitiv er. »Schön ist relativ. Du schuldest mir vierzig Pfund«, sagte Claire trocken.

»Wie, dein Date hat die Rechnung nicht bezahlt? So Bank-Heinis zahlen doch immer.«

»Woher willst du wissen, dass er bei einer Bank arbeitet?«

»Oder so was in der Art. Sah nach einem aus, der in Finanzen macht. Hab ich recht oder hab ich recht?« Claire nickte und Andrew grinste sie schief an. »Siehst du, da hast du schon mal den Beweis, dass ich ein spitzenmäßiger Detektiv bin.«

Claire streckte die Hand aus. »Das Geld, her damit.«

Er winkte ab. »Das verrechnen wir. Wie ich höre, soll ich deine vermisste Kollegin finden.« Er kam näher, ging an Claire vorbei und schloss die Tür hinter ihr. Im Gegensatz zu vielen anderen Männern roch er nicht nach Parfüm oder Deo, sondern nach warmem Toast.

»Wir verrechnen hier gar nichts. Du hast dich im Restaurant für mein Date ausgegeben und mich auf der Rechnung sitzen lassen.«

»Ich habe nie behauptet, dieser Mortimer zu sein. Du hast dich einfach zu mir an den Tisch gesetzt.«

»Du hättest was sagen können. Die Situation aufklären.«

»Ich wusste halt nicht, ob das vielleicht deine Masche ist.«

»Wie bitte?«

»Na, dich einfach bei fremden Männern an den Tisch zu setzen und so zu tun, als hättest du ein Date.«

»Wer würde denn so was machen?«

»Du vielleicht. Hab ich jedenfalls gedacht. Bis dann dieser Schmierlappen aufgetaucht ist. Und, seht ihr euch wieder? Oder habt ihr schon ein Reihenhaus gekauft?«

»Das geht dich nichts an.« Claire sah ihm in die Augen, sein Lächeln war unverschämt, leider auch unverschämt attraktiv, und anscheinend konnte nichts es aus seinem Gesicht radieren. »Du glaubst doch nicht im Ernst, dass ich dich beauftrage.«

»Warum denn nicht? Ist doch gut, dass wir uns bereits kennen. Man könnte sagen, wir haben schon so etwas wie eine Vertrauensebene aufgebaut.«

»Ich glaube, du solltest das Wort Vertrauen dringend mal im Lexikon nachschlagen.« Sie drehte sich zu ihm um. Er lehnte an der Tür und grinste frech. Dann trat er vor, ging auf die Zehenspitzen, machte eine Verbeugung und deutete mit dem Arm wedelnd auf die Tür. »Es steht Ihnen frei zu gehen, *Mylady.*«

Claire musste lachen, weil Andrews Darbietung dermaßen bescheuert aussah. Vor allem, weil er nur einen plüschigen Bademantel und noch plüschigere Hausschuhe trug. Sie sah sich um und inspizierte den Raum, der wirkte wie eine wilde Junggesellenbude zu ihren besten Zeiten. »Das hier soll also eine Detektei sein?«

Er richtete sich wieder auf. »Wir sind noch im Aufbau.«

»Wir? Dann nehme ich den anderen.«

»Der bin dann auch ich.«

»Du sprichst von dir im Plural. Wie bescheiden.«

»Im Aufbau, wie gesagt.«

»Ich glaube nicht, dass du der Richtige für den Job bist. Dafür müsstest du nach Frankreich.«

»Kein Problem. Mein Französisch ist *très bien.*«

»Wirklich?«

»*Si!*«

»*Si* ist nicht …«

»*Oui!* Ich meine *oui!*«

Claire sah sich um. Chaos. Überall lagen Klamotten, ein Stapel dreckiges Geschirr balancierte in der Spüle. »Und du wohnst und arbeitest hier?«

»Ja. Vorübergehend.«

»Bis *ihr* was anderes gefunden habt.«

»Du hast es erfasst.« Er sah sie schief grinsend an. »Und?«

»Und was?« Claires Ohren wollten nicht aufhören zu glühen. Sie hatte keine Kontrolle darüber, es war, als würden sie ein Eigenleben führen.

»Willst du was trinken?«, fragte Andrew und schlenderte in Richtung seiner unaufgeräumten Küche.

Wer konnte schon dem Dackelblick eines Sean-Penn-Doubles widerstehen? »Von mir aus«, antwortete sie und hoffte, möglichst gelassen zu klingen. »Gerne einen Tee.«

»Tee hab ich nicht.«

»Kaffee tut's auch.«

»Sorry, Kaffee ist aus.«

»Kein Problem. Dann einfach ein Wasser.«

»Wasser geht auch nicht.«

»Ich nehme auch Leitungswasser.«

»Genau das ist das Problem.« Andrew öffnete den Kühlschrank. »Das Wasser ist abgestellt, weil sie irgendwas reparieren. Aber keine Sorge, bei mir verdurstet keiner.«

Wenig später hatte sie Andrew über die Lage aufgeklärt. Sie zeigte ihm Fotos von Leslie auf ihrem Laptop und gab ihm die Vermisstenanzeige. Bei der zweiten Dose Whiskey-Cola – etwas anderes gab Andrews Kühlschrank nicht her – beschloss er, noch heute Nachmittag nach Paris aufzubrechen.

Claire buchte ihm die Zugfahrt über das Portal des Reisebüros, während er bei seiner Nachbarin eine Dusche nahm. Als er mit nassen Haaren zurückkehrte, trug er eine verwaschene Jeans und ein kariertes Hemd. Darüber eine dunkelbraune Lederjacke, die sie zu gern stibitzt hätte, weil sie granatenscharf aussah. Er holte eine Tasche aus seinem Kleiderschrank und packte seine Sachen in Mordsgeschwindigkeit zusammen.

»Ich glaube, ich habe noch nie jemanden so schnell packen sehen.«

»Man braucht viel weniger, als man denkt. Und außerdem geht die Reise nicht in den Dschungel oder in die Wüste. Zur Not besorge ich, was fehlt, vor Ort.«

»Warst du schon mal in Paris?«

Er nickte. »Und du?«

Darauf konnte sie nicht antworten. Rein geistig ja, körperlich allerdings nicht. »Ich kann dir auch ein Hotel übers Reisebüro buchen. Schwebt dir schon eins vor?«, fragte sie, um abzulenken.

»Darum kümmere ich mich, wenn ich da bin. So. Fertig.« Er stand mit gepackten Taschen mitten im Raum. Andrew kam mit einem Rucksack, einer schlichten schwarzen Laptoptasche, die genau aussah wie ihre, und einer kleinen Reisetasche aus.

Andrew ging zur Tür. »Fertig. Kann losgehen.« Gemeinsam verließen sie die Wohnung. Er ließ die Tür ins Schloss fallen.

»Willst du nicht abschließen? Du wirst vermutlich länger unterwegs sein«, sagte Claire mit Blick auf die Tür.

»Hier gibt's nichts zu klauen.« Ohne sich umzudrehen, lief Andrew mit schnellen Schritten die Treppe hinunter.

Vor dem Haus zückte er seine Wagenschlüssel und ließ das knallgelbe Auto damit aufgehen, das Claire dem Türsteher des Stripklubs zugeschrieben hatte. »Soll ich dich mitnehmen?«

Niemals würde sie in diese Todesmaschine steigen. »Nein, danke. Ich bin mit dem Rad.« Claire zeigte auf ihr rotes Fahrrad, das an der Laterne auf sie wartete.

»Süß. Und seit wann fährst du schon ohne Stützräder?«

»Radfahren ist nicht nur was für Kinder.«

»Schon klar, aber deins sieht aus wie von Hello Kitty.«

»Ist es aber nicht.«

»Wenn du das sagst. Ich melde mich, wenn ich angekommen bin.«

Völlig unerwartet umarmte Andrew sie zum Abschied. Lang und innig, wie eine gute, alte Freundin – genauso hatte es sich auch im Sushi-Restaurant angefühlt. Und bevor er sie losließ, gab er ihr einen flüchtigen Kuss auf den Hals. Was Claire völlig sprachlos zurückließ. Dann sprang Andrew in seinen Wagen und brauste mit Vollgas davon.

Claire setzte sich einige Straßen weiter in ein Café, um den wirren Nachmittag in ihrem Tagebuch festzuhalten. Doch als sie ihr Laptop anschaltete, wollte das von ihr auf einmal ein Passwort wissen. Ihr PC war aber nicht durch eines geschützt. Und bei genauerem Hinsehen erkannte sie, dass es gar nicht ihr Gerät war. Andrew und sie hatten exakt die gleiche Tasche. Und jetzt war er mit ihrem Laptop, und damit ihrem Tagebuch, unterwegs nach Paris. Sie sah auf die Uhr. Ihr blieben nur noch knapp zwanzig Minuten, bis der Zug abfuhr.

KAPITEL 6

»Manchmal muss man rennen, bevor man laufen kann.«
Tony Stark in *Iron Man*

Noch zwanzig Minuten …
Claire schwang sich auf ihr Rad und trat in die Pedale. Sie musste St Pancras noch vor 15 Uhr erreichen. Es waren von hier nur knapp zwei Meilen. Wenn sie sich beeilte, sollte sie es in zehn Minuten bis zum Bahnhof schaffen. Dann blieben ihr immerhin noch zehn weitere Minuten, um Andrew zu finden, bevor der Zug abfuhr.

Sie konnte nur hoffen, dass er den versehentlichen Tausch noch nicht bemerkt hatte. Und falls doch, dass er wenigstens so diskret sein würde, keine Datei zu öffnen – vor allem nicht ihr Tagebuch. Doch so, wie sie ihn kennengelernt hatte, ging sie schwer davon aus, dass Diskretion nicht sein Ding war. Bei dem Gedanken, dass er möglicherweise in diesem Moment ihre geheimsten Gedanken las, wurde ihr flau im Magen. Und dann wurde ihr schlagartig speiübel, als ihr einer ihrer letzten Einträge einfiel. Der Sushi-Traum! Sie fuhr schneller. Andrew würde rasch begreifen, dass er Fake-Mortimer war und sie geträumt hatte, dass sie perversen Sex als Maki hatten.

Noch achtzehn Minuten …

Sie sauste die Poland Street entlang, bog rechts in die Noel Street ab und dann links in die Berners Street, nahm eine Abkürzung durch einen kleinen, künstlich angelegten Park an der Ecke der Straße und landete auf der Goodge Street.

Noch fünfzehn Minuten …

Sie bog wieder ab, radelte die Tottenham Court Road entlang und passierte die University of London. Es war nicht mehr weit.

Noch dreizehn Minuten …

Claire erreiche die Euston Road, wo Fahrradfahren lebensgefährlich war. Normalerweise wich sie Hauptverkehrsstraßen aus, aber diesmal musste sie die schnellste Route nehmen. Sie brettere über die Fahrbahn und legte ein halsbrecherisches Manöver hin, um links in die Pancras Road und so direkt auf den Bahnhof zuzusteuern.

Noch elf Minuten …

Sie war fast am Ziel, als ihr eine junge Frau mit einem klapprigen Rollkoffer vor den Lenker lief. Sie musste ausweichen und verlor fast die Kontrolle über ihr Rad. Die Frau fluchte, obwohl sie es war, die die Straße achtlos überquert hatte. Typisch für Touristen, die vergaßen, dass in England Linksverkehr herrschte und man somit nicht erst nach links und dann nach rechts, sondern als Fußgänger genau andersrum gucken musste, bevor man eine Straße überquerte. Dabei machte London Fußgänger extra darauf aufmerksam. Die Stadt hatte Warnhinweise auf viele Fußgängerüberwege gedruckt, doch den meisten Touristen fiel das nicht auf.

Noch neun Minuten …

Claire erreichte St Pancras Station, schloss reflexartig

ihr Rad an einem Pfeiler fest und fragte sich gleichzeitig, warum sie das tat, da sie absolut keine Zeit hatte. Doch sie hing an ihrem roten Fahrrad, und es anzuschließen, war wie einprogrammiert, da es in London sonst sehr schnell den Besitzer wechseln würde.

Sie rannte in den Bahnhof und sah auf die Tafel. Sie musste zu Gleis sechs. Sie sprintete los und rempelte dabei einige Reisende an, die ihr erzürnt hinterherbrüllten, doch für Entschuldigungen blieb keine Zeit. Sie konnte das Gleis schon sehen, als ihr plötzlich ein Drehkreuz den Weg versperrte. Sie wollte darüberspringen, als sie einen bulligen Security-Mann neben sich auftauchen sah, der sie anschaute, als wüsste er genau, was sie vorhatte.

Ihr blieben nur noch wenige Minuten, um den Zug zu erreichen, Andrew zu finden, die Laptops zu tauschen und wieder aus dem Zug auszusteigen. Sie rannte zu einem Automaten und zog ein Ticket – zumindest versuchte sie es. Noch nie in ihrem Leben hatte sie am Schalter ein Zugticket gekauft, und sie hatte keine Ahnung, wie das ging. Der Automat machte es einem nicht unbedingt leicht, und sie musste ihre Kreditkarte mehrmals in den Schlitz schieben. Sie hatte schon unzählige Zugreisen für ihre Kunden gebucht, doch im Reisebüro brauchte es dafür nur ein paar Klicks am PC. Hier stellte sich das Ganze als echte Herausforderung dar. Sie drückte so lange auf den Köpfen herum, bis die Maschine endlich ein Ticket ausdruckte.

Noch vier Minuten …

Sie rannte zum Gleis, passierte das Drehkreuz und lief über den überfüllten Bahnsteig, auf dem sich küssende Paare und Freunde und Familien voneinander verabschiedeten. Ihnen auszuweichen kam einem olympiareifen Slalom gleich. Claire musste so schnell wie möglich in den Zug. Die Türen standen noch offen. Sie blieb stehen, holte tief Luft und nahm all ihren Mut zusammen. Es kostete sie mehr Überwindung, als Puddinghaut zu essen. Aber bei dem Gedanken, Andrew könnte in ihrem Tagebuch stöbern, wurde ihr klar, dass es keine andere Möglichkeit gab. Sie tat etwas, das sie in ihrem Leben nicht mehr für möglich gehalten hatte: Sie stieg in einen Zug.

Mit wackeligen Beinen durchquerte Claire die schmalen Gänge. Da sie die Reise gebucht hatte, wusste sie, dass sie Andrew in Wagen 27 auf Platz 65 finden würde. Sie stützte sich an den Sitzen ab und zählte die Sekunden herunter. Der Zug würde gleich abfahren, und das wollte sie auf keinen Fall in seinem Inneren erleben. Eine Familie mit zwei Kindern und zwei großen Koffern versperrte ihr den Weg. Der Vater versuchte mit aller Kraft, die großen Taschen in die viel zu kleine Ablage oberhalb der Sitze zu katapultieren und brach sich dabei fast das Genick. Da die Mutter damit beschäftigt war, ihre beiden Söhne einzufangen, die über die Sitze kletterten, packte Claire mit an. Doch die Koffer wollten partout nicht in die prinzipiell dafür vorgesehenen Fächer passen, weshalb sie sich kurzerhand entschloss, es den frechen Bengeln gleichzutun und sich den Weg kletternd über Koffer und Sitze zu bahnen.

Dann endlich erreichte sie den richtigen Wagen und hielt Ausschau nach Andrew. Sie entdeckte ihn auf seinem Platz, während er gedankenverloren in ihren aufgeklappten Laptop starrte. Sofort entriss sie ihm den PC und knallte ihm sein Laptop auf den Schoß, was Andrew aufschrecken ließ.

»Hast du dich entschieden, mitzukommen?« Er deutete auf das frisch ausgedruckte Ticket, das sie mit ihrer schweißnassen Hand umklammerte. »Oder hast du mich etwa schon vermisst?«

»Wir haben versehentlich unsere Laptops vertauscht.«

»Ist mir schon aufgefallen«, sagte er mit seinem unverschämten Lächeln. Claire sah auf ihr Laptop, doch es war keine Datei geöffnet, was sie sofort beruhigte.

Sie hatte ihren Computer wieder, und jetzt wollte sie nur noch eins: raus hier. Aber Andrew hatte nichts Besseres zu tun, als zu fragen: »Hör mal, ich wollte in dem Hotel starten, in dem Leslie übernachtet hat. Aber da wird sie ja vermutlich nicht mehr sein. Was, denkst du, ist der logische nächste Schritt?«

»Du bist der Detektiv! Natürlich wird sie nicht da sein! Sonst hätte die Polizei sie doch längst gefunden!«, schnauzte Claire ihn mit gefühlt tausend Dezibel an, was bloß ihrer Panik geschuldet war.

»Kein Grund, mich anzuschreien.«

Aber sie konnte nur schreien. Alles andere hätte sich in dieser Situation nicht richtig angefühlt. Ihr Herz pochte wie wild, sie schwitzte am ganzen Körper, ihre Ohren brannten wie Feuer. Und dann passierte es. Es war nur ein sanfter Ruck, der erst durch den Zug und dann durch sie hindurchfuhr und sie zum Schwanken brachte. Sie wusste genau, was das zu bedeuten hatte.

Sie hatte nicht bemerkt, dass die Türen sich geschlossen hatten. Der Zug setzte sich gnadenlos in Bewegung. Langsam, aber stetig – und unaufhaltsam. Claire wurde schwarz vor Augen. Und sie hörte den dumpfen Knall vom Aufprall ihres eigenen Körpers, bevor sie endgültig das Bewusstsein verlor.

KAPITEL 7

»Ich kenne mindestens tausend Möglichkeiten, wie wir aus dieser Situation hier wieder rauskommen … Leider sind sie alle tödlich.«

Marvin in *Per Anhalter durch die Galaxis*

Ein Traum. Es musste ein Traum gewesen sein. Das leise Zischen und Poltern, das sie hörte, mussten Fragmente dieses Traums sein. Genau wie das Gefühl, dass es ruckelte. Ihr Körper war nicht in Bewegung. Sie war in keinem Zug. Sie lag zu Hause in ihrem Bett. Und wenn sie gleich die Augen öffnete, würde sie in ihrem Appartement erwachen und alles würde in Ordnung sein. Sie streckte ihre Finger, fühlte ihren Körper. Ja, sie lag weich. Das musste ihr Bett sein. Doch als sie die Lider aufschlug, blickte sie in Andrews besorgtes Gesicht.

»Da bist du ja wieder. Hab mir schon Sorgen gemacht.« Er schenkte ihr ein warmes Lächeln. Claire setzte sich auf und stieß sich den Kopf an der Decke. »Dank deinem Auftritt hat der Schaffner uns ein Schlafabteil nur für uns zwei gegeben. Und das sogar in der ersten Klasse. Nett, oder?«

Claire sah sich um, sie befand sich auf einem Hochbett in einem kleinen Zugabteil, die Vorhänge waren geschlossen, trotzdem erkannte sie durch einen Spalt, wie die Landschaft vor dem Fenster in einer unfassbaren Geschwindigkeit vorbeiraste.

»Wir fahren mit einer Höchstgeschwindigkeit von 160 km/h. Das sind knapp 100 Meilen pro Stunde«, sagte Claire wie in Trance. Sie kannte die Details dieser Zugverbindung auswendig. Die Strecke war 344 Kilometer und somit ungefähr 213 Meilen lang. Sobald man England verließ, änderten sich nicht nur die Sprache und die Straßenseite, auf der man fuhr, sondern auch das metrische System und die Währung. Für Engländer änderte sich im Ausland so einiges. Dieses Land hatte sich immer alle Mühe gegeben, sich dem Rest von Europa nicht anzupassen – das war schon vor dem Brexit so gewesen. Ob sich ihre Heimat damit einen Gefallen tat, war allerdings äußerst fraglich.

Claires Gehirn war außer Kontrolle und rief alle Informationen ab, die es zum Eurotunnel gespeichert hatte. Die Strecke nach Paris wurde von London aus jeden Tag von fünf Zügen zurückgelegt. Allerdings passierten den Eurotunnel pro Tag bis zu 270 Züge – und das zu Spitzenzeiten mit nur drei Minuten Abstand. Sollte dabei etwas schiefgehen – sollte zum Beispiel ein Zug aufgrund eines Defekts stehen bleiben und ein anderer kurz darauf in diesen hineinrasen –, waren alle Insassen dem Tode geweiht. Ein Ingenieur hätte dem vermutlich widersprochen, jeder logisch denkende Mensch hätte dem vermutlich widersprochen, denn natürlich hatten solche Schnellzüge präzise ausgearbeitete Sicherheitssysteme. Aber Claire gehörte in diesem Augenblick nicht mehr zu der Spezies logisch denkender Mensch. Sie hatte Angst, und diese Angst schürte vor allem eins: das Worst-Case-Szenario.

»Von St Pancras nach Paris Gare du Nord fahren wir ungefähr zweieinhalb Stunden«, sagte Andrew, doch das wusste Claire längst. Und sie würden durch den 50 Kilometer langen Eurotunnel fahren. Von dem zu allem Überfluss auch noch knapp 38 Kilometer unterseeisch verliefen.

Claire wurde bewusst, dass sie in diesem rasenden Ungetüm gefangen war. »Wir werden bis zu 75 Meter unter dem Meeresgrund sein!«, schrie sie.

»Wie cool«, sagte Andrew beeindruckt. »Kann man da rausgucken?«

Daran ist gar nichts cool, dachte Claire. »Was willst du da rausgucken? Wir sind in einem Tunnel.«

»Wäre genial, wenn der aus Glas wäre.«

»Was? Das wäre der Horror!« Vorsichtig kletterte sie aus dem Stockbett und setzte zögerlich einen Fuß nach dem anderen auf den Boden.

»Wir sind nicht auf einem Schiff. Und selbst wenn … so wackelig ist das auch nicht. Der Boden wird nicht plötzlich unter deinen Füßen wegbrechen und die Gleise freilegen, über die wir hinwegfegen. Mit einer Geschwindigkeit von … Wie schnell fahren wir noch mal, hast du gesagt?«

Claire war höchst konzentriert und nicht in der Lage, zu antworten. Die Idee, der Boden unter ihren Füßen könnte weggerissen werden, war ihr noch gar nicht gekommen. Und schürte ihre Panik umso mehr. Es musste nur eine kleine Beschädigung am Gleis vorliegen, und sie alle wären in Lebensgefahr. Schon die elektrische Spielzeugeisenbahn ihres Bruders war früher jedes Mal entgleist, wenn er damit gespielt hatte. Wie sollte das Ganze dann in groß ausgehen? Sie sah vor ihrem inneren Auge die Zeitungsartikel und Pressemitteilungen: *Zugunglück fordert 235 Tote. Reiseverkehrskauffrau hinterlässt Vater, Bruder und Kakadu.*

Claire atmete tief ein, hielt die Luft an und wankte aus der Tür. Sie tastete an der Wand entlang und sah sich suchend auf dem Gang um. Irgendwo hier musste eine sein. Andrew folgte ihr.

»Was hast du vor?«

»Die Notbremse«, stieß sie hervor und merkte, dass sie vergessen hatte zu atmen.

»Das bringt eh nichts. Ist nur ein Mythos. Wenn du die ziehst, passiert gar nichts«, sagte Andrew und lehnte sich lässig an den schmalen Türrahmen des Abteils.

»Das stimmt nicht!«

»Hast du's schon mal probiert?«

Nein, hatte Claire natürlich nicht. Sie hatte das letzte Mal als Teenager in einem Zug gesessen. »Doch, das funktioniert«, sagte sie. »Nur nicht, wenn wir über eine Brücke oder durch einen Tunnel fahren. Wegen Gefahren wie Feuer, der Durchführbarkeit von Rettungsmaßnahmen und so weiter …«

»Das weiß der Zug?«

»Das weiß der Lokführer, du Genie. Der bekommt ein Signal, wenn jemand die Notbremse zieht.« Nur, was geschah, wenn der Lokführer schlief oder ohnmächtig war? Claires Gedanken überschlugen sich.

»Aha.« Andrew beobachtete sie, als wäre sie ein wildes Raubtier, das aus dem Zoo ausgebrochen war. »Angenommen, der Zug bleibt stehen. Was machst du dann?«

»Aussteigen!«, fauchte Claire ihn an und bekam gleichzeitig ein schlechtes Gewissen. Er konnte nichts für die aktuelle Situation. Er hatte sie irgendwie in das Schlafabteil auf das Bett verfrachtet, war an ihrer Seite geblieben und tat jetzt genau das, was man in jeder Notsituation tun sollte: Ruhe bewahren.

»Aussteigen. Aha. Und dann?«, fragte er unbeeindruckt. »Wie willst du nach Hause kommen? Warte doch einfach, bis wir am Bahnhof sind, und dann fahr zurück.«

»Du verstehst das nicht.« Wie sollte sie ihm begreiflich machen, dass sie keine Sekunde länger in diesem Zug aushielt? Und verdammt, er hatte recht. Selbst wenn der Zug augenblicklich zum Stehen käme und sie aussteigen könnte – Claire würde sich mitten in der Pampa wiederfinden und den Weg nach Hause wahrscheinlich nicht zu Fuß zurücklegen können. Und gerade als sie überlegte, ob das doch möglich war, wurde es dunkel und sie wusste, was das bedeutete: Über ihr würde gleich nur noch Wasser sein. Unzählige, tonnenschwere Liter Meerwasser. Darunter eine massive Schicht Beton und darin eine schmale Röhre, durch die ein noch schmalerer Metallsarg fuhr, in dem Claire sich momentan befand.

Andrew legte ihr die Hände um die Hüften, als wollte er sie küssen, was sie für einen Moment völlig aus dem Konzept brachte. »Was ist los?«, fragte er und zog sie so nah an sich heran, dass sie seinen Geruch nach warmem Toast inhalierte.

»Ich hab Angst.«

Er lachte, laut, schamlos, aus voller Brust, als wäre es das letzte Lachen seines Lebens. »Wovor? Vor Zügen?«

»So was in der Art.«

»Verstehe. Ich hab auch 'ne Phobie. Aber man darf sich davon nicht kontrollieren lassen.«

»Wovor hast du denn solche Angst?«

»Jetzt kümmern wir uns erst mal um deine. Also,

willst du ernsthaft die Notbremse ziehen? Oder sollen wir uns hinsetzen?«

Claire nickte, wusste aber nicht, welche der beiden Fragen sie damit mit Ja beantworten wollte. Andrew legte seinen Arm um ihre Schultern und führte sie zurück in das Abteil. Sie nahm auf den durchgesessenen grünen Polstern Platz, die sich gegenüber den zwei übereinanderliegenden Etagenbetten befanden.

»Ich weiß, was du jetzt brauchst. Bin gleich wieder da. Aber nicht weglaufen.«

»Guter Witz.« Claire hätte gelacht, doch der Ton blieb ihr im Hals stecken, und was aus ihrem Mund kam, erinnerte eher an ein grunzendes Schwein.

Andrew hob beschwörend den Zeigefinger und setzte einen strengen Lehrerblick auf, was sie unerwartet zum Lächeln brachte. »Na, bitte, geht doch«, sagte er und entschwand durch die schmale Tür.

Sie konnte sich nicht vorstellen, dass der selbst ernannte Detektiv, der bisher nur verlorenen Schmuck in einem Staubsauger entdeckt hatte und das für seinen größten Fall hielt, genug Beruhigungstabletten auftreiben konnte, um Claires Panik zu unterdrücken. Etliche Therapeuten waren bereits daran gescheitert. Sie versuchte, sich auf ihre Atmung zu konzentrieren, und hatte das Gefühl, dass ihr Herz so heftig schlug, als wäre es kurz davor war zu platzen.

Sie hörte Schritte und ein Klirren. Andrew öffnete die Tür zum Abteil umständlich mit dem Fuß und schob sich in den kleinen Raum. Seine Arme waren beladen. Jetzt erkannte sie die Ursache des Klirrens.

»Was darf's sein? Wir haben Rum, Wodka, Gin, Tequila, Whiskey, irgendwas Rotes, irgendwas Braunes …« Er zeigte ihr die vielen kleinen Schnapsfläschchen.

»Gin.«

»Gibt wohl kein Tonic.«

»Wer braucht schon Tonic.«

»Das ist mein Mädchen.« Andrew reichte ihr eines der Fläschchen. »Und das leerst du jetzt in einem Zug. Verstehst du? In einem Zug und das *in einem Zug.*«

»Sehr witzig.« Claire leerte ein Fläschchen. Dann noch eins. Und noch eins. Irgendwann hörte sie auf zu zählen. Andrew reichte immer wieder nach. Trank er selbst überhaupt mit? Langsam überkam sie die Wonne der Betrunkenheit. Der Alkohol brannte in ihrer Kehle, lief warm ihre Speiseröhre hinab und hüllte sie in einen Nebel der Schwerelosigkeit.

*

»Nächster Halt: Paris – Gare du Nord. *Next stop:* Paris – Gare du Nord«, schallte es aus den kratzigen Lautsprechern. Claire sprang sofort auf. Sie konnte es kaum erwarten, den Zug endlich zu verlassen. Schnell aufzustehen, war allerdings keine gute Idee gewesen. Plötzlich drehte sich alles, ihr Schädel dröhnte, sie sah auf den Miniatur-Mülleimer, in dem unzählige leere Glasfläschchen lagen. War es möglich, noch betrunken zu sein und gleichzeitig einen Kater zu haben?

Während sie aus dem Zug stiegen, musste Claire sich mehrmals an Andrew festhalten. Sie wankte, stolperte und war nicht in der Lage, ihren Blick zu fokussieren. Als ihr das schließlich doch gelang, verwandelte sie sich in eine Sechsjährige auf LSD. »Disneyland!«, kreischte sie. Denn ihr Blick war auf ein großes Werbeplakat von Disneyland Paris gefallen. Sie wankte darauf zu und lehnte ihren Kopf gegen die Wand. Sie hatte schon immer nach Disneyland gewollt und jetzt war sie nur wenige Kilometer davon entfernt. Aber dann kam sie wieder zur Besinnung. Sie wollte und sollte nicht hier sein. Nur Andrew sollte hier sein. Und er sollte nach Leslie suchen. Das war der Plan. Und jetzt fand sich Claire auf einem Bahnsteig in Paris wieder und kotzte vor ein Plakat von Mickey Mouse.

KAPITEL 8

»Du kannst doch nicht zulassen, dass ihm nie etwas passiert.
Dann passiert ihm doch nie etwas!«
Dori in *Findet Nemo*

Paris, 3. Juli 2019

Sherlock Holmes hatte Dr. Watson. Andrew Sparks hatte eine betrunkene Frau, die vom Zugfahren ohnmächtig wurde. Was war los mit dieser Claire Carter?

Während er mit ihr vom Bahnhof zum Hotel lief, wobei er sie halb trug, denn sie schlug aus wie ein Pendel, und ihr Blick war glasig, überlegte er, was er da eben auf ihrem PC gefunden hatte. Diese Frau hatte etwas über ihn geschrieben. Sie hatte von ihm geträumt. Das fand er ziemlich witzig. Aber das sollte er ihr wohl besser nicht sagen, sonst wäre sie vermutlich wieder in Ohnmacht gefallen, und das wollte er nicht riskieren.

Die Leute, die ihnen entgegenkamen, musterten sie skeptisch, und Andrew nickte jedem freundlich zu, während er versuchte, Claire geradeaus zu manövrieren und gleichzeitig seine Taschen und ihre Handtasche zu tragen. Aber es war ihm egal, dass er total lächerlich aussah. Er war hier, um herauszufinden, was mit Leslie Simpson passiert war, und davon würde ihn so schnell nichts abhalten. Obwohl es eine Sünde gewesen wäre, nicht auszukosten, in Paris zu sein. Es war Jahre her, dass er das letzte Mal hier gewesen war. Diese Stadt hatte eine ganz andere Energie als London, einen besonderen Charakter. Lauter, aber trotzdem charmant. Ständig hupte ein Auto, alle redeten durcheinander. Aus jedem zweiten Laden roch es nach gebratenem Fisch, und die Schaufenster der Patisserien ließen ihm das Wasser im Mund zusammenlaufen.

Sie steuerten auf den Louvre zu. Der Eingang im Innenhof des weltberühmten Kunstmuseums war eine Pyramide aus Glas. Kurz überlegte er, Claire dagegenzulehnen und ein Foto zu schießen. In ihrem aktuellen volltrunkenen Zustand merkte sie gar nichts, aber er kannte sie noch nicht gut genug, um zu wissen, ob das ihren Humor traf oder sie ihn dafür anzeigen würde. Daher blieb er ganz Gentleman und schleppte Claire und das Gepäck weiter in Richtung Hotel.

Beeindruckend, was diese Frau vertrug. Bei der Menge Alkohol hätte Andrew es nicht mal mehr geschafft, aus dem Zug zu steigen. Sie war so nervös gewesen, dass sie jedes Fläschchen, das er ihr gereicht hatte, ohne mit der Wimper zu zucken, hinuntergestürzt hatte. Wieso hatte sie so große Angst gehabt? Hatte sie eventuell schon mal live erlebt, wie ein Zug entgleist war oder bei einem schweren Zugunglück jemanden verloren? Sie war ihm ein Rätsel. Aber vor ihrer, auch wenn derzeit sehr wackeligen, Standfestigkeit zog er den Hut.

»Respekt, Claire Carter«, sagte er.

»Hä? Wie bitte?«, lallte sie.

»Wir sind da.«

KAPITEL 9

»Toto, ich habe das Gefühl, dass wir nicht mehr in Kansas sind.«
Dorothy in *Der Zauberer von Oz*

Mit brummendem Kopf, einem flauen Gefühl im Magen und einem Geschmack im Mund, den sie selbst nach dem dritten Kaugummi noch wahrnahm, betrat Claire mit Andrew ein elegantes Hotel in der Nähe des Louvre, das sie nach circa einer dreiviertel Stunde Fußweg vom Gare du Nord aus erreicht hatten. Sicher wäre die Strecke auch etwas schneller machbar gewesen, doch Claires aktueller Zustand ließ nur ein eher gemächliches Schritttempo zu. Als sie an sich heruntersah, stellte sie fest, dass sie es immerhin geschafft hatte, sich am Bahnhof nicht auf ihre neuen Lederstiefeletten zu erbrechen. Das war allerdings keine Leistung, auf die sie sonderlich stolz sein konnte.

Sie hatten mit Leslies Eltern vereinbart, dass Andrew seine Kosten vorläufig über das Reisebüro abrechnete. Seine Hotelauswahl entpuppte sich gerade allerdings als äußerst kostspielig. Darüber würden weder Victoria noch Leslies Eltern erfreut sein, die sein Honorar plus Spesen am Ende bezahlen mussten.

Aber Claire war schwindelig und immer noch speiübel. Sie fühlte sich zu schwach, um zu protestieren, als Andrew, mit ihr am Arm, an der Rezeption ankam. Über ihnen baumelte ein bronzefarbener Leuchter an einer Kette. Claire kannte dieses prachtvolle Hotel von Fotos, und jetzt wollte sie unbedingt den Speisesaal sehen, der mit tropischen Pflanzen ausstaffiert war und eine gläserne Decke hatte, die mit Gold verziert war. Sie stapfte los, geriet direkt ins Taumeln, und Andrew fing sie mit einer ausladenden Armbewegung wieder ein und drückte sie an sich. Claire hatte ihren Trunkenheitsgrad unterschätzt. Sie lehnte sich gegen seinen festen Körper, was von außen betrachtet aussehen musste, als würde sie sich schmusebedürftig anschmiegen wie an einen Geliebten. Dabei diente das Ganze nur dem Zweck, sie in einer aufrechten Körperhaltung und auf beiden Beinen zu halten. Der schlanke Mann an der Rezeption deutete das Bild wohl trotzdem als romantisch.

»Sind das ihre Flitterwochen?«, fragte er und legte mit träumerischem Blick seine manikürten Fingerspitzen aneinander.

Nein!, schrie Claire innerlich.

»Ja«, sagte Andrew.

»Wie schön. Herzlichen Glückwunsch!«

»Vielen Dank. Sie ist mein Ein und Alles, wissen Sie.«

Der Blick des Rezeptionisten verklärte sich. »Darf ich Ihnen unser Honeymoon Spezial anbieten?«

»Danke, aber ich denke, das können wir uns nicht leisten. Die Hochzeit war so teuer. Meine Frau musste unbedingt dieses eine Kleid haben. Aber was soll ich sagen? Ich liebe sie. Also hab ich gedacht: Natürlich,

Schatz, kauf dir das 5000-Pfund-Kleid, wenn es dich glücklich macht, macht es mich auch glücklich.«

Was laberte Andrew da bloß für einen gequirlten Müll? Claire war vor Faszination über seine schauspielerische Darbietung in einer Art Schockstarre gefangen. Sollte sie protestieren? Sollte sie lachen? Sie ließ es einfach geschehen, lächelte und nickte dem Mann hinterm Tresen zu.

»Wissen Sie was? Sie sind so ein süßes Paar. Das geht aufs Haus.« Er legte seine filigranen Finger auf die Tastatur und begann zu tippen. »Gratis Upgrade!«, trällerte er.

»Gratis Upgrade!«, sang Andrew in der gleichen Melodie. »Ist das nicht toll, Schatz?«

Sei froh, dass ich betrunken bin, dachte Claire.

»Sie bekommen unsere Palais Royale Suite, besonders beliebt bei Hochzeitsreisen, der Ausblick ist einfach atemberaubend. Und wie wäre es mit einer Paarmassage?«

»Da sagen wir nicht Nein. Oder, Schatz?«

»Nein«, sagte Claire, was aber anders interpretiert wurde, als sie es gemeint hatte.

»Sie können den Wellnessbereich kostenfrei nutzen«, fuhr der Rezeptionist fort. »Es gibt eine Flasche Dom Pérignon aufs Zimmer und noch ein paar kleine Überraschungen, aber da will ich jetzt noch nicht zu viel verraten.«

Und während der Rezeptionist weiter die Vorzüge des Flitterwochen-Pakets aufzählte, drifteten Claires Gedanken ab. Wie in Trance folgte sie dann Andrew und dem Kofferjungen aufs Zimmer und nahm den großen Raum mit den edlen hellen Gardinen, goldenen Lampen und dem riesigen Bad mit frei stehender Badewanne kaum wahr. Sie ließ sich aufs Bett fallen und streckte alle

Gliedmaßen von sich. Sie war in Paris. Und konnte nicht fassen, so viel Glück und Pech zur selben Zeit zu haben. Paris! Die Stadt der Mona Lisa, der Seine, des Eiffelturms. Paris! Die Stadt der Taschendiebe und Hütchenspieler. Paris! Die Stadt, die gut 300 Meilen entfernt von ihrem geliebten Richmond in London lag. Wie sollte sie je wieder nach Hause kommen – zu Fuß? Übers Meer? Sie war nicht Jesus. Und auch nicht Moses. Und sollte sie nicht in den nächsten Stunden von einer höheren Macht magische Kräfte erhalten, gab es nur einen Weg. Oder genauer gesagt mehrere: Flugzeug, Auto, Schiff, Zug … Es gab etliche Möglichkeiten, von Frankreich nach England zu kommen. Nur für Claire gab es keine einzige. Sie war weit weg von zu Hause. Ausgeliefert. Und diesmal war es kein Traum.

Ihr Körper versank in der viel zu weichen Matratze. Wie viele Menschen mochten vor ihr hier gelegen haben? Sie lag in einem fremden Bett. War in einem Zimmer, in dem Hunderte, vielleicht Tausende Menschen vor ihr gewesen waren und nach ihr sein würden. Unvorstellbar, was sich in diesen vier Wänden möglicherweise schon abgespielt hatte. Liebesgeschichten, Krimis, Dramen und Tragödien. Unzählige Leben, unzählige Geschichten hatten dieses Zimmer betreten und wieder verlassen. Und sie war jetzt eine davon.

Andrew sah sich in dem Raum um, öffnete jeden Schrank und jede Schublade, nahm ein Bier aus der Minibar und schlüpfte in die Hotelhausschuhe aus weißem Frottee.

»Dann lass uns mal unseren Wellnessgutschein einlösen, Teuerste.« Er hielt ihr die ausgestreckte Hand hin, als wollte er sie zum Tanz auffordern. »Obwohl du ziemlich erschöpft aussiehst. Vielleicht schläfst du erst mal 'ne Runde.«

Claire setzte sich auf. »Wellness? Schlafen? Dafür wirst du nicht bezahlt. Es geht um Leslie. Schon vergessen?«

»Bist du mein Chef?«

»Ich habe dich engagiert.«

»Indirekt.«

»Wie indirekt?«

»Willst du darüber jetzt echt diskutieren?«

»Willst du jetzt ernsthaft in die Sauna?«

»Und schon haben wir unseren ersten Ehekrach. Ausgerechnet in den Flitterwochen. Na super«, erwiderte Andrew gespielt patzig und schob eine dicke Schmolllippe hinterher.

Das schaffte Claire. Sie hielt es nicht mehr aus. Sie war erschöpft, sie war angespannt, aufgeregt und ängstlich zugleich. Es waren zu viele Eindrücke und fremde Gefühle, die auf sie einprasselten, und ausgerechnet jetzt riss Andrew einen Witz, der bei ihr genau ins Schwarze traf. Also fing sie an zu lachen. Und zu heulen. Beides gleichzeitig. Was sich grässlich anhörte. Und mit Sicherheit noch furchtbarer aussah. Erst lachte Andrew mit, dann verstummte er, als er die ersten großen Tropfen ihre Wange hinunterkullern sah.

»Was, was? Nein, nicht weinen. Ist doch alles in Ordnung. Selbstverständlich suche ich nach Leslie. Ich weiß, dass das kein Urlaub ist. Erst recht keine Flitterwochen. War doch nur ein Scherz!« Er setzte sich aufs Bett und nahm ihre Hand.

»Ja, ich weiß. Sorry«, schluchzte Claire und wischte sich die Tränen aus dem Gesicht.

»Kein Grund, sich zu entschuldigen. Ich glaube, du brauchst echt 'ne Mütze Schlaf. Ich kümmere mich um alles. Okay? Du ruhst dich ein bisschen aus, ich fang mit der Recherche an.«

»Ich kann jetzt nicht schlafen.«

»So bist du aber niemandem eine Hilfe. Mir nicht, dir nicht. Leslie nicht. Leg dich hin.«

»Nein.« Claire bemerkte, dass sie wie ein trotziges Kleinkind klang. Ein eindeutiges Indiz dafür, dass sie todmüde oder hungrig war. Oder schlimmer: beides.

»Dich muss man anscheinend zu deinem Glück zwingen. Gut, wie du willst.« Andrew legte seine Arme um sie, kippte mit ihr auf die Seite und kuschelte sich in Löffelchenstellung an sie. Claire war völlig perplex und mit einem Schlag hellwach.

»Ähm ... Was wird das?«

»Schschsch ... Schlaf.«

»Hast du sie noch alle?«

Andrew gab vor, laut zu schnarchen, was Claire wieder zum Lachen brachte, obwohl sie dagegen ankämpfte.

»Hallo?«

»Einatmen. Ausatmen«, sagte er so ruhig wie ein meditierender Yogalehrer.

»Andrew? Hallo?«

»Claire. Hallo. Schlaf einfach.«

»Was soll das?«

»Soll ich dich loslassen?«

Wieso sagte sie nicht einfach Ja? Es war kein Zwang. Andrew hatte sich eng an sie gekuschelt, jedoch nicht in bedrohlicher Weise. Sie konnte einfach aufstehen. Aber sein warmer Körper, der sich an ihren schmiegte, fühlte sich ungewohnt vertraut an. Seine ruhige Atmung ging auf sie über, sie spürte, wie sich sein Brustkorb regelmäßig langsam hob und senkte. Spürte seinen Atem in ihrem Nacken. Spürte, wie sie sich langsam entspannte.

Claire wurde bewusst, dass wahrscheinlich schon über eine Minute vergangen war und sie immer noch nicht geantwortet hatte. *Warmer Toast,* dachte sie. Er riecht nach warmem Toast.

KAPITEL 10

»Nach Hause telefonieren!«
E.T. *in E.T. – Der Außerirdische*

Claire hörte das Klicken einer Tastatur, öffnete die Augen und sah Andrew, mit nassen Haaren und im Bademantel, der tiefenentspannt an ihrem Laptop saß. Wie lange hatte sie geschlafen? Es war bereits dunkel. Sie sah auf den Wecker neben dem Bett, es war schon fast zwanzig Uhr.

»Hey!«

»Hallo, Prinzessin.«

»Was machst du an meinem Laptop?«

»Nur kurz meine Mails checken. Mein Akku war alle.«

»Normalerweise lädt man den dann wieder auf. Oder hast du dein Ladekabel bei deiner Schnellpackaktion vergessen?«

»*Normalerweise* schützen Leute ihre PCs mit einem Passwort. Das solltest du dringend mal tun.«

Ja, das sollte ich wirklich, dachte Claire. Aber Andrew besaß die Gabe, seiner Übergriffigkeit mit einem schiefen Lächeln und einem warmen, offenen Blick so viel Charme zu verleihen, dass sie ihm nicht lange böse sein konnte. »Warst du in der Sauna?«

»Unter anderem. Die Hot-Stone-Massage, ich sag dir – ein Traum!«

»Du hattest versprochen, du erkundigst dich nach Leslie.«

»Und das habe ich. Claire, ich habe das Gefühl, du unterschätzt mich. Während du deinen Rausch ausgeschlafen hast …«

»Du hast mich doch im Zug abgefüllt!«, unterbrach sie ihn.

»Willst du jetzt hören, was ich rausgefunden habe, oder nicht?«

»Natürlich will ich das. Und ich wüsste außerdem gern, warum wir in einem der teuersten Hotels der Stadt sind.«

»Kann ich dir sagen. Weil es der logische erste Schritt war, was die Ermittlungen betrifft. Ich dachte, das wüsstest du. Du selbst hast mich auf die Spur gebracht.«

Claire überlegte, ob Andrew sie auf den Arm nehmen wollte oder es wirklich einen Sinn hatte, im noblen Hôtel du Louvre zu residieren.

»Ich bin nur durch die Durchsicht deiner Unterlagen auf den Laden hier gekommen.«

Und plötzlich fiel ihr auf, dass er tatsächlich völlig naheliegend gehandelt hatte. »Das hatte ich gar nicht mehr auf dem Schirm. Leslie hat sich für die erste Nacht hier einquartiert«, sagte sie. »Sie wollte sich was gönnen. Aber nur für eine Nacht. Und sich dann was Preiswerteres suchen und Paris erkunden.«

»Sie ist genau hier gestartet. Deshalb starten wir auch hier.«

»Dass wir hier starten, verstehe ich. Aber müssen wir

deshalb auch gleich in einem der teuersten Hotels der Stadt übernachten?«

»Ja. Um auf Leslies Spuren zu bleiben.« Claire wollte widersprechen, kam aber nicht zu Wort. »Ich hab mit dem Rezeptionisten gesprochen, der an dem Tag Dienst hatte, als Leslie ausgecheckt hat. Sie hat ein Taxi bestellt.«

»Und mit dem hätten wir sicherlich auch sprechen können, ohne hier zu übernachten. Oder?«

»Sei versichert«, sagte er und machte dabei eine Geste wie ein Butler, der seinen Herren empfängt, »dass Mitarbeiter eines Hotels netter und auskunftsfreudiger zu ihren Gästen sind als zu Fremden.«

Das leuchtete ihr ein. Trotzdem hielt sie es für eine Ausrede.

»Darf ich jetzt mit meinen Ermittlungsergebnissen fortfahren?«, fragte Andrew in einem gestelzten Tonfall. »Wie gesagt, Leslie hat ein Taxi genommen.«

»Aber wir wissen nicht, wohin. Wahrscheinlich zu einem anderen Hotel. Davon gibt es hier über tausend!« Sie kramte in ihrem Kopf nach ihrem Reiseverkehrskauffrau-Fachwissen. »Ich glaube, allein in der Pariser Innenstadt gibt es circa 1400 Hotels. Und die können wir unmöglich alle ablaufen.«

»Müssen wir auch nicht. Ich hab bei dem Taxiunternehmen angerufen, mich als Leslies Freund ausgegeben und behauptet, sie hätte etwas in dem Wagen verloren. Wir sind für morgen mit dem Taxifahrer an diesem Kunst- und Kulturzentrum verabredet. Irgendwas mit Centre Popodulopu oder so ähnlich.«

»Du meinst sicher das Centre Pompidou.«

»Ja, genau. Da treffen wir ihn.«

»Wir? Das ist dein Job. Ich muss gucken, dass ich irgendwie wieder nach Hause komme.«

»Wo du schon mal hier bist, kannst du mir auch bei der Suche nach deiner Freundin helfen. Sie ist doch eine Freundin, oder? Oder ist sie nur eine Kollegin? Dafür würdest du wohl nicht so viel Aufwand betreiben. Korrigier mich, wenn ich falsch liege.«

Er hatte recht. Leslie war mehr als eine Kollegin. Claire war es wirklich wichtig, sie zu finden und zu wissen, ob es ihr gut ging. Sie vermisste es, mit ihr im Pub gegenüber des Büros rumzuhängen und darüber zu lästern, dass ihre Chefin sie zu schlecht bezahlte. Denn eins war klar: Ohne Claire und Leslie wäre das Reisebüro den Bach runtergegangen.

»Ja«, sagte Claire. »Sie ist ein wunderbarer Mensch. Mit einem schrecklichen Haustiergeschmack. Und das sind nur zwei Gründe, warum wir sie unbedingt finden müssen.«

»Und sie hat deine Chefin beklaut«, bemerkte er trocken.

Claire hatte die Arbeit und Victoria völlig vergessen. »Ich sollte wohl besser Bescheid geben, dass ich es morgen wahrscheinlich nicht zur Arbeit schaffe.« Sie sah sich nach ihrer Tasche um, kramte ihr Handy heraus – nur noch 14 Prozent Akku. Sie musste sich ein Ladegerät besorgen. Und nicht nur das. Sie hatte nichts mit, außer den Sachen am Leib und ihren Rucksack mit Laptop, Portemonnaie und Krimskrams wie Taschentücher und einen uralten Labello.

Sie rief ihren Vater an. Er meldete sich, nachdem es eine Weile geklingelt hatte. So lange, dass jeder normale Mensch längst wieder aufgelegt hätte. Aber sie wusste, in welcher Art und Weise ihr Vater ans Telefon ging – falls er sich entschloss abzuheben. Sobald er es klingeln hörte, stöhnte er erst mal genervt auf, ohne zu wissen, um wen es sich am anderen Ende der Leitung überhaupt handelte. Dann führte er einen epischen inneren Monolog darüber, ob er aufstehen und rangehen oder es einfach klingeln lassen sollte. In neunzig Prozent der Fälle entschied er, abzunehmen. In ebenfalls neunzig Prozent der Fälle hatte der Anrufer vorher aber bereits entschieden, aufzulegen.

Claire konnte sich genau vorstellen, was gerade in ihrem Zuhause in Richmond vor sich ging. Ihr Vater würde langsam zum Telefon schlappen und das Telefonat mit seinem immer gleichen Spruch annehmen. Und exakt das tat er jetzt auch.

»Mein Name ist Bond. James Bond.« Ihrem Vater war egal, wer anrief, jeder wurde mit dem Spruch des wohl berühmtesten englischen Geheimagenten begrüßt.

»*Liebesgrüße aus Paris*. Hi, Dad.«

»Wie kommst du denn auf Paris?«

»Weil ich da bin. Jetzt gerade sitze ich in einem Hotelzimmer – dank eines Flitterwochen-Upgrades sogar in einer ziemlich schicken Suite, um genau zu sein. Und das im Hotel du Louvre in Paris.«

Er lachte. »Guter Witz, Claire. Also, was gibt's?«

»Das ist mein Ernst. Ehrlich. Kannst du dich bitte um Sir Howard kümmern, solange ich weg bin?«

Schweigen. War ihm vor Schock das Telefon aus der Hand gefallen – oder hatte er durch die Überraschung einen Herzinfarkt erlitten? »Dad? Alles okay?«, fragte sie nach einer Weile.

»Ich … Du …«, stotterte er. So verwirrt hatte er noch nie geklungen, seit sie ihn kannte – und das war immerhin seit ihrer Geburt. »Du bist in Paris? Dem Paris in Frankreich?«

»Ja. Kennst du noch ein anderes?«

»Nein. Das glaub ich jetzt nicht.«

»Doch.«

»Unfassbar.«

»Ja.«

»Und verheiratet bist du auch?«

»Was? Nein!«

»Aber Flitterwochen heißt doch …«

»Ja. Aber nein! Natürlich nicht. Erklär ich dir, wenn ich wieder zu Hause bin.«

»Du bist tatsächlich in Paris?«

»Ja.«

»Wow. Was soll ich sagen, Schatz? Wie schön! Genieß es! Paris ist toll! Die Stadt der Liebe!«

»Ich bin hier, um rauszufinden, was mit Leslie ist.«

»Allein?«

»Nein, mit Andrew Sparks. Dem Detektiv.«

»Du bist in einer fremden Stadt mit einem fremden Mann? Ich weiß nicht, wie ich das finden soll, Claire. Klingt, als hätte dir jemand eine Gehirnwäsche verpasst.«

»Na ja, so fremd ist er ehrlich gesagt gar nicht. Erinnerst du dich an mein Date mit Mortimer? Ich hab dir doch erzählt, dass ich mich da zuerst versehentlich mit einem anderen Mann unterhalten habe. Weißt du noch?«

»Selbstverständlich weiß ich das noch. Ich bin noch lange nicht senil. Du meinst den, der aussieht wie der junge Sean Penn, richtig?«

»Dad, was ist jetzt? Kümmerst du dich um Sir Howard?«

»Ja, natürlich. Wir gucken gerade *Karate-Kid*. Da kann er noch was lernen.«

Dass dieser freche Kakadu auch noch in Kampfsport ausgebildet wurde, konnte Claire wenig gebrauchen. »Hör mal, Mister Miagi, mein Akku neigt sich dem Ende zu. Ich melde mich wieder. Mach dir keine Sorgen.«

»Keine Sorge, mach ich nicht.«

»Hab dich auch lieb.«

Genau wie seine Begrüßung, hatte ihr Vater auch eine Filmzitat-Floskel, mit der er nahezu jedes Telefonat beendete: »Möge die Macht mit dir sein«, sagte er und legte auf.

Als sie ihr Handy vom Ohr nahm, starrte Andrew, der ihr, immer noch im Bademantel, gegenübersaß, sie mit fragendem Blick an. »Wer ist Sir Howard?«

»Leslies Kakadu.«

»Das sind coole Vögel.«

Claire verdrehte die Augen. »Sind sie nicht.«

Andrew sah sie schief an und kratzte sich den Hinterkopf. »Nicht?«

»Wir haben ein kompliziertes Verhältnis.«

»Der Kakadu und du.«

»Unsere Wege hätten sich längst trennen sollen, und jetzt stecken wir in der Krise, verstehst du?«

»Verstehe. Klingt hart.« Er grinste sie schief an, und Claire fiel auf, wie einzigartig sein Lächeln war. Einerseits verträumt, anderseits hellwach. Er hatte ein winziges Grübchen auf der linken Wange und zarte Lachfältchen um die Augen.

Konzentrier dich, Claire!, mahnte ihre innere Stimme. »Angenommen, ich bleibe hier. Was ist der Plan?«, fragte sie.

Wieder huschte ein verschmitztes Lächeln über seine Lippen. »Da ich davon ausgehe, dass Leslie hier die typische Touristen-Schiene gefahren ist, gehen wir erst mal die bekannten Plätze ab, Sehenswürdigkeiten und so weiter. Und zeigen den Leuten, die dort arbeiten, ein Foto von Leslie und fragen nach ihr. So können wir das Schöne mit dem Praktischen verbinden. Damit starten wir direkt morgen früh. Und dann treffen wir uns nachmittags mit dem Taxifahrer, der Leslie vom Hotel abgeholt hat.«

»Was haben wir denn angeblich in seinem Wagen verloren?«

»Den Verlobungsring. Ich dachte, das passt irgendwie zu unseren angeblichen Flitterwochen.«

Was für ein Spinner, dachte Claire. Aber immerhin hatte er einen Plan, wie er die Suche nach Leslie angehen wollte.

»Vielleicht bist du doch kein so schlechter Detektiv.«

»Sag ich doch.«

»Wäre trotzdem hilfreich, wenn du dir was anziehen würdest.«

Er salutierte, stand auf, kramte Klamotten aus seiner Tasche hervor, ließ den Bademantel fallen und stand hüllenlos vor ihr. Völlig nackt! Andrew zog sich in Seelenruhe an, während Claire voller Scham abwechselnd die Decke und den Boden fixierte.

»Ich muss Victoria noch Bescheid geben. Ich geh kurz raus und ruf sie an. Dann kannst du dich in Ruhe fertig machen.«

»Noch nie einen nackten Mann gesehen?«

»Noch nie was von Schamgefühl gehört?«

»Das wird überbewertet, wenn du mich fragst.«

»Ich hab aber nicht gefragt.«

Andrew hatte inzwischen eine dunkelblaue Jeans angezogen und knüpfte ein grüngelb kariertes Hemd zu. »Bedeutet, du bleibst hier und unterstützt mich bei der Suche nach Leslie?«, fragte er.

»Mir bleibt ja nicht wirklich eine Wahl. Ich bleibe. Aber nur vorerst.«

Claire sah auf Andrews Tasche und stellte fest, dass sie rein gar nichts eingepackt hatte. Warum auch? Sie hatte nicht vorgehabt zu verreisen. Und jetzt saß sie hier fest. Das Beste, was sie in ihrer ausweglosen Lage tun konnte, war, Andrew zu helfen. Denn auch wenn er sich in Ansätzen als talentierter Detektiv erwies, ließ sich nicht darüber hinwegsehen, wie verpeilt er war.

»Hunger?«, fragte Andrew, und Claires Magen antwortete mit einem lauten Grummeln.

Wenig später saßen sie in einer gemütlichen kleinen Brasserie, die bis spätnachts warmes Essen servierte. Claire hatte sich für Foie gras mit geröstetem Walnussbrot und Quittengelee entschieden, Andrew für ein Pfeffersteak, das er *saignant* bestellte. Das Blut lief heraus, als er es aufschnitt, und er schien davon irritiert, wenn nicht sogar angeekelt zu sein.

»Du wusstest schon, was du da bestellt hast, oder?«, fragte Claire.

»Ja, in England bestelle ich auch immer *raw*, aber dass die Franzosen das so ernst nehmen …«

Claire lachte. »Tauschen?«

»Würdest du?«

Sie schob ihren Teller hinüber und tauschte ihn gegen seinen. »Aber lass mir was von dem Brot übrig!«, mahnte sie mit erhobenem Steakmesser. »Das ist saulecker.«

»Danke«, sagte Andrew, und sie hatte das erste Mal das Gefühl, dass er sich für etwas schämte.

»Du läufst nackt vor mir rum, und das hier ist dir peinlich?«

»Du hast was gut bei mir«, sagte er.

Und darauf kam Claire schon kurz darauf zurück. Als sie wieder in ihrer Royal Suite ankamen, stellte sich die Frage, wer im Bett schlief. Andrew hatte nichts dagegen, sich das große Bett mit Claire zu teilen, aber das ging ihr zu weit, zumal sie aus Mangel an Alternativen nur angezogen oder in Unterwäsche schlafen konnte. Also zog Claire den blutigen Steak-Joker, und Andrew versuchte, sich aus der schmalen Récamière und den luxuriösen Sesseln ein provisorisches Bett zusammenzuschieben. Doch die Möbel rutschten immer wieder auseinander, sobald er sich darauflegte. Letztendlich nahm er sein Bettzeug und legte sich damit in die Badewanne. Und Claire hoffte, dass sie heute Nacht nicht auf Toilette musste.

KAPITEL 11

»Mach, was dein Herz dir sagt.«
Sean Maguire in *Good will Hunting*

Die Badewanne war scheiße unbequem. Selbst mit der dicken Decke und den Kissen als Unterlage. Entweder er saß kerzengerade darin, oder seine Beine guckten bis zu den Knien heraus. So konnte er nicht schlafen. Er schlich ins Schlafzimmer und hörte Claire leise atmen.

»Schläfst du schon?«, flüsterte er. Sie antwortete nicht. Konnte er so dreist sein, sich einfach dazuzulegen? Was sollte sie schon machen, wenn sie morgen früh neben ihm aufwachte?

Aber er war nicht müde, er war unruhig. Es war anders gelaufen als geplant. Er war nicht allein hier, nicht frei und ungebunden wie sonst. Das war mehr Druck, als er gebrauchen konnte.

Er nahm die Schlüsselkarte, schlich aus dem Zimmer und verließ das Hotel unter skeptischen Blicken des Rezeptionisten, der sich wohl fragte, wie ein Frischvermählter seine Braut in der vermeintlichen Hochzeitsnacht allein lassen konnte.

Andrew spazierte an der Seine entlang und ließ sich von den Lichtern der Stadt verzaubern. Er sah nicht auf die Uhr, achtete nicht darauf, wohin er ging, er ließ sich einfach treiben, immer am Wasser entlang. War da Musik? Ja, er hörte es ganz deutlich. Er folgte dem Klang, und plötzlich tauchte vor ihm eine große Gruppe tanzender Menschen auf. Die meisten waren älter als er. Doch er sah auch ein paar Leute in seinem Alter und außerdem einige Kinder, die zwischen den das Tanzbein Schwingenden herumtollten. Ein Mann mit Schiebermütze und engen weißen Hosen winkte ihn auf die Tanzfläche. Andrew schüttelte den Kopf. Doch kurz darauf schnappte sich ein Mädchen seinen Arm und zog ihn in die Mitte. Es nahm seine beiden Hände mit seinen von Süßigkeiten verschmierten klebrigen Finger und stellte sich mit seinen kleinen Füßen auf Andrews große Stampfer. Dann sah ihn das Mädchen auffordernd an, und er begann, sich mit ihm im Kreis zu drehen. Die Kleine kicherte und lief kurz darauf zu ihrer Familie, die etwas abseits saß und Andrew freundlich zuprostete.

Irgendwer reichte ihm ein Glas Rotwein, plötzlich tanzte er mit einer älteren Dame, die ihm ordentlich einheizte, sich aber mit einem Küsschen auf seine Wange verabschiedete, als er ihr zum dritten Mal versehentlich auf die Füße getreten war. Er tanzte gerne, war aber nicht besonders gut darin. Vor allem hatte er keine Standardtänze drauf, so wie sie hier offenbar alle beherrschten. Andrew tanzte sonst allein und auch eher zu Klubmusik. Trotzdem gefiel es ihm an diesem Ort. Die ausgelassene Stimmung, das unkomplizierte Miteinander, er wurde ein Teil davon, obwohl er ein Fremder war.

Er war mittendrin, um ihn drehten und wirbelten immer mehr Menschen.

Das war Paris. Ein nächtlicher, ruhiger Spaziergang artete in eine wilde Party am Ufer der Seine aus. Sollte er Claire wecken? So etwas durfte man eigentlich nicht verpassen. Andererseits, wenn er sich hier so umsah … Wäre Claire bei ihm gewesen, hätte man sie garantiert für seine Freundin gehalten. Und dann würde er vielleicht etwas verpassen, denn es gab neben der Tanzfläche einige nette Damen, die ihm noch nettere Blicke zuwarfen.

KAPITEL 12

»Es ist was Tolles, wenn man erkennt, dass man immer noch die Fähigkeit besitzt, sich selbst zu überraschen.«
Lester in *American Beauty*

Nach einem unfassbar köstlichen Frühstück unter der Glaskuppel des Hotel du Louvre ging es für Claire und Andrew in die Stadt. Frisch gepresster Orangensaft, Cappuccino mit mehr Milchschaum als Kaffee, Mini-Croissants, Mini-Marmeladengläser … Claire hätte stundenlang nur frühstücken können. Aber das ging nicht. Sie hatte eine Mission.

Und die begann genau hier. In Paris. Claire hätte einen Reiseführer über diese Stadt schreiben können, ohne zuvor jemals dort gewesen zu sein. Und obwohl sie Paris in der Theorie kannte, fühlte es sich doch ganz anders an, hier zu sein. Das war echt, keine Erzählung, kein Bild, kein Foto in einer Zeitschrift, keine Dokumentation auf Netflix. Das war das wahrhaftige Paris.

Sie starteten die Suche nach Leslie in der Nähe des Hotels. Am Louvre, vor dem eine gefühlt kilometerlange

Schlange auf Einlass wartete, nur um das kleine Gemälde der Mona Lisa zu sehen.

Andrew gähnte die ganze Zeit, und Claire hatte ein schlechtes Gewissen, weil er in der Badewanne wahrscheinlich nicht besonders gut geschlafen hatte. »Heute Abend nehme ich die Wanne, und du bekommst das Bett«, sagte sie.

»Nicht nötig«, sagte er und lächelte. »Ich hab die ganze Nacht getanzt.«

»Im Bad?«

»Am Ufer der Seine.«

»Allein?« Claire stellte sich vor, wie Andrew am Flussufer entlang tanzte wie ein Verrückter.

»Nein, nicht allein. Ich zeig es dir heute Abend. Okay?«

»Warst du am Port des Invalides oder am Quai Saint-Bernard? Da werden im Sommer Tanzkurse angeboten.«

»Keine Ahnung, ich bin einfach der Musik gefolgt. Warst du schon mal da?«

»Hab ich gelesen. Recherche … für die Arbeit.« *Und privat – für meinen Urlaub im Kopf,* fügte sie in Gedanken hinzu.

Andrew öffnete ein Foto von Leslie auf seinem Handy. Er fing an, es herumzuzeigen. Dabei sprach er die Passanten auf Französisch an, was Claire schwer imponierte, da sie nur ein paar Brocken dieser wunderschönen Sprache verstand und so gut wie kein Wort sprach.

»Du sprichst Französisch? Bin beeindruckt.«

»*Un petit peu.* Ein kleines bisschen. Ich hatte mal was mit einer Französin. Aber wir haben nicht besonders viel geredet, wenn du verstehst …« Er zwinkerte ihr vielsagend zu und wandte sich an ein Touristenpaar aus Spanien. Claire tat es ihm gleich und gemeinsam sprachen sie etliche Leute an. Doch weder die Ticketverkäufer für

Bus- und Sightseeing-Touren, die Security-Dame am Einlass des Museums, der Verkäufer der kleinen Eiffelturm-Schlüsselanhänger noch die betrunkene Gruppe finnischer Studenten konnten etwas mit Leslies Bild anfangen.

Sie liefen durch die Stadt und fragten an mehreren Stellen nach ihr – jedoch ohne Erfolg.

Als sie am, genauer gesagt, unter dem Eiffelturm ankamen, fühlte Claire sich von dem Stahlgerüst erschlagen. Sie hatte es sich hier viel romantischer vorgestellt. Es wimmelte von Touristen, die aus Bussen sprangen, Fotos schossen und ausschwärmten wie eine Horde Fruchtfliegen, die einen Obstkorb entdeckt hatte. Überall gab es kleine Verkaufsstände mit dubiosen Händlern, die eilig zusammenpackten, sobald ein Uniformierter auftauchte. Claire zog ihren Rucksack vom Rücken auf den Bauch und umklammerte ihn. Sie hatte schon viele Storys über Taschendiebstahl gehört, typisch für große Metropolen, besonders an so gut besuchten Plätzen wie diesem.

Über eine Stunde später gingen sie den Hügel zur Sacré-Cœur hinauf, der prächtigen weißen Kathedrale, die Claire schon oft auf Fotos gesehen hatte und sie nun mit ihrer imposanten Schönheit beeindruckte. Später kamen sie an dem berühmt-berüchtigten Moulin Rouge vorbei, und sie musste Andrew davon abhalten, sofort Tickets für eine Vorstellung zu kaufen. Nach wenigen Minuten standen sie schließlich auf der Place du Tertre in Montmartre im Norden der Stadt. Hier tummelten sich allerlei Maler mit Staffeleien, die stilisierte Menschen oder Tiere, Sehenswürdigkeiten oder Porträts von zahlungswilligen Touristen auf Leinwand verewigten.

»Meine Füße brennen«, jammerte Andrew. »Können wir nicht wie alle anderen die Metro nehmen? Oder den

Bus? Oder ein Taxi? Von mir aus auch einen E-Scooter?« Und als er sah, dass Claire unaufhörlich den Kopf schüttelte, fragte er: »Machst du echt immer alles zu Fuß?«

»Oder mit dem Rad.«

»Ich brauch eine Pause«, stöhnte er und ließ sich auf eine Bank sinken.

Auch Claire wurde langsam müde. Zudem trug sie neue – und, wie sich jetzt herausstellte, unbequeme – Stiefeletten, die sie noch nicht eingelaufen hatte und die im Begriff waren, ihr eine Blase am kleinen Zeh zu bescheren. Sie deutete auf ein kleines Straßencafé an der Ecke. »Kurze Pause?«

Erschöpft nahmen sie auf der Terrasse Platz und beobachteten die Maler bei der Arbeit, während sie überteuerten Café au Lait tranken.

»In zwei Stunden treffen wir den Taxifahrer. Dann erfahren wir hoffentlich, wo Leslie nach ihrer ersten Nacht hinwollte«, sagte Andrew mit Milchschaum an der Lippe.

»Wenn er das noch weiß. Wie ich Leslie kenne, würde es mich nicht wundern, wenn ihr Ziel ein Nachtklub gewesen wäre.«

»Und sie war ganz allein unterwegs? Warum nicht mit einer Freundin? Warum nicht mit dir?«

»Ich kann nicht aus London weg. Ich muss mich um meinen Vater kümmern.« Claire nahm an, es war am einfachsten, Andrew die bereits einstudierte Geschichte aufzutischen, die vor ihm schon viele andere überzeugt hatte.

»Den Vater, der jetzt diesen Vogel hütet?«

»Genau.«

»Und ihm geht's nicht gut? Dann solltest du schnellstmöglich zurück.«

Claire hasste es zu lügen. Zu behaupten, ihr Vater sei

krank, war furchtbar. Und was, wenn das schlechtes Karma anzog? Zudem hatte Andrew ihren Zusammenbruch im Zug miterlebt und dadurch erfahren, dass sie ein Problem mit Zügen hatte. Also war es vielleicht doch nicht verkehrt, ihm die Wahrheit zu gestehen. Oder wenigstens einen Teil davon. »Ich reise halt nicht gern.«

»Du arbeitest in einem Reisebüro und reist nicht gern? Klingt verrückt.«

»Ich mache trotzdem einen guten Job.«

»Das wage ich auch gar nicht zu bezweifeln. Aber hast du keine Sehnsucht? Kein Fernweh? Nichts gegen England. Aber Thailand hat schönere Strände. Und Gott weiß, in wie vielen Ländern es besseres Essen gibt als bei uns. Und besseres Wetter, davon mal ganz abgesehen. Die Welt ist so groß und so spannend. Es gibt so viel zu lernen, zu entdecken, zu sehen. Willst du das alles verpassen?«

Claire konnte Andrews Schwärmereien gut nachvollziehen. Es war nicht so, als hätte sie das alles nicht sehen wollen. Doch nichts stand einem oft mehr im Weg als man sich selbst. »Ich bin immerhin hier in Paris, oder?«

»Ja, aber nicht freiwillig«, erwiderte er.

»Es geht hier nicht um mich. Sondern um Leslie.«

»Lenk ruhig ab. So, wie du hier sitzt, läufst du doch eh gleich weg.«

Claire sah an sich herunter, bemerkte jetzt erst ihre angespannte Körperhaltung. Sie hatte die Hände auf die Lehnen gelegt, wie zum Absprung bereit. Sie saß auf der Kante des Stuhls und ihre Füße standen auf den Zehenspitzen. Sie war im Fluchtmodus.

»Das ist nur, weil …« Sie suchte nach einer überzeugenden Erklärung. »Ich muss noch shoppen. Ich habe immer noch die Sachen von gestern an und nichts dabei. Keine Klamotten, kein Ladegerät für mein Handy, nicht mal 'ne …« *Sag jetzt nicht Unterhose, Claire, sag was anderes.* »Nicht mal 'ne Zahnbürste.«

»Ich komme mit.«

»Lieber nicht«, entgegnete sie schnell. Andrew hatte bereits ihren Laptop inspiziert. Er musste nicht auch noch ihre Kleidergröße erfahren.

»Kommst du denn allein zurecht – in einer fremden Stadt? Wir sind nicht mehr in London. Und du sprichst die Sprache nicht.«

»Die meisten Touristen hier sprechen kein Französisch.« Das wusste Claire einerseits aus Büchern, andererseits war ihr längst aufgefallen, dass viele hier Englisch sprachen, auch wenn das den Einheimischen nicht zu passen schien. Trotzdem wurde man bedient – wenn auch nicht immer besonders freundlich. »Ich komm schon klar. Wir treffen uns wieder hier. Um halb vier? Und dann treffen wir den Taxifahrer.« Claire hatte wenig Lust, gemeinsam mit Andrew Unterwäsche zu kaufen.

»Okay.« Andrew lehnte sich zurück und beobachtete einen Karikaturisten, der zwei kichernde Freundinnen zeichnete.

Sie hatte Widerworte erwartet, aber es kamen keine. Also stand sie auf. »Gut. Dann bis gleich.«

Ein paar Straßen weiter entdeckte sie ein Einkaufszentrum, klein, optisch eher ein Parkhaus als eine Mall, aber sicher würde sie darin alles finden, was sie für ein paar Tage fern von zu Hause benötigte.

Sie musste jetzt pragmatisch denken, durfte sich nicht verführen lassen, Dinge zu kaufen, nur weil sie schön waren. Sie musste die Sache logisch angehen. Wie lange würde sie unterwegs sein? Wo würde sie schlafen? Was würde sie machen? Claire besorgte sich eine Reisetasche, kaufte eine Jeans, ein grünes wallendes Kleid, eine beige Stoffhose, eine Zehnerpackung schwarze Unterhosen, einen Fünferpack geringelte Socken, zwei Tops, zwei Shirts, bequeme Sneakers und eine graue Strickjacke. Außerdem eine Zahnbürste und alle Beauty-Artikel, die sie brauchte. Natürlich hatte sie nur Pfund im Portemonnaie – eine Währung, die es außerhalb von England nicht gab. Ein Hoch auf die bargeldlose Kartenzahlung.

Shopping in Paris hätte ein traumhaftes Erlebnis werden können: Schaufensterbummel auf den Champs-Élysées, die überlaufen und mit exklusiven Designerläden für Claire viel zu teuer war. Doch hier konnte man sich inspirieren lassen, um anschließend zum Beispiel auf der Rue de Rivoli oder der Rue de Rennes die Kreditkarte zum Glühen zu bringen. Das waren Dinge, von denen sie träumte, wenn sie Reiseberichte über Paris las. Und jetzt war sie hier, hatte jedoch keine Zeit für derartige Träumereien und musste sich mit der Ausbeute aus dem Kaufhaus, das eher an eine Sammelstelle diverser Discounter erinnerte, zufriedengeben.

Punkt halb vier traf sie Andrew vor dem Café wieder, der ein gerolltes DIN-A4-Papier in der Hand hielt.

»Was hast du da?«, fragte sie.

»Was hast du da?« Andrew deutete auf die vielen Tüten, mit denen Claire bepackt war.

»Du zuerst.«

Andrew grinste breit und rollte das Blatt feierlich vor ihrem Gesicht aus. Es war eine Karikatur, die ihn und sie zeigte. Sein Abbild hatte eine überdimensional große Nase und einen riesigen Mund mit genauso riesigen Zähnen, seine Haare fielen wild über sein Gesicht, und sein Blick wirkte so kess wie der des Originals. Claire war dankbar über den riesigen Vorbau, den der Künstler ihr verpasst hatte, denn durch die Raketentitten wirkte sie auf dem Bild wesentlich schlanker, als sie tatsächlich war. Das Schwarz-Weiß-Bild zeigte sie mit prallen Lippen und einem lockeren Haarknoten. Im Hintergrund war eine Skizze des Eiffelturms zu sehen. »Wie findest du es?«

Claire applaudierte sarkastisch. »Ein echtes Kunstwerk.«

Andrew rollte die Karikatur wieder ein. »Ich hab den Taxifahrer angerufen, er kommt her.«

»Wir wollten ihn doch am Centre Pompidou treffen.« Wenn sie schon gezwungenermaßen in Paris festsaß, wollte sie so viel von der Stadt sehen wie möglich.

»Aber noch mehr laufen heute pack ich nicht. Außerdem ist der Mann gleich hier.« Andrew streckte die Hand aus. »Gib her, ich mach das.« Er nahm ihr die vollen Tüten ab. Irgendwo tief in ihm vergraben steckte also doch ein echter englischer Gentleman.

Zehn Minuten später fuhr ein Taxi vor. Hinter dem Steuer saß ein dicker, dunkelhaariger Mann mit grimmiger Miene. Andrew gab ihm ein Zeichen. Er hielt neben ihnen und ließ das Fenster herunter. »Sind Sie die Engländer mit dem Ring? Ich hab keinen Ring gefunden.«

»Eigentlich suchen wir sie hier.« Andrew holte sein Handy hervor und zeigte dem Taxifahrer Leslies Foto.

»Ist Ihnen die Verlobte schon abgehauen? Suchen Sie jetzt einen Ring oder ein Mädchen?«

»Wir sind auf der Suche nach einer jungen Frau. Sie heißt Leslie Simpson. Haben Sie sie gefahren?«

»Wer will das wissen? Polizei?«

»Nein«, sagte Andrew. »Wir sind nicht von der Polizei.«

»Dann muss ich Ihnen nichts sagen.« Der Taxifahrer war im Begriff, das Fenster wieder hochzufahren.

»Sie ist meine Kollegin. Meine Freundin. Und sie ist spurlos verschwunden«, schaltete Claire sich ein. »Ich mache mir große Sorgen um sie. Können Sie uns helfen?

Es ist dringend. Bitte.« Sie setzte ein hilfloses Liebes-Mädchen-Gesicht auf, das bei den meisten Männern den Beschützerinstinkt anknipste – so auch bei diesem Exemplar.

»Ich hab die Kleine zum Busbahnhof Paris City Centre gebracht. Sie hat mir ein sehr großzügiges Trinkgeld gegeben, das weiß ich noch. Aber wohin sie wollte, hat sie nicht gesagt.«

»Und um wie viel Uhr war das?«, fragte Claire, bemüht, weiter die Unschuld vom Lande zu mimen.

»Muss ich im System gucken. Moment …« Er tippte etwas auf das Display vor ihm ein. »Das war um elf. Abends.«

»Danke.«

»Soll ich Sie hinfahren.«

»Ja, das wäre großartig«, antwortete Andrew.

»Nein, vielen Dank«, fiel Claire ihm ins Wort.

Andrew sah sie fassungslos an. »Wir haben eine Spur. Der sollten wir nachgehen. Jetzt sofort!«

Sie ignorierte ihn und wandte sich an den Taxifahrer. »Wie weit ist das von hier.«

»Nicht wieder zu Fuß. Ich flehe dich an!«, jammerte Andrew.

Der Fahrer sah sie gereizt an. »So oder so, Sie müssen mich bezahlen. Entweder, ich fahre sie jetzt irgendwo hin, oder Sie geben mir was dafür, dass Sie mich hergelockt haben. Ich dachte, ich werde Teil einer großen Romanze. Der verlorene Verlobungsring. Der Heiratsantrag in Paris, der auf dem Spiel steht.«

»Siehst du, Claire. Wenn wir dem Mann schon keine Show bieten, dann können wir doch wenigstens etwas zu seinem Einkommen beisteuern.«

Vier Augen starrten sie erwartungsvoll an. Es mochte ja für andere Menschen das Normalste der Welt sein, in ein Taxi zu steigen, aber für Claire war es das nicht. »Dann fahr schon mal vor. Ich komme zu Fuß nach.«

»Soll ich da stundenlang auf dich warten?«

»Sorry. Ich kann nicht.«

Andrew drückte dem Taxifahrer einen Zwanzigeuroschein in die Hand – er hatte also daran gedacht, Geld zu wechseln. Das Taxi fuhr davon, und Andrew sah sie fragend an. »Es ist mehr, als dass du nur nicht gern reist.«

»Sobald ich in was steigen muss, das einen Motor hat, dann …« Claire brach ab und suchte nach Worten, fand aber keine. »Ich weiß nicht, was ich sagen soll. Ist irgendwie kompliziert …«

»Schon gut. Du musst mir nichts erklären, wenn du nicht willst. Wer bin ich, dass ich so was erwarten dürfte? Jeder hat seine Geheimnisse. Und jeder hat sein Päckchen zu tragen.«

»Danke für dein Verständnis.«

»Und apropos tragen. Es tragen mich meine Füße heute nirgendwo mehr hin – außer zum Hotel.«

»Wollte ich auch vorschlagen. Lass uns online recherchieren, welchen Bus Leslie möglicherweise um die Uhrzeit genommen hat.«

»Super. Online vom Whirlpool aus. Bin dabei.«

Dem Whirlpool hatte Claire widersprochen, dafür konnte Andrew sich, was das Abendessen anbelangte, durchsetzen, und der Zimmerservice brachte zwei Edel-Burger und Pommes – normale und aus Süßkartoffeln.

»Morgen nehmen wir uns aber ein anderes Hotel. Das hier ist viel zu teuer.« Sie hatte jetzt schon ein schlechtes Gewissen Leslies Eltern gegenüber.«

»Lass das mal meine Sorge sein«, sagte Andrew und biss in den saftigen Hamburger, dessen Soße ihm über die Finger lief. »Ich zahl das Hotel«, sagte er mit vollem Mund.

Claire sah ihn erstaunt an. »So war das aber nicht abgemacht.«

»Abmachungen werden überbewertet. Außerdem: Hast du was dagegen, wenn ich die Rechnung übernehme?«

»Nein, aber kannst du dir das leisten? Eine Nacht in dieser Suite kostet über 600 Euro. Flitterwochen-Paket hin oder her.« Claire erinnerte sich an Andrews kleine chaotische Wohnung in Soho, die vermutlich ähnlich viel kostete – aber monatlich, nicht täglich.

Er winkte ab. »Zurück zum Thema. Warum ist Leslie nur für eine Nacht im Hôtel du Louvre geblieben? Hatte sie so schnell die Nase voll von Paris?«, fragte Andrew und biss in den saftigen Hamburger, dessen Soße ihm über die Finger lief.

»Sie hatte sich eigentlich vorgenommen, die Stadt zu erkunden und wilde Abenteuer zu erleben.« Claire angelte ein paar Fritten aus seiner Schale, da sie ihre bereits aufgegessen hatte. Andrew nahm das wie selbstverständlich hin. »Und dann wollte sie weiter. Quer durch Frankreich. Aber als Leslie aus London abgereist ist, wusste sie noch nicht, wohin danach. Südfrankreich schwebte ihr vor, aber wo genau da … das war noch nicht klar.«

»Dann hat sie sich aber schnell entschieden. Sie war bloß eine Nacht hier und hat sich dann zum Busbahnhof bringen lassen.«

»Seltsam, oder?« Konnte Claire die letzte Pommes aus Andrews Schale klauen?

Er sah ihren gierigen Blick und schob ihr die Schale hin. »Gönn ich dir«, sagte er, breit lächelnd. »Das hier was nicht stimmt, wussten wir schon. Wohin wollte sie, ist die Frage. Denn da müssen wir auch hin. Wenn sich die Spur am Busbahnhof verliert, kommen wir nicht weiter.«

Claire recherchierte auf ihrem Handy den Busplan und stellte fest, dass zu so später Stunde nur noch ein Reisebus abfuhr. »Nach dreiundzwanzig Uhr fährt von dort aus nur noch der Nachtbus nach Saint-Tropez.«

Andrew sah auf die Uhr. »Das schaffen wir.« Er schob sich den restlichen Burger in den Mund und sprang auf.

»Du willst den Bus nehmen – jetzt?«

»Warum nicht? Was wollen wir noch hier? Leslie ist auch nur eine Nacht geblieben und hat dann den Nachtbus nach Saint-Tropez genommen. Also tun wir das auch.«

»Macht Sinn«, musste Claire zugeben.

»Natürlich. Also, lass uns unser Zeug zusammenpacken und los.«

»Wir haben nur noch eine Stunde. Das schaffen wir nie in der Zeit zum Busbahnhof.«

»Zu Fuß nicht.«

»Vergiss es. Ich steig in keinen Zug mehr. Und auch in keine Bahn oder Metro, keinen Bus und auch kein Auto.«

»Nichts mit einem Motor. Das habe ich inzwischen kapiert. Mach dir keine Sorgen. Da kümmere ich mich drum. Pack deine Sachen, wir sehen uns unten.«

Er raffte sein Gepäck zusammen und stürmte aus dem Zimmer. Eine Sekunde später klopfte es. Claire öffnete, Andrew eilte zurück ins Zimmer, riss den kleinen Kühlschrank auf, schob sämtliche Getränke und Snacks, die sich darin befanden, in seine Tasche und eilte mit einem lakonischen »Beeil dich, wir sehen uns unten«, wieder hinaus.

Claire sammelte ihre neu gekauften Sachen zusammen, nahm die Zimmerkarte und checkte beim Rezeptionisten in dem unguten Gefühl aus, jetzt kein Bett mehr für diese Nacht zu haben. Andrew wartete am Eingang auf sie. Sie verließen das Hotel, und er deutete mit einer großen Geste auf eine Rikscha, die vor dem Hotel stand.

»Hat keinen Motor.«

Claire begutachtete das Gefährt. Es war ein Lastenfahrrad mit einer kutschenartigen Kabine für zwei Personen und einem Fahrer – in diesem Fall einem jungen Inder namens Santip, der Claire anlächelte und sie aufforderte, einzusteigen. Wollte er wirklich ihr plus Andrews Gewicht durch die halbe Stadt chauffieren? Claire war sich sicher, dass ihm sein Grinsen bald vergehen würde. Doch das tat es nicht. Während der ganzen Fahrt sang und quatschte der sportliche Rikscha-Fahrer, und Claire genoss das bekannte Gefühl, auf Rädern durch die Stadt zu schweben, die nicht künstlich angetrieben wurden, sondern von einem Menschen und keiner Maschine kontrolliert wurden. Sie fuhren an der Seine entlang und plötzlich hörte Claire pulsierende Bässe und rhythmische Gitarren. Sie fuhren auf eine große Gruppe tanzender Menschen zu. Andrew winkte ihnen, als seien sie alte Bekannte.

»Hab ich doch gesagt!«, sagte er und klatschte im Takt der Salsa-Musik.

Sie erreichten eine Anhöhe, die einen perfekten Blick auf den Eiffelturm freigab. Und plötzlich überkam es sie: Sehnsucht. Bei Nacht sah der von allen Seiten beleuchtete Eiffelturm wunderschön aus. Es war wie im Märchen. Ein Knistern lag in der Luft. Claire hatte das Bedürfnis, zu bleiben und die Stadt zu erkunden. Doch sie durfte den Grund nicht vergessen, warum sie hier war. Und warum sie weitermusste. Leslie war spurlos verschwunden, und sie waren unterwegs, um herauszufinden, wo ihre Kollegin, die sich auf Abenteuerreise nach Frankreich aufgemacht hatte, abgeblieben war.

Am Busbahnhof stand nur ein einziger Reisebus mit geöffneten Gepäckfächern und bereits laufendem Motor.

»Und wie hast du dir das jetzt vorgestellt?«, fragte Claire. Andrew hatte es zwar geschafft, sie nach hier zu verfrachten, aber er hatte zu kurz gedacht. Zum Busbahnhof zu kommen, war das eine, in einen Bus zu steigen, das andere. Das Unmögliche. Und mit der Rikscha bis nach Saint-Tropez zu radeln – das würde selbst Santip die gute Laune verderben.

»Die Zugfahrt hierher hast du auch überlebt«, sagte Andrew, während er den Rikscha-Fahrer bezahlte.

Der Bus würde Claire nur noch weiter von ihrem Zuhause wegbringen. Sie ging im Kopf alle Möglichkeiten durch. Was würde es ihr bringen, allein hierzubleiben?

»Und außerdem kann ich deine Hilfe echt gebrauchen«, drängte Andrew, der sich langsam näher auf den Bus zubewegte. Und zur Sicherheit habe ich noch das hier.« Er öffnete seine Tasche und zog die kleinen Fläschchen aus der Minibar hervor. »Hat doch letztes Mal ganz gut geklappt.«

Andrew hatte es geschafft, sie unmittelbar bis vor die Bustür zu lotsen. Der Fahrer schloss die Gepäckfächer und stieg ein. Der Druck erhöhte sich. Und sie war immer noch dabei, nach einer Ausrede zu suchen. »Wir haben kein Ticket«, war das Einzige, das ihr einfiel.

Andrew wandte sich umgehend an den Busfahrer, der sofort bereit war, ihnen zwei Tickets auszustellen.

Claire suchte nach weiteren Argumenten, um die Abreise zu verzögern. »Du hast auch eine Phobie, hast du gesagt. Du verstehst das.«

»Aber im Notfall würde ich über meinen Schatten springen. Komm schon, Claire Carter«, sagte er. »Ich halte auch während der gesamten Fahrt deine Hand.«

»Das ist echt keine Hilfe, sorry.«

»Was kann ich tun, damit du einsteigst? Muss ich dir auf der Emo-Schiene kommen?«

Sie wusste nicht, worauf er hinauswollte. »Wie soll die aussehen? Die Emo-Schiene?«

»Na gut. Die emotionale Tour. Du hast es so gewollt«, sagte Andrew und ließ seine Finger knacken. »Muss ich dich daran erinnern, dass es hier um deine liebenswerte, süße, unschuldige Freundin Leslie geht? Denkst du, du könntest dir verzeihen, dass ihr dadurch, dass wir hier Zeit verplempern, etwas passiert? Oder dass die Wahrscheinlichkeit, sie zu finden, größer ist, wenn du dabei bist. Stell dir vor, sie stirbt, und das alles nur, weil du nicht in diesen Bus steigen willst.«

»Sag doch nicht so was! Das würde ich mir nie verzeihen.«

»Siehst du.«

»Toll. Jetzt habe ich ein schlechtes Gewissen.«

»Das war das Ziel. Also, ich steige jetzt in diesen Bus, fahre nach Saint-Tropez und rette Leslie Simpson. Keine Ahnung, was du machst.« Mit diesen Worten drehte er ihr den Rücken zu und verschwand im Bus. Jedoch nicht, ohne in *Titanic*-Manier seine Hand gegen das Busfenster zu klatschen und sie langsam runtergleiten zu lassen. Er nahm Platz, hauchte gegen das Glas und malte mit dem Finger ein Fragezeichen an die beschlagene Scheibe.

Der Busfahrer sah Claire mit hochgezogenen Augenbrauen an. Sie musste sich entscheiden. Und zwar jetzt.

Erster Schritt. Ein Fuß war schon drin.

Zweiter Schritt. Ihr ganzer Körper stand in dem Bus,

zwar noch in der Tür, sodass es dem Fahrer unmöglich war, sie zu schließen, aber immerhin.

Dritter Schritt. Die nächste Stufe.

»*Go*, Claire! *Go*, Claire! *Go*, Claire!«, feuerte Andrew sie in Cheerleader-Manier an wie eine Footballmannschaft, sodass alle Fahrgäste sie nun neugierig anstarrten und sie, peinlich berührt, so schnell es ging, einstieg. Sie quetschte sich durch den schmalen Gang, beförderte ihre Taschen auf die Gepäckablage und setzte sich neben Andrew.

»Hier.« Andrew legte ihr zwei kleine Schnapsfläschchen aus der Hotel-Minibar in den Schoß. »Gab leider keinen Gin. Hoffe, Wodka tut's auch.« Er lehnte sich zurück und schloss die Augen. Noch waren die Türen geöffnet. Claire ließ den Busfahrer nicht aus den Augen. Er hatte die Macht, das Ungetüm, in dem sie gemeinsam mit Andrew und schätzungsweise zwanzig weiteren Fahrgästen saß, zu steuern – eine Straße entlang oder eine Klippe hinunter. Ihr aller Leben lag nun in der Hand dieses glatzköpfigen, krummnasigen Mannes, der wenig fit aussah.

Andrew döste vor sich hin. Wie konnte er in so einer Situation bloß schlafen? Claire musterte seinen athletischen Körper und erwischte sich bei dem Gedanken, dass sie seine Arme ziemlich sexy fand. Er hatte seinen Rucksack zwischen die Beine geklemmt. Die Tasche stand offen und ein weißes, gerolltes Blatt Papier ragte heraus. Bei genauerem Hinsehen erkannte Claire, dass es sich um die Karikatur handelte. Vorsichtig zog sie das Blatt heraus, das an einigen Stellen bereits geknittert war. Sie rollte es aus, strich es sorgfältig glatt und besah das Kunstwerk erneut. Noch nie war sie gezeichnet worden. Sie sah sich um und entdeckte in der Tasche des Sitzes vor ihr eine Reisezeitschrift. Sie nahm sie heraus, klappte sie auf und legte das Bild zwischen die Seiten. Dann steckte sie die Zeitschrift vorsichtig zurück in Andrews Rucksack. Er merkte nicht einmal, dass sie ihm zwischen den Beinen rumfummelte. Oder merkte er es doch und tat nur so, als würde es ihm entgehen?

Ein Zischen. Sie hatte den Fahrer aus den Augen gelassen, und plötzlich schlossen sich die Türen, und der Motor wurde lauter. Mit einem Ruck fuhr der Bus an, und Claire wurde speiübel. Alles fing an, sich zu drehen, ihr Herz raste. Sie musste hier raus! Sie wollte aufspringen, doch genau in diesem Moment ergriff Andrew ihre Hand und drückte sie fest. Und irgendwie half es. Sie sah zu ihm hinüber, er hatte die Augen weiterhin geschlossen. »Du wirst heute nicht sterben, Claire Carter. Das verspreche ich dir«, murmelte er.

»Wieso redest du von sterben?«

»Ich spreche nur aus, was du denkst«, sagte er, öffnete die Augen und ließ ihre Hand los, um damit eine der kleinen Fläschchen aus ihrem Schoß zu greifen. »*Cheerio, Miss Sophie.*«

Mein Vater würde ihn lieben, dachte Claire, exte den Wodka hinunter und hoffte gleichzeitig, dass der Busfahrer nüchtern war.

Beim dritten Fläschchen fuhren sie auf die Autobahn Richtung Süden. Die Nacht hüllte sie ein, Claire sah nur ein paar Lichter in der Ferne. Die Fahrt würde über zehn Stunden dauern und sie vorbei an Versailles, quer durch Lyon, bis nach Marseilles und schließlich bis nach Südfrankreich an die Côte d'Azur bringen.

In Claire wuchs die Hoffnung, Leslie zu finden. Und ein kleiner Teil von ihr freute sich auf Saint-Tropez.

KAPITEL 13

»Wir müssen entscheiden, was wir mit der Zeit anfangen wollen, die uns gegeben ist.«
Gandalf in *Der Herr der Ringe – Die Gefährten*

Toulon, 5. Juli 2019

Die Sonne war bereits aufgegangen, als der Reisebus an einem Rastplatz in der Nähe von Toulon haltmachte. Sie hatten nur noch knapp eineinhalb Stunden Fahrt vor sich, und nach einer Nacht auf durchgesessenen Polstern hatte jeder das Bedürfnis, sich die Beine zu vertreten. Und ein gewisses Örtchen aufzusuchen, denn einer der Fahrgäste hatte die Bustoilette mit Unmengen Klopapier verstopft. Claire tippte auf den kleinen Jungen, der die halbe Fahrt über alle mit den furchtbaren Sounds seines Roboters genervt und dann den Rest der Zeit herumgeschrien hatte, weil die Batterien des Spielzeugs leer waren. Andrew hingegen setzte auf die ältere Dame, die fast eine halbe Stunde auf der Toilette verbracht hatte und kreidebleich wieder herausgekommen war.

Als Claire aus dem Wagen stieg, fühlte sie sich wie

die mutigste Frau der Welt. So musste einem nach einem Fallschirmsprung zumute sein, wenn man den Sturz überlebt und die Füße wieder auf festem Boden hatte. Sie kam sich vor, als sei sie seit Paris zehn Zentimeter gewachsen. Ihr Gang war schwungvoll und elegant, wie der einer Grand Dame, obwohl sie stundenlang gesessen hatte.

Im Lädchen an der Raststätte gab es alles mit Lavendel: Seife, Parfüm, Duschgel, Gewürze, Bilder von Lavendelfeldern, sogar Eiscreme mit Lavendelgeschmack. Und Claire kaufte sich das erste Mal in ihrem Leben ein Souvenir: Badeschaum mit Lavendelduft. Sie umschloss das kleine Glasfläschchen, in dem ein getrockneter Lavendelzweig schwamm, mit beiden Händen und drückte es gegen ihre Brust, als sie die Straße entlangschlenderte und erkannte, warum hier alles im Zeichen dieser Pflanze stand. Am Ende der Straße erstreckten sich riesige Felder mit schnurgeraden Reihen buschiger Lavendelpflanzen, die in Violett-Tönen leuchteten. In der Luft lag ein betörender Duft, der sich durch jeden noch so leichten Windhauch verstärkte. Sonnenstrahlen prickelten auf Claires Haut. Sie bildete sich ein, in der Entfernung das Meer rauschen zu hören, obwohl es vermutlich das Rauschen der Autobahn war. Claire schloss die Augen. *So muss sich Urlaub anfühlen*, dachte sie. Sie war noch nie so weit weg von England gewesen. Claire war jetzt fast tausend Meilen von London entfernt. Niemals hätte sie sich das zugetraut, und doch war sie hier. Sie fühlte sich stark und unbesiegbar. Und das Gefühl hielt an – bis zu dem Moment, an dem die Fahrt weitergehen sollte und erwartet wurde, dass sie wieder einstieg.

Sie harrte aus, bis alle im Bus saßen. Sah Andrew hinter der Scheibe, der ihr auffordernd zunickte. Wie weit konnte es von hier nach Saint-Tropez schon noch sein?

Sicher eine Strecke, die sie notfalls zu Fuß zurücklegen konnte. Andrew schien ihre Gedanken zu lesen. Er stand auf, kam an die Tür und rief: »Komm ja nicht auf die Idee, nicht wieder einzusteigen! Beweg deinen hübschen Hintern hierher. Sofort!«

»Das ist sexistisch«, rief Claire ihm zu, obwohl sie sich ein bisschen geschmeichelt fühlte, dass er ihren Po sexy fand. »Sollen wir nicht vielleicht von hier aus zu Fuß ...«

Noch bevor sie den Satz beenden konnte, hatte Andrew sich umgedreht. Er marschierte durch den Bus, ging zu ihrem Platz, fischte ihr Laptop aus ihrem Rucksack und klappte ihn provokativ auf. Sie hatte immer noch kein Passwort erstellt. Er hielt das Display gegen die Scheibe, loggte sich ein, machte zwei, drei Klicks und zeigte ihr die Datei, die er im Begriff war zu öffnen. Sie hieß schlicht *Mein Jahr*, doch dahinter verbarg sich ihr Tagebuch. Und wie es aussah, hatte er das bereits rausgefunden.

Claire verdrängte die Konsequenzen und sprang in den Bus. Andrew lachte und überreichte ihr bereitwillig ihr Laptop. Das Erste, was sie tat, nachdem sie sich gesetzt hatte, war, ein Passwort einzurichten. *Sir Howard.* Und zur Sicherheit hängte sie noch: *Eins, zwei, drei, vier* an – ausgeschrieben, nicht als Zahlen. Andrew schielte ihr über die Schulter, doch sie gab sich alle Mühe, dass er nicht sehen konnte, was sie eintippte.

»So. Damit ist mein Laptop für dich tabu. Endgültig.«

»Wenn ich wollte, könnte ich mich immer noch einloggen«, sagte er lässig.

»Auf das Passwort kommst du nie.«

»Eins, zwei, drei, vier?«

»Das hättest du wohl gern. So ein blödes Passwort denkt sich doch keiner aus.«

»Natürlich nicht die Zahlen, sondern ausgeschrieben.«

Hatte er etwa doch gesehen, was sie eingetippt hatte? Oder hatte er einfach nur geraten? »Machen das viele?«, fragte Claire.

Andrew grinste breit und lehnte sich entspannt zurück. »Also hab ich recht.«

»Hast du nicht.« Sie verstaute ihren Laptop in ihrem Rucksack. Sie würde bestimmt keinen neuen Tagebucheintrag erstellen, wenn Andrew ihr beim Schreiben über die Schulter sah.

»In meinem letzten Leben war ich Programmierer«, sagte er. »Ich kann mich überall einloggen, wenn ich will. Passwörter sind nur ein kleines Hindernis.«

»Was soll das heißen: in deinem letzten Leben?«

»Das soll heißen, dass ich noch nicht lange als Detektiv tätig bin.«

»Das weiß ich.«

»Dann weißt du es ja.«

»Was weiß ich? Andrew, du machst mich wahnsinnig mit deiner Art.«

»Was für eine Art?«

»Diese Andeutungen. So was hasse ich.«

»Frag nicht, dann muss ich auch nichts andeuten.«

»Warst du ein Hacker oder so was?«

»Oder so was, ja.«

»So kommen wir nicht weiter.«

»Müssen wir das denn?«

»Wahrscheinlich nicht.«

»Also, dann genieß die Fahrt.« Er deutete aus dem Fenster, und Claire nahm Abschied von den wunderschönen Lavendelfeldern.

Die Fahrt führte durch pittoreske kleine Dörfer mit alten Bruchsteinhäusern und mittelalterlichen Gehöften, umsäumt von Wäldern, Sonnenblumenfeldern und Kuhweiden. Claire verliebte sich in die Landschaft und erwischte sich dabei, sich in einer Welt zu sehen, in der sie eine Französin war, die einen Hof mit Pferden besaß und Gemüse anbaute. Ihre Kunden im Reisebüro hatten ihr schon oft davon berichtet, dass sie ans Auswandern dachten, sobald sie in Urlaub waren. Dass dieses Phänomen auch so schnell auf sie zutraf, war sonderbar, aber sie ließ es geschehen und träumte vor sich hin, bis sie das Ortseingangsschild von Saint-Tropez erblickte.

Nach über elf Stunden hatten sie es endlich geschafft. Sie erreichten den Busbahnhof von Saint-Tropez, und Claires Steißbein tat vom Sitzen weh.

Sie streckte sich und stellte fest, dass sie sich in Paris wohl besser eine Sonnenbrille gekauft hätte. Mit zusammengekniffenen Augen schaute sie auf das Wasser des Golfs de Saint-Tropez, in dem sich der azurblaue Himmel spiegelte. War sie wirklich hier?

»Bin gespannt, was du jetzt vorhast«, sagte sie, als sie und Andrew zu Fuß auf den alten Hafen zusteuerten.

Claire blieb stehen und ließ ihren Blick über die Staffeleien der Maler schweifen, die hier am Kai saßen und zauberhafte Bilder der Stadt und der provenzalischen Landschaft anfertigten.

Sie schlenderten weiter am Hafen entlang. Auf einem Berg vor ihnen erkannte Claire einen wuchtigen Bau. Sie wusste, dass es sich dabei um die berühmte Zitadelle aus dem 16. Jahrhundert handelte. Zu gern wäre sie dort hinaufspaziert, denn sie hatte schon in einigen Reiseführen gelesen, dass man von dort aus einen atemberaubenden Blick über die Stadt und den Golf von Saint-Tropez bis hinüber nach Sainte-Maxime hatte. Andrew hielt Ausschau nach Promis auf den Schiffen und in den Cafés und glaubte, in fast jeder dritten Person irgendeinen

Hollywoodstar inkognito zu erkennen. Er erinnerte Claire stark an ihren Vater, der als fanatischer Filmfan hier garantiert dasselbe getan hätte. Schließlich ließen sie sich aufatmend in die roten Regiestühle eines Cafés namens Le Sénéquier direkt am Hafen sinken. Sie tranken eine Cola – aus der Glasflasche mit Eis und Zitrone – und dann einen Petit noir zum Wachwerden. Nach der ellenlangen Busfahrt durch die Nacht hatten sie das beide nötig. Und für einen kurzen Moment fühlte Claire sich wie eine Französin – nur, dass sie die Sprache nicht beherrschte und Andrew und nicht sie die Getränke bestellt hatte, als sei er hier geboren.

»Als Erstes müssen wir rauskriegen, wo Leslie übernachtet hat«, sagte Andrew. »Also laufen wir die Hotels ab.«

»Alle?« Auch wenn Claire es nicht auf den Punkt benennen konnte, wusste sie, dass es in Saint-Tropez Hunderte Unterkünfte gab.

»Ja, alle. Aber ich denke, ich hab schon eine Idee, wo sie abgestiegen ist. Ich würde sagen, wir arbeiten uns von Fünf-Sterne-Läden immer weiter runter.«

»Das sind immer noch verdammt viele. Außerdem kann Leslie sich so was nicht leisten.«

Claire schaute auf die Luxusjachten, die dicht an dicht mit dem Heck zur Promenade im Wasser dümpelten. Hübsche junge weiß gekleidete Stewards schüttelten Kissen und Pelzdecken auf und arrangierten Strelizien und andere paradiesische Blumen in großen Vasen.

»Hat sie in Paris doch auch getan«, meinte Andrew. »Außerdem sind es gar nicht so viele. Meine Hotel-App sagt, es sind nur um die zwanzig Hotels in der oberen Luxusklasse.«

»Sie war in Paris in so einem Nobelschuppen, aber

nur für eine Nacht. Ich kann mir nicht vorstellen, dass sie das länger durchgezogen hat.«

»Ich wette, sie hat – denn sie hatte die Kohle. Die hat sie nämlich bei euch auf der Arbeit mitgehen lassen. Also nicht wortwörtlich. Aber sie hat laut deiner Chefin einige tausend Pfund vom Konto des Reisebüros abgehoben. Da wird sie wohl kaum in irgendeiner Absteige untergekommen sein. Ich glaube, die liebe Leslie wollte es ordentlich krachen lassen und hat sich mal richtig was gegönnt. Also, du bist die Fachfrau. Wo würdest du hier übernachten, wenn du freie Wahl hättest?«

Da musste Claire nicht lange überlegen. Wenn ihre Kunden nach Luxushotels in Saint-Tropez fragten, empfahl sie ihnen immer zwei, von denen sie bisher nur das Beste gehört hatte. »Im Holiday Marina Resort oder im Le Christo.« Beide hatten top Bewertungen und lagen in der Nähe des Hafens.

»Dann fangen wir da an. Geht das mit deinem Gepäck, oder sollen wir das irgendwo wegschließen?«

»Viel hab ich ja nicht«, Claire deutete auf ihre kleine Reisetasche. »Und bei dir?«

»Ich bin doch ein starker Mann.« Andrew spannte seinen eher kläglichen Bizeps an.

Er bezahlte, und sie machten sich auf den Weg zum ersten Hotel. Als sie an einem Laden vorbeikamen, in dem Sommer-Sonne-Strand-Accessoires angeboten wurden, nahm Claire eine blaue Sonnenbrille im Cateye-Stil von einem Ständer.

»Warte mal kurz«, sagte sie, zog die Brille an und betrachtete sich in dem kleinen Spiegel, der an dem Ständer angebracht war.

»Dir würde die hier besser stehen«, sagte Andrew und reichte ihr eine glitzernde Brille mit großen runden Gläsern im Elton-John-Stil.

»Ich glaube, zu dir passt so was besser.«

Andrew setzte die Brille auf. »Wenn du das sagst.« Er sah total lächerlich aus. »Dann kaufe ich die.«

»Wirklich?«

»Wenn du meinst, sie steht mir.«

»Du hast ja nicht mal in den Spiegel geguckt.«

Er warf sich in eine alberne Pose. »Ich vertraue deinem guten Geschmack.«

»Du kannst auch nicht länger als eine Minute ernst bleiben, oder?«

»Das Leben ist schon ernst genug.«

»Na schön, du hast eben die Getränke bezahlt, ich zahle die Brillen«, sagte Claire und betrat den engen, vollgestopften Laden in dem es nach Plastik roch. Sie zahlte mit Kreditkarte, da sie immer noch kein Geld gewechselt hatte. Aber heutzutage war es kein Problem, ohne Bargeld zurechtzukommen. Claire hätte es nicht gewundert, wenn es eines Tages komplett abgeschafft würde.

»Was ist hiermit?«, rief Andrew von draußen und deutete auf einen knappen, weißen Badeanzug, der am Eingang des Geschäfts hing.

»Schick. Auch für dich?«, rief sie zurück, und der Verkäufer lachte, da er sie anscheinend verstanden hatte. Tatsächlich hatte Claire keine Badesachen dabei, aber sie spielte auch nicht mit dem Gedanken, schwimmen zu gehen. Sie war schließlich nicht in Urlaub, sondern auf der Suche nach ihrer Freundin. Und anscheinend würde sie das Andrew stündlich aufs Neue eintrichtern müssen. Mit der großen, extravaganten Glitzerbrille, die eher als Kostümierung für ein Musical getaugt hätte, zeigte er umso mehr, dass er die Angelegenheit nicht ernst nahm.

Das Marina Resort war ausgebucht, und der Rezeptionist und seine zwei Kolleginnen konnten nichts mit Leslies Foto anfangen. Sie gaben aber zu bedenken, dass sie im Schichtdienst arbeiteten und sie nicht für ihre anderen Kollegen sprechen konnten.

Im Le Christo warteten Claire und Andrew einige Minuten, bis der Rezeptionist Zeit für sie fand. Jetzt, Anfang Juli, war Hochsaison, und die Hotels waren gut besucht. Claires Blick fiel auf eine große Kristallschale voller schick verpackter Bonbons in silbernem Zellophan und überlegte, wie viele Menschen da wohl zugriffen. Weniger als jeder Dritte? Die Schale war zu edel, um überhaupt in ihre Nähe zu kommen, die Süßigkeiten so aufwendig verpackt, dass es eine Sünde schien, sie auszupacken.

Andrew folgte ihrem Blick, schlenderte zu der Schale und fischte eine Handvoll Bonbons heraus. »Auch eins?«, fragte er und riss gewissenlos das Papier auf.

Claire schüttelte den Kopf, allerdings mehr als Reaktion auf sein Verhalten, auch wenn es gleichermaßen die Antwort auf seine Frage war. Er zuckte mit den Schultern und schob sich das Bonbon in den Mund.

Zehn Minuten und vier Schoko-Pfefferminz-Bonbons später hatte der Rezeptionist Zeit für sie, die sich in nichts auflöste, als ihm klar wurde, dass sie keine Gäste des Hotels waren und nicht vorhatten, es zu werden. Das Foto von Leslie sah er sich im ersten Moment nicht einmal richtig an. Erst als Andrew lauter wurde und so Druck aufbaute, da die Gäste des Hotels sich neugierig umsahen, betrachtete der Rezeptionist das Bild genauer. Und Claire hatte das Gefühl, dass seine Mundwinkel kurz überrascht zuckten. Er wechselte einen konspirativen Blick mit einer Kollegin, die ihm zunickte und dann im Raum hinter der Rezeption verschwand.

Auch Andrew schien dieses merkwürdige Verhalten

nicht entgangen zu sein. »Sie kennen sie, oder? Wir wollen nur wissen, ob sie hier übernachtet hat. Ihr Name ist Leslie Simpson«, erklärte er.

Der Rezeptionist rümpfte die Nase und sah sie abweisend an. »Das kann ich Ihnen aus Datenschutzgründen nicht sagen.«

»Bitte, es handelt sich um einen Notfall«, schaltete Claire sich ein. »Es kostet Sie doch nicht viel Zeit, kurz nachzuschauen, und vielleicht können Sie einer jungen Frau das Leben retten.«

Der Rezeptionist verdrehte die Augen. »Was nicht geht, das geht nicht.«

Andrew sah Claire an, und ein Ausdruck, den sie nicht deuten konnte, huschte über sein Gesicht. »Sie haben keine Ahnung, wen sie hier vor sich haben, oder? Das ist Claire Carter, eine der führenden Reiseexpertinnen in London, England. Sie hat Millionen Follower, die alles auf ihre Meinung geben. Sie reisen dorthin, wo sie ist, sie meiden die Plätze, die sie meidet. Wenn Sie es sich mit ihr verscherzen, werden alle Reiseportale, die sie kontrolliert – und glauben Sie mir, das sind viele – furchtbare Bewertungen über dieses Hotel veröffentlichen. Und dann werden die Besucherzahlen des Le Christo sinken und sinken und sinken … Alles nur wegen Ihnen.«

Er sah auffordernd zu Claire herüber. Sie war im Vergleich zu ihm zwar bestimmt keine so gute Schauspielerin, versuchte aber trotzdem, bei der Masche mitzumachen. Sie schlug einen hochnäsigen Tonfall an. »Daher wäre es sicherlich besser, wenn wir mit Ihrem Vorgesetzten sprechen würden. Also, wo finden wir den Manager?«

Das saß. Der Rezeptionist sah unsicher zu seinen Kollegen, die seinen flehenden Blick ignorierten. »Wenn das so ist«, sagte er, »dann kann ich sicher eine Ausnahme machen.« Er tippte etwas auf dem PC ein. »Tut mir sehr leid. Nein, sie war kein Gast bei uns«, sagte er kurz darauf. »Ich kann Ihnen nicht helfen.« Dann wandte er sich freundlich dem älteren Paar zu, das hinter ihnen wartete.

Danach waren sie ein Hotel nach dem anderen abgelaufen. Ohne Erfolg. Niemand konnte sich an Leslie erinnern.

»Wenn wir das weiter zu Fuß machen, sind wir noch Jahre unterwegs«, stöhnte Andrew und biss in seine Blätterteigpastete.

Sie saßen auf einer kleinen Mauer gegenüber der Boulangerie, in der sie sich einen Happen zum Mittagessen gekauft hatten.

»Das sind wir so oder so«, sagte Claire und zupfte ein Stück von ihrem Schokocroissant ab. »Wie stellst du dir das vor? Willst du jetzt Hunderte Hotels ablaufen und hoffen, dass wir zufällig im richtigen Hotel landen?«

»Wir kümmern uns erst mal um das Problem mit dem Laufen. Langsam geht mir mein Gepäck doch ziemlich aufn Sack.«

»Wie, doch kein so starker Mann?«, Claire schmiss sich in eine kunstvolle Bodybuilder-Pose und spannte ihre Armmuskeln an. Andrew prustete los und spuckte ihr dabei fast ins Gesicht.

Er schleppte sie zu einer Mietwagenfirma. Diese befand sich in einem Betonklotz mit Flachdach, der komplett neonorange angestrichen war. Die Inneneinrichtung bewegte sich zwischen Neonpink, Knallorange und Grellgrün. Der Rest bestand aus hellem Holz oder weißem Plastik. Die Uniformen der Mitarbeiter griffen die Farben wieder auf. Wer auch immer hier die Farbgestaltung vorgenommen hatte, musste entweder farbenblind oder ein Sadist gewesen sein, der die Augen der Mitarbeiter und Kunden drangsalieren wollte.

Während Andrew nach einem Wagen fragte, setzte Claire sich auf einen Plastikstuhl in der Wartezone und blätterte durch die Zeitschriften und Zeitungen – ohne ein Wort davon lesen zu können. Französische Hieroglyphen. Sie sah sich einfach die Bilder an, um sich etwas abzulenken.

»Soll ich dich als Zweitfahrer eintragen?«, rief Andrew scherzhaft vom Schalter herüber. Zumindest hoffte sie, dass es scherzhaft gemeint war. Denn ihm musste doch inzwischen klar sein, dass sie keinen Führerschein hatte. Sie schüttelte den Kopf, und er wandte sich schulterzuckend wieder der jungen Frau hinter dem Tresen zu. Claire bemerkte, dass sein schalkhafter Blick die hübsche Brünette zum Lächeln brachte und deren Wangen rot anliefen, als er das Lächeln erwiderte. Andrew war ohne Zweifel ein Frauenmagnet. Aber das brachte gar nichts, solange er nicht Leslie anzog.

Claire nahm eine Zeitschrift vom Stapel und das Titelbild auf der Tageszeitung darunter ließ sie hochschrecken. Es war das Handgelenk einer Frau, geziert mit einem Tattoo, das entweder Kraft oder *Hähnchen süßsauer* bedeutete. Es war nur der Unterarm zu sehen, doch das genügte völlig, denn sie erkannte sofort, dass es sich dabei nur um Leslies Arm handeln konnte. Dieses schlecht gestochene chinesische Schriftzeichen würde Claire unter Tausenden wiedererkennen.

Sie sprang auf und rannte mit der Zeitung zu Andrew. »Was steht da?« Aufgeregt tippte sie auf den Artikel unter dem Foto.

Er kniff die Augen zusammen. »Puh, sprechen ist das eine, lesen das andere.« Er nahm ihr die Zeitung ab, überflog die Zeilen und überlegte lange. »Es wird gefragt, ob jemand die Frau mit diesem Tattoo kennt.«

»So viel konnte ich mir auch schon zusammenreimen. Was ist mit ihr? Lebt sie?«

Andrew las weiter. »Hier steht was von Krankenhaus.«

»Heißt, sie lebt.« Ihr Herz klopfte immer schneller.

»Ja, aber hier steht auch was mit tot oder so ähnlich«, rätselte er. »So gut ist mein Französisch leider nicht.« Er zeigte der Schönheit von der Mietwagenfirma die Zeitung und bat sie um eine Erklärung. Claire verstand kein Wort der Konversation, aber Andrews erleichterte Miene stimmte sie hoffnungsvoll.

»Also, ja, sie lebt«, sagte er nach gefühlt hundert Stunden.

Claire atmete auf, bis sie hörte, dass die Französin Andrew noch etwas erklärte.

»Sie lebt. Aber sie liegt im Koma. Und ist schwer verletzt. Die Ärzte wissen nicht, ob sie es schafft.«

»Was ist passiert?«

»Das steht da nicht. Man hat sie wohl vor einer Woche gefunden. Bist du sicher, dass sie es ist? Ich meine, so ein Tattoo … Diese chinesischen Schriftzeichen am Handgelenk, das haben viele.«

»Doch, das ist sie. Ganz sicher. Wir müssen ins Krankenhaus.«

»Okay.« Andrew unterschrieb mehrere Formulare und bekam einen Autoschlüssel. Außerdem ließ er sich eine Karte der Autovermietung geben, auf der die junge Frau den Weg zur Klinik einzeichnete.

Claire wartete mit dem Gepäck vor dem Büro, während Andrew mit der Mitarbeiterin den Wagen vom Parkplatz hinter dem Gebäude holte.

Eine Ewigkeit verging, bis Claire die junge Frau zurück in den Laden taumeln sah, mit zerzausten Haaren, zerknitterter Bluse – und hatte sie nicht eben noch ein neonpinkes Halstuch umgehabt?

Kurz darauf hörte sie einen Motor gefährlich aufheulen, zwei Sekunden später raste Andrew vom Parkplatz und steuerte mit einem dunkelroten Ford Mustang Cabrio auf sie zu. Im Gegensatz zu seiner Proll-Schleuder in London war das ein wirklich ansprechender, schicker Oldtimer. Allerdings machte das Autofahren im Allgemeinen für Claire trotzdem kein Stück attraktiver.

»Du glaubst doch nicht, dass ich da einsteige.«

»Ich hab dich gefragt, ob du fahren willst.«

»Das soll jawohl ein Witz sein.«

»Echt jetzt, selbst fahren geht auch nicht?«

»Kannst du dir nicht denken, dass ich aus gegebenem Anlass natürlich nie den Führerschein gemacht habe – oder hast du es immer noch nicht kapiert?«

»Nein, weil du es mir immer noch nicht richtig erklärt hast.«

»Doch, hab ich!«, brüllte sie, um den lauten Motor zu übertönen.

»Aber nicht, warum. Und mir wurde eben noch vorgehalten, dass Andeutungen scheiße sind.«

»So hab ich das nicht gesagt. Außerdem, was interessiert dich das?«

»Vielleicht, weil du mich interessierst.«

Claire starrte ihn an. Und Andrews Gesichtsausdruck verriet, dass das anders herausgekommen war als gemeint.

»Also, jetzt nicht so, sondern … also anders halt«, stammelte er. »Jetzt steig schon ein. Schneller kommen wir nicht zum Krankenhaus.«

»Muss es denn ausgerechnet so ein altes Auto und

dann auch noch eins ohne Dach sein? Geht nicht was Sichereres?«

»Alle Autos sind gleich sicher. Kommt auf den Fahrer an.«

»Noch schlimmer.« Claire erinnert sich, mit welchem Tempo Andrew in London mit seinem aufgemotzten knallgelben Schlitten davongebraust war.

»Willst du jetzt zu der Frau mit dem Tattoo oder nicht?«

»Aber du fährst vorsichtig. Und langsam.« Und als sie einsteigen wollte, wurde ihr plötzlich bewusst, was ihr bereits auf der Busfahrt so seltsam vorgekommen war. »Bist du schon mal auf der rechten Straßenseite gefahren? Bei uns zu Hause ist Linksverkehr. Kannst du das überhaupt?«

»Ist doch dasselbe.«

»Nein, ist es nicht.«

»Woher willst du das wissen? Du hast keinen Führerschein.«

»Aber gesunden Menschenverstand.«

Sie lieferten sich ein stummes Blickduell mit der Frage, wer am stursten gucken konnte. Schließlich gab sie nach. Was blieb ihr für eine Wahl? Leslie hatte oberste Priorität.

Also warf sie die Reisetasche in den Kofferraum, stieg ein und schnallte sich an. Sie nahm ihren Rucksack auf den Schoß und umklammerte ihn als vorsorglichen Airback. Andrew fuhr langsam an, und Claire war froh um seine umsichtige Fahrweise. Diese hielt aber nur bis zur nächsten Kreuzung. Er gab Gas, und ihre Augen tränten trotz der Sonnenbrille vom Fahrtwind. Ihre Haare umflatterten ihr Gesicht. In Filmen sah Cabrio fahren spaßiger und mit Sicherheit deutlich eleganter aus.

Die Fahrt führte zunächst durch enge Gassen. Die

umliegenden Wälder zeigten, dass es hier vor nicht allzu langer Zeit Brände gegeben haben musste, und Claire klammerte sich weiter an ihre Tasche, während Andrew die engen Kurven in viel zu hohem Tempo nahm und sie so von einer auf die andere Seite ihres Sitzes geschleudert wurde. Sie hatte schon ganz vergessen, wie Autofahren sich anfühlte.

Nach einer Weile traute sie sich, ihren Rucksack abzustellen. Und entdeckte im Fußraum ein Stück Stoff. In Neonpink. Es war das Accessoire, das die Mitarbeiterin der Autovermietung um den Hals getragen hatte. Claire nahm das Tuch zwischen die Finger und sah, dass darauf mit Filzstift eine Telefonnummer und ein Herzchen gekritzelt waren. Sie zeigte es Andrew. Er lachte, riss ihr das Tuch aus der Hand und hielt es über seinen Kopf, sodass es im Wind flatterte. Dann ließ er es los, und das Halstuch flog hinter ihnen auf die Straße.

»Stopp! Halt an!«, schrie Claire, und er legte sofort eine Vollbremsung hin.

»Was ist los?« Er starrte sie mit aufgerissenen Augen an. Dann sah er sich perplex zu allen Seiten um.

»Du steigst jetzt sofort aus und holst das Teil. Das ist Umweltverschmutzung. Das macht man nicht.«

Andrew sah sie verdutzt an, widersprach aber nicht und kam ihrer Aufforderung nach. Er warf das Tuch auf die Rückbank, stieg zurück in den Wagen und fuhr schweigend weiter.

»Außerdem hat sie dir ihre Nummer darauf notiert.«

»Und?«

»Und sie hofft bestimmt, dass du dich meldest.«

»Das war nur so aus dem Moment heraus«, sagte Andrew. »Du kennst das. Man findet sich nett, flirtet ein bisschen, knutscht ein bisschen … Das war's dann aber auch.«

Nein, das kannte Claire nicht. Sie war keine, die gelegentlich wild rumknutschte, nur so zum Spaß. Ein bisschen beneidete sie allerdings die Menschen, die das konnten. Leslie und Rachel zum Beispiel. Frauen wie ihre Freundinnen konnten abends im Klub einen Kerl aufreißen, mit ihm rummachen, und dann gingen sie nach Hause und dachten keine Minute mehr an ihn, vergaßen sogar seinen Namen. Oder kannten den Namen nicht einmal. Oder, wenn ihnen danach war, nahmen sie ihn sogar mit in ihr Bett, trieben es die ganze Nacht, und am nächsten Morgen hieß es dann einfach: *Ciao, mach's gut* – und keinem wurde das Herz gebrochen. Bei Claire waren da immer direkt Gefühle im Spiel. Sie war absolut nicht One-Night-Stand-tauglich. Aber das musste Andrew nicht wissen.

»Du lässt echt nichts anbrennen, oder?«, fragte sie mit Blick auf das zusammengeknüllte Halstuch auf der Rückbank.

»Nimm alles mit, was geht – ist mein Lebensmotto.«

»Mit dem Motto wirst du aber wahrscheinlich nicht besonders alt.«

»Wahrscheinlich nicht.« Andrew drückte aufs Gas, die Tachonadel schnellte hoch. »Aber es lebt sich besser.«

KAPITEL 14

»Wenn wir träumen, betreten wir eine Welt, die ganz und gar uns gehört.«
Albus Dumbledore in *Harry Potter und der Gefangene von Askaban*

»Ich warte hier.« Andrew blieb vor der elektrischen Schiebetür des Krankenhauses stehen.

»Was soll das? Jetzt komm.«

»Ich mag keine Krankenhäuser.«

»Wer mag die schon?« Claire wollte hineingehen, doch Andrew bewegte sich keinen Zentimeter und sah ehrfürchtig an dem mehrstöckigen, gläsernen Kastenbau hoch.

»Ich kann da nicht reingehen. Dieser Geruch nach Desinfektionsmitteln, davon wird mir schlecht«, sagte er und machte einen Schritt rückwärts.

»Stell dich nicht so an. Ich brauch dich da drin. Mit meinen drei Brocken Französisch … Wie soll ich da nach Leslie fragen?«

»Zeig Ihnen einfach das Foto in der Zeitung.«

»Andrew, was soll das?«

»Du wolltest wissen, was meine Phobie ist. Da hast du sie: Krankenhäuser.«

»Und warum?«

»Warum hast du Angst vor motorisierten Verkehrsmitteln?«

»Wenn ich es dir verrate, kommst du dann mit?«

»Vielleicht.« Andrew grinste sie frech an. »Vielleicht aber auch nicht.«

Claire sammelte sich, atmete tief durch, legte ihren Kopf zurück und sah in den Himmel. Der viel blauer war als in England. »Seit ich dreizehn war, bin ich in nichts eingestiegen, was mich umbringen kann, weil ich mein Leben damals fast auf einer Achterbahn verloren hätte.«

Erstaunen machte sich in seinen Augen breit. Sie hatte seine volle Aufmerksamkeit. »Ich war mit Freunden in einem Freizeitpark. Es war ein super Tag, und ich habe die Fahrgeschäfte geliebt, auch wenn ich schon immer etwas Bammel vor Geschwindigkeit hatte, aber das ist ja nur menschlich. Wir haben uns die spektakulärste Achterbahn bis zum Schluss aufgehoben, haben über eine Stunde angestanden, und dann ging die Fahrt endlich los. Hände hoch, kreischen, bis man heiser ist – das volle Programm. Es war klasse … bis zum letzten Looping.« Sie machte eine Pause und sah die immer größer werdende Neugier in Andrews Blick.

»Und dann?«, forderte er sie auf, weiterzuerzählen.

»Dann ist die Achterbahn plötzlich stehen geblieben, und ich hing kopfüber im Looping fest. Es war irgendein Defekt, weshalb der Wagen eine Sicherheitsbremsung gemacht hat. Doch die Bremse hat sich nicht mehr gelöst. Es hat fast drei Stunden gedauert, mich da rauszuholen. Und über die ganze Zeit hatte ich Panik, dass der Sicherheitsbügel aufgeht und ich einfach nach unten stürze. Ich hing über fünfzig Meter hoch in der Luft. Die Rettungskräfte waren total überfordert. Es war der Horror. Und danach war irgendwie alles anders. Ich hatte Angst vor allem, was sich schneller bewegt als ein Fahrrad … und so ist es bis heute.«

Andrew sah sie skeptisch an. Glaubte er ihr etwa nicht? Die Geschichte war nicht gelogen, wenn auch nicht die ganze Wahrheit. Der Vorfall damals war nicht unbedingt der Ursprung ihrer Ängste, aber trotzdem war Claire sich sicher, dass dieses Erlebnis der Auslöser ihrer Phobie gewesen war.

»Wann genau war das?« Er klang weniger beeindruckt, als sie erwartet hatte.

»Wie gesagt, da war ich dreizehn.«

»Und jetzt bist du wie alt?«, fragte er und zückte sein Handy.

»Das fragt man eine Frau nicht.« Erst jetzt fiel ihr auf, dass sie nicht wusste, wie alt Andrew überhaupt war. Sie schätze ihn ein wenig jünger als sich. Vielleicht war er aber auch viel älter und wirkte nur wegen seiner draufgängerischen Art und seiner saloppen Ausdrucksweise so jung.

»Ach, komm schon, Claire. Wäre es dir lieber, ich schätze dein Alter?«

»Mach, ich bin gespannt.«

Er musterte sie von oben bis unten, bevor er sein Urteil fällte. »Mitte dreißig. Irgendwas zwischen zweiunddreißig bis fünfunddreißig, würde ich sagen.«

»Verdammt, du bist gut. Ich bin 34.«

»Also ist das Ganze jetzt 21 Jahre her«, stellte er fest und tippte etwas in sein Handy ein.

»Was machst du da?«

»Deine Story überprüfen. Das klingt echt aufregend.

Und zwar so aufregend, dass bestimmt irgendein Tageblatt damals darüber berichtet hat.«

»Du glaubst mir nicht?«

»Ganz ehrlich? Nein, ich glaube dir kein Wort.«

»Und ich kaufe dir die Nummer mit den Desinfektionsmitteln nicht ab. Sag du mir, warum du nicht in Krankenhäuser gehst.«

»Deine Wahrheit gegen meine Wahrheit«, sagte Andrew provokativ.

»Das ist die Wahrheit!«, log Claire. *Zumindest mehr oder weniger*, dachte sie.

»Dann haben wir wohl eine Pattsituation.« Andrew verschränkte die Arme vor der Brust und gab ihr zu verstehen, dass es unmöglich war, ihn umzustimmen. Claire erkannte, dass jegliche Diskussion völlige Zeitverschwendung war.

Bewaffnet mit dem Zeitungsartikel der gesuchten Frau mit dem Tattoo am Handgelenk, betrat sie allein das Krankenhaus. Und betete, dass sie Leslie hier finden würde – und zwar am besten lebendig und nicht in einem Kühlfach in der Leichenhalle. Der Gedanke ließ sie erschaudern, und sie schob ihn rasch beiseite.

Sie zeigte das Foto einem Krankenpfleger, der aufgeregt eine Ärztin dazuholte, die daraufhin die Polizei verständigte. Noch immer wusste Claire nicht, was das zu bedeuten hatte. Lebte Leslie? Andrew wäre es bestimmt gelungen, mehr Informationen aus den Leuten rauszukitzeln, aber niemand gab ihr eine eindeutige Antwort.

Claire wurde gebeten zu warten, und die Minuten krochen dahin, bis schließlich ein pummeliger, kleiner Mann in einem braunen Cord-Mantel vor ihr auftauchte und sich freundlich als Kommissar Louis Bernart vorstellte.

»Sie müssen entschuldigen, mein Englisch ist nicht

sehr gut«, sagte er mit einem starken französischen Akzent.

»Aber auf jeden Fall besser als mein Französisch.«

Er deutete auf die Zeitung, die Claire jetzt schon seit geraumer Zeit umklammerte. »Sie kennen die Frau?«

Sie erklärte hastig, was sie ins Krankenhaus geführt hatte. Während sie sprach, zwirbelte der Kommissar nachdenklich an seinem grauen Schnauzbart, der an den Rändern gelb angelaufen war. Dann bat er sie mit ernster Miene, ihm zu folgen.

Er führte sie auf die Intensivstation, in einen kleinen Raum mit einer großen Glasscheibe. Dahinter befand sich ein Zimmer mit unzähligen Geräten und einem Krankenbett, in dem eine Frau lag, die künstlich beatmet wurde und an unzähligen Schläuchen hing. Claire musste genau hinsehen, bis sie erkannte, dass sie gefunden hatte, was – besser gesagt, wen sie suchte: Leslie. Sie sah furchtbar blass und dünn aus, und Claire stiegen sofort Tränen in die Augen. Das Leben war fast aus ihrer Kollegin gewichen. Und hätte sich ihr Brustkorb nicht unablässig schwach nach oben und unten bewegt, hätte Claire sie für tot gehalten.

Der Kommissar studierte ihre Reaktion. Sie versuchte, sich zusammenzureißen, doch es gelang ihr nicht, und schon beim ersten Wort fing sie an zu weinen. »Was ist mit ihr passiert?«

»Das ist ihre Freundin Leslie Simpson? Sind Sie sicher?«, wollte der Kommissar wissen.

Claire erklärte ihm, was vorgefallen war, warum sie nach Saint-Tropez gekommen war, und hoffte, dass er ihr folgen konnte, denn sie sprach immer schneller und konnte ihre Aufregung nicht verbergen. Sie wollte endlich wissen, was Leslie zugestoßen war.

Der Kommissar hörte aufmerksam zu und wartete

ab, bis sie ausgeredet hatte. »Eine Wandergruppe hat sie vor einer Woche mitten im Wald gefunden«, erklärte er in ruhigem Ton. »Sie lag unter einem Baum, mit unzähligen Knochenbrüchen. Dass sie noch lebt, ist ein Wunder. Ihr Körper macht den Eindruck, als wäre sie von einem Lkw überrollt worden.«

»Und Sie wissen nicht, wie das passiert ist?«

Der Kommissar schüttelte den Kopf. »Bis eben wussten wir nicht mal, mit wem wir es zu tun haben. Dass Sie die Identität klären konnten, damit haben Sie uns sehr geholfen.«

Bernart stellte ihr einige Fragen über Leslie und ihren geplanten Urlaub, und Claire berichtete, so gut und genau sie konnte, während der Kommissar sich alles auf einem kleinen Spiralblock notierte.

Dann endlich durfte sie zu ihr. In dem klinisch reinen Raum herrschte Stille, die nur durch das Beatmungsgerät und das Piepen des EKG unterbrochen wurde. Vorsichtig legte Claire ihre Hand auf Leslies filigrane Finger. Der pfirsichfarbene Nagellack war an den Rändern abgeblättert.

Sie fragte sich, wo Leslie im Moment war. Ihr Körper war hier, aber wo war ihr Geist, ihr Bewusstsein? War im Koma zu liegen, vergleichbar mit schlafen? Träumte sie gerade? Und wenn ja, waren es gute Träume oder Albträume, so wie die, von denen Claire regelmäßig eingeholt wurde? Konnte sie sie hören? Spüren, dass sie sie berührte?

»Leslie, falls du mich hörst, ich bin es, Claire. Sir Howard geht es gut.« *Was für ein Schwachsinn,* dachte Claire. Als ob es Leslie in dieser Situation interessierte, wie es ihrem Kakadu ging. »Ich finde raus, was mit dir passiert ist«, flüsterte sie.

Die Simpsons!, schoss es Claire durch den Kopf. Sie

musste unbedingt Leslies Eltern informieren. Noch vom Krankenhaus aus rief Claire sie an. Gleichermaßen erleichtert wie besorgt, wollten sie sich sofort auf den Weg hierher machen, um bei ihrer Tochter zu sein.

Als Claire sich von Leslie verabschiedete, fiel ihr Blick auf eine Plastiktüte mit Kleidung auf dem Metallstuhl, der in der dunkelsten Ecke des Zimmers stand. Wieso lag das noch hier? Claire stellte sich vor, dass die Polizei die Sachen CSI-mäßig untersuchte, Labortests machte, Fingerabdrücke nahm, Spuren sicherstellte. Aber Leslies blutige Jeans, ihr Shirt und ihre Strickjacke waren noch hier und schienen niemanden zu interessieren – außer Claire. Sie wusste nicht, ob sie die Sachen anfassen durfte. Und Kommissar Bernart war nicht zu sehen. Er hatte sie mit Leslie allein gelassen, um mit den Ärzten über den Zustand der schwer verletzen Patientin zu sprechen, deren Identität nun endlich geklärt war.

Es fühlte sich falsch an, trotzdem öffnete sie die Tüte und zog den Inhalt vorsichtig heraus. Überall war Blut. Wer hatte ihrer Kollegin so schwere Verletzungen zugefügt? Sie legte die Kleidung zurück in die Tüte und fühlte eine Wölbung in der Hosentasche der Jeans. Sie ließ ihre Finger hineingleiten und fischte zwei Bonbons heraus – stilvoll verpackt in silberner Zellophanfolie. Und genau diese Schoko-Pfefferminz-Bonbons hatte sie heute schon einmal gesehen.

KAPITEL 15

»Aus großer Kraft folgt große Verantwortung.«
Ben Parker in *Spiderman*

Wie versprochen wartete Andrew vor dem Krankenhaus. Er saß auf einer Mauer und hielt sein Handy in der Hand. Als er Claire sah, sprang er auf.

»Und, und, und?« Aufgeregt hüpfte er von einem Bein aufs andere. »Du warst verdammt lange da drin. Ist das ein gutes Zeichen oder ein schlechtes? Jetzt sag schon!« Er betrachtete Claire und bemerkte wohl ihre verschmierte Wimperntusche, denn er legte liebevoll seine Hand auf ihre Wange und wischte zärtlich darüber. »Hast du geweint?«

Sie riss sich zusammen, ihr ging es gut – im Gegensatz zu Leslie. »Sie ist hier, aber sie liegt im Koma, und die Ärzte wissen nicht, was ihr zugestoßen ist. So, wie sie aussieht, muss es etwas Furchtbares gewesen sein.«

»Aber sie lebt.«

»Sie atmet. Ihr Herz schlägt. Ich weiß nicht, ob man das Leben nennen kann.«

Andrew nickte nachdenklich. »Das ist schwer zu sagen.«

»Die Ärzte sagen, sie hat gebrochene Knochen und innere Blutungen, als wäre sie von einem Laster überrollt worden. Aber das passt nicht zusammen, man hat sie mitten im Wald gefunden.«

Andrew legte seinen Kopf in den Nacken. »Oder jemand hat sie so zugerichtet. Mit einem Baseballschläger oder so.«

»Wie kannst du nur so makaber sein?«

»Ich bin nicht makaber. Die Welt ist grausam und brutal. Vergiss nicht, dass es irre Psychopathen da draußen gibt.«

Sie musterte ihn. Momentan hatte sie eher das Gefühl, dass sie es war, die mit einem Psychopathen unterwegs war. Sie konnte Andrew nicht greifen – und begreifen schon gar nicht. Er tickte irgendwie anders, und sie hätte zu gerne in sein Gehirn geguckt und seine Gedanken gelesen. Sie wollte wissen, woher seine Angst kam, ein Krankenhaus zu betreten.

Sie atmete tief durch und spürte die Sonnenstrahlen auf ihrer Haut. Das Wetter und die Umgebung waren so schön, dass es sie beinahe vergessen ließ, dass sie vor einem Krankenhaus stand, in dem Leslie um jeden Atemzug rang. Claire erzählte Andrew ausführlich von ihrem Gespräch mit Kommissar Bernart und holte am Ende eines der Bonbons aus ihrer Hosentasche.

»Erkennst du das?«

Andrew nickte und nahm die Süßigkeit zwischen die Finger. »Dann hat der Rezeptionist uns angelogen. Leslie war im Hotel Le Christo.«

»Die Frage ist, ob sie dort gewohnt hat oder aus anderen Gründen da war. Vielleicht nur zum Essen oder auf einer Party. Das würde erklären, warum er sich nicht an sie erinnern konnte und sie nicht im System gespeichert war.«

»Also folgen wir jetzt der Bonbon-Spur? Wie Hänsel und Gretl?«

»Die hatten nur Brotkrumen.«

»Aber da war doch auch was mit Süßigkeiten.«

»Ja, das Hexenhaus. Ach … lass uns fahren. Märchenstunde machen wir jetzt nicht.«

Dass sie freiwillig vorschlug, an einen anderen Ort zu *fahren*, erstaunte sie selbst.

»Okay«, sagte Andrew. »Vorab nur eine Sache … Hörst du das?«

Sie lauschte gespannt, hörte aber nichts Auffälliges. »Was meinst du?«

Er zeigte auf seinen Magen. »Ich nahm an, der knurrt schon so laut, dass man ihn hören kann.«

Nach dem Anblick von Leslie im Krankenhaus hatte Claire absolut keinen Appetit. »Ich kann jetzt nichts essen.«

»Was hältst du davon, wenn wir uns Gassin mal ansehen? Nur ganz kurz. Dann kann ich was essen und du erholst dich erst mal von dem Schock. Der Ort soll wunderschön sein.«

Gassin liegt wenige Kilometer von Saint-Tropez auf einem Hügel und wurde als eines der schönsten Dörfer Frankreichs ausgezeichnet. In der Nähe befindet sich das bekannte, fast 300 Jahre alte Weingut Château Minuty …, ließ die Stimme der Reiseverkehrskauffrau in ihrem Kopf verlauten, während sie auf das hübsche kleine Bergdorf zufuhren. Sie fanden einen Parkplatz und schlenderten durch die malerischen Gassen. Überall gab es viel Grün, und Kaskaden von Drillingsblumen setzten farbenprächtige Akzente. Claire nahm von alledem kaum etwas wahr. Sie sah noch immer den geschundenen Körper ihrer Freundin vor sich.

Schließlich gelangten sie an einen Platz, auf dem mehrere Restaurants zum Essen unter großen Sonnenschirmen oder gewölbten Überdachungen einluden. Andrew steuerte auf eines der Lokale zu. Ein Kellner führte sie zu einem Zweiertisch an der niedrigen Außenmauer und brachte ihnen die Speisekarte. Mit einem tiefen Seufzer ließ sich Andrew auf den Stuhl sinken und bestellte gleich eine große Flasche Mineralwasser.

»Möchtest du wirklich nichts essen?«

Claire zuckte mit den Schultern. »Käme mir in dieser Situation irgendwie falsch vor … Ich muss die ganze Zeit daran denken, dass Leslie gerade durch einen Schlauch ernährt wird.«

Andrew sah sie besorgt an. »Magst du Ziegenfrischkäse?«, fragte er und Claire nickte. »*Alors*«, sagte er und wandte sich an den Kellner, »zweimal den Rucolasalat mit Ziegenfrischkäse, Birne, Walnüssen und Akazienhonig-Dressing.«

Der Kellner nahm die Bestellung auf und ging dann zu einem anderen Tisch.

Während sie auf das Essen warteten, schaute Claire über blühenden Oleander hinweg auf die provenzalische Hügellandschaft bis hinunter zur Bucht von Saint-Tropez. Die Mittagssonne tauchte alles in ein helles goldenes Licht.

Andrew hatte völlig richtig damit gelegen, für sie etwas zu essen zu bestellen. Während sie den knackigen Salat aß, ging es ihr Happen für Happen besser. Sie hatte Hunger gehabt, ohne es zu merken. Zum Dessert teilten sie sich eine Crème brûlée und gönnten sich einen Pastis. Während sie an dem Schnaps nippte, der nach Anis und

Thymian schmeckte, spürte sie, dass sie sich langsam ein wenig entspannte.

Als sie am späten Nachmittag an der Rezeption des Le Christo in Saint-Tropez ankamen, hatte das Personal gewechselt, und eine kleine Frau mit Brille stand am Empfang. Sie zeigten ihr das Foto von Leslie, und sie nickte.

»Wir haben uns schon gefragt, wann jemand kommt, um ihre Sachen zu holen.«

»Ihre Sachen?«

»Sie hat das Zimmer einfach verlassen, ohne auszuchecken oder ihren Koffer zu packen. Wir haben ein paar Tage gewartet, aber sie kam nicht wieder«, erklärte die Frau.

»Alarmieren Sie in so einem Fall nicht die Polizei?«, wollte Claire wissen.

Die Rezeptionistin zuckte mit den Schultern. »Wir können uns nicht um alles kümmern. Manchmal tauchen Gäste nach Tagen oder sogar Wochen wieder auf, weil sie sich entschieden hatten, spontan einen Ausflug zu machen.«

»Aber Ihr Kollege, den wir vor wenigen Stunden gesprochen haben, sagte, sie wäre nicht als Gast bei Ihnen gewesen. Er hat extra im System nachgeschaut«, sagte Andrew.

»Erinnern Sie sich an seinen Namen?«, fragte die Frau.

»Nein, aber ihm fehlte der kleine Finger an der linken Hand, wenn Ihnen das weiterhilft.«

Das war Claire gar nicht aufgefallen. Andrew entpuppte sich mehr und mehr als guter Detektiv – oder zumindest als guter Beobachter.

Die Rezeptionistin nickte. »Da muss er sich wohl vertan haben. Aber ich muss zugeben, dass Monsieur George in letzter Zeit nicht zu wissen scheint, wo ihm der Kopf steht. Sie sind nicht die Ersten, die sich über ihn beschweren.«

»Das sollte keine Beschwerde sein«, sagte Claire schnell. Sie wollte verhindern, dass jemand Ärger wegen ihnen bekam. Auch wenn sie Monsieur George ziemlich unsympathisch gefunden hatte. Zumal er sie belogen hatte, wobei sie nicht wussten, ob er das absichtlich getan oder es einfach nicht besser gewusst hatte. Trotzdem schrieb Claire ihn vor ihrem inneren Auge auf die Liste der potenziell Verdächtigen. Denn wenn er es war, der Leslie das angetan hatte, war es nur logisch, dass er log, um zu vertuschen, dass sie Gast in diesem Hotel gewesen war und die beiden sich möglicherweise kannten.

»Können wir Ihnen die Sachen von Frau Simpson überlassen, oder sollen wir sie zur Polizei schicken?«, fragte die Dame an der Rezeption.

Claire wandte sich an Andrew. »Die Polizei sollte die Sachen bekommen, oder?«

»Ja, aber lass sie uns vorher ansehen.« Er lehnte sich lässig über den Tresen und sah der kleinen Frau tief in die Augen, die sich hinter großen Brillengläsern versteckten. »Wäre es möglich, das gleiche Zimmer zu bekommen wie Leslie Simpson?«

Sie tippte etwas in den PC ein und lächelte plötzlich. »Sicher. Aber eine Vergünstigung kann ich Ihnen nicht anbieten.« Sie drehte den Monitor und zeigte Andrew den Zimmerpreis. Claire schaffte es nicht rechtzeitig, einen Blick darauf zu erhaschen. Er hatte schon zugesagt.

»Eine Master Suite?«, staunte Claire, als sie das Zimmer betraten. »Leslie hat es sich aber wirklich gut gehen lassen.« Wie hatte sie das bloß bezahlt? Soweit Claire wusste, verdienten sie und Leslie exakt dasselbe. Und besonders viel war das nicht.

»Deine Freundin gefällt mir von Tag zu Tag besser«, sagte Andrew, als er sich bäuchlings aufs Bett warf.

»Hör mal, du Meisterdetektiv: Zeit zu arbeiten. Bisher habe ich alles im Alleingang ermittelt.«

»Du bist wirklich eine super Assistentin, aber ich muss dich korrigieren: Ohne mich wären wir jetzt nicht hier.«

»Darüber lässt sich streiten.«

»Streiten wird überbewertet.«

»Kann es sein, dass deiner Meinung nach so gut wie alles überbewertet wird?«, fragte Claire und stellte ihre neue Reisetasche aus Paris neben dem Bett ab. So musste sich ein Jetset-Leben anfühlen.

»Ja, weil es so ist. Lass uns einfach weitermachen. Wir wissen, dass Leslie von Paris aus nach Saint-Tropez gereist ist und es sich hier in dieser Suite bequem gemacht hat. Jetzt liegt sie halb tot im Krankenhaus und kämpft ums Überleben. Also: Was ist passiert?«

Es klopfte, und ein Concierge brachte Leslies Koffer und eine kleine Reisetasche. Mit charmantem Lächeln und aufforderndem Blick blieb er in der Tür stehen. Es fehlte nur noch, dass er die Hand aufhielt. Claire wühlte ihr Portemonnaie aus ihrem Rucksack und drückte dem Jungen fünf Pfund in die Hand. Er besah den Schein mit unzufriedener Miene. »Haben Sie keine Euro?« Trinkgeld bekommen und sich beschweren – *Frechheit,* dachte Claire.

»Ich bin mir sicher, Sie können das hier irgendwo wechseln«, sagte sie und schloss die Tür.

»Na, wenn du dir den mal nicht zum Freund gemacht hast.« Andrew gab einen seiner unverschämt lauten Lacher von sich. Claire konnte sich vorstellen, dass ein Kino- oder Theaterbesuch mit ihm eine Peinlichkeit sein musste – zumindest, wenn es sich dabei um eine gute Komödie handelte. Doch andererseits war sein Lachen auch ansteckend, sodass sie sich beherrschen musste, ernst zu bleiben.

Sie nahm Leslies Koffer in Augenschein. Wie schon im Krankenhaus fühlte es sich nicht richtig an, ihre Sachen ohne Erlaubnis zu durchsuchen. Aber wenn das half zu klären, was mit Leslie geschehen war, so war das sicherlich in ihrem Sinne. Claire öffnete den Koffer, und sofort stand Andrew auf, kam mit neugieriger Miene dazu und machte sich über die Reisetasche her. Kleidung, Kosmetik – auf den ersten Blick enthielt der Koffer nichts Ungewöhnliches.

Andrew zog eine Großpackung Kondome aus der Reisetasche und zählte sie ab. »Drei fehlen«, sagt er feierlich. »Leslie wird mir echt immer sympathischer.«

Immerhin verhütet Partymaus Leslie, dachte Claire. Ein bisschen Vernunft konnte man ihr also doch zutrauen. Mit wem hatte Leslie Sex gehabt? Und war derjenige für ihren aktuellen Zustand verantwortlich? Leslies Gepäck warf mehr Fragen auf, als es beantwortete.

Saint-Tropez, 5. Juli 2019

Liebes Tagebuch,

Ich bin unendlich froh, dass wir Leslie gefunden haben. Auch wenn ich nur beten kann, dass sie überlebt. Sie sieht furchtbar aus. Wer auch immer ihr das angetan hat, muss zur Rechenschaft gezogen werden. Es ist kaum vorstellbar, dass etwas so Grausames in einer so schönen Stadt passieren kann. Saint-Tropez hat mich verzaubert. Allein die Wärme, die Palmen und das Meer. Und sogar das Licht ist hier ganz anders als in England.

Ich würde das alles zu gern genießen – aber wie könnte ich? Meine Freundin liegt im Koma. Und ich bin mit einem Kerl unterwegs, der mir das Leben schwer macht.

Andrew scheint unsere Mission eher als eine Art Klassenfahrt anzusehen. Er hat mich eben gefragt, ob wir morgen baden gehen wollen. Spinnt der? Obwohl ich zugeben muss, dass mir die Frage einen Stich ins Herz versetzt hat. Das letzte Mal im Meer schwimmen war ich als Kleinkind. Und ehrlich gesagt, kann ich mich nicht einmal mehr daran erinnern. Irgendwie reizen würde es mich ja schon … Aber egal – ich müsste mir sowieso erst einen Badeanzug besorgen.

Jetzt gerade erfüllt Andrew endlich mal seine Aufgaben als Detektiv. Er ist unterwegs, um die Hotelgäste zu befragen, die auf der Poolterrasse oder an der Bar sitzen. Hoffentlich recherchiert er auch wirklich und vergnügt sich nicht stattdessen mit einer Bardame. Wenn wir Glück haben, erinnert sich jemand hier im Hotel an Leslie.

KAPITEL 16

»Houston, wir haben ein Problem.«
Jim Lovell in *Apollo 13*

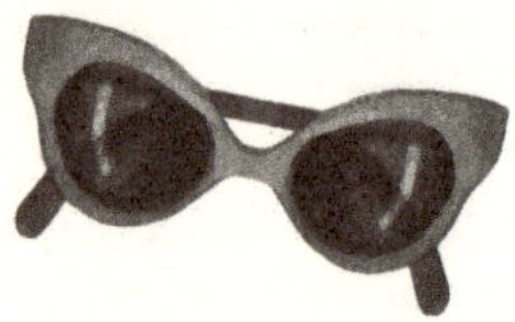

Andrew war jetzt schon über eine Stunde unterwegs. Claire hatte die Zeit genutzt, weiter Leslies Sachen zu durchforsten. Sie hatte einen Flyer für diverse touristische Aktivitäten gefunden, auf dem Leslie einige Ausflüge eingekreist hatte. Aber der Anbieter war ein anderer als der Veranstalter, mit dem ihr Reisebüro gewöhnlich zusammenarbeitete.

Sie suchte online nach der Firma, die sich Best Tours Saint-Tropez nannte, doch der Name schien nicht Programm zu sein. Es ließ sich auf den ersten Blick feststellen, dass der Anbieter miserable Bewertungen hatte. Gerade mal einen halben Stern vergaben die gängigen Portale. Warum hätte Leslie mit solchen Nieten einen Ausflug machen sollen?

Claire hörte Andrews sonore Stimme vor der Tür. Er lachte sein unverschämt lautes und ansteckendes Lachen und steckte damit anscheinend tatsächlich jemanden an, denn sie hörte auch das leise Kichern einer Frau. Claire unterdrückte den Impuls, die Tür aufzureißen, stattdessen blickte sie durch den Spion. Sie sah Andrew nah vor einer Blondine stehen, die nur einen Bademantel trug und augenscheinlich gerade aus dem Wellness-Bereich kam. Sie erinnerte stark an Pamela Anderson zu ihren besten Zeiten. Die Frau legte Andrew die Hand auf die Schulter. Claire spürte, wie sich ihr Magen zusammenzog und ihre Ohren immer wärmer wurden. Aber sie wusste nicht, warum. Es war offensichtlich, dass er mit dem Baywatch-Verschnitt flirtete, aber warum hatten ihre Ohren etwas dagegen?

Plötzlich wandte Andrew sich der Tür zu und legte die Schlüsselkarte ans Schloss. Claire schaffte es im letzten Moment, einige Meter zurückzuspringen und so zu tun, als käme sie gerade völlig überrascht über seine Rückkehr aus dem Bad. Die kichernde Blondine stand immer noch auf dem Gang, als er die Tür aufdrückte.

Vanillegeruch strömte ins Zimmer, als sich die Tür öffnete. »Das ist also die Glückliche?«, sagte die Frau, von der der Duft ausging, und löste damit in Claire ein ungutes Gefühl aus. Wollte Andrew die Flitterwochen-Lüge etwa fortführen?

»Ja!«, sagte er stolz und nahm Claire in den Arm.

»Hallo, ich bin Bianca.« Die Frau winkte Claire freundlich zu. Selbst unter dem weiten Bademantel war ihr enormer Vorbau nicht zu übersehen. Sie hatte ein strahlend weißes Lächeln, wie ein Hollywoodstar, und ihr Make-up war tadellos, obwohl ihre Haarspitzen nass waren. Sie trug glänzenden Lipgloss, der farblich genau mit ihrem pfirsichfarbenen Rouge und Lidschatten abgestimmt war.

Claire konnte Menschen nicht ausstehen, die nicht untertauchten, wenn sie ins Wasser gingen. Es war doch das schönste Gefühl, den Kopf unter Wasser zu haben, die Luft anzuhalten und die Welt für einen Moment auszublenden. Wie konnte man so eitel sein, auf diesen Rausch zu verzichten, nur um nach dem Bad noch adrett auszusehen?

»Bianca kennt Leslie.«

»Na ja, kennen ist übertrieben. Wir haben ein paar Mal was zusammen an der Hotelbar getrunken«, winkte die Vollbusige ab und schenkte Andrew ein vielsagendes Lächeln. Wieder zog sich Claires Magen zusammen. Obwohl die Hochzeitsreise fiktiv war und Andrew und sie kein Paar waren, fand sie es unverschämt, dass die Frau so unverhohlen mit ihrem Schein-Ehemann flirtete. Wie konnte sie so offensiv sein, obwohl die vermeintliche Ehefrau direkt vor ihr stand?

»Ich hoffe, du findest deine Schwester«, sagte sie in Claires Richtung und legte Andrew zum Abschied ihre Hand auf die Schulter. Auch ihre langen Nägel waren farblich perfekt auf ihr Make-up angestimmt. Pfirsichfarben – genau wie der abgeblätterte Nagellack, den Leslie trug. War das ein Zufall? Bianca wandte sich ab, ging zu ihrem Zimmer, das schräg gegenüber lag, und öffnete die Tür mit der Schlüsselkarte. »Wir sehen uns.« Sie zwinkerte Andrew zu und verschwand durch die Tür.

Andrew betrat die Suite und ließ die Tür ins Schloss fallen. Claire fragte sich, wie viele Lügen er noch verbreiten wollte.

»Du bist also weiter mein Ehemann. Und Leslie ist jetzt meine verschwundene Schwester, oder wie?«

»War einfacher so. Mal ehrlich, was klingt für dich denn besser: Hallo, ich bin ein Detektiv, und ich versuche mithilfe einer Reiseverkehrskauffrau, die aber zu viel Schiss hat, selbst zu reisen, rauszufinden, was ihrer Kollegin zugestoßen ist, die übel zugerichtet im Krankenhaus im Koma liegt. Oder: Hallo, ich bin Andrew, und meine Frau und ich sind gerade mit unseren Familien in Urlaub. Aber irgendwie ist die kleine Schwester meiner Geliebten abhandengekommen. Haben Sie sie vielleicht gesehen? Hier, ein Foto.«

Claire musste zugeben, dass die zweite Variante Erfolg versprechender klang. Trotzdem fand sie Andrews Vorgehensweise mehr als gewöhnungsbedürftig.

»Mir ist aufgefallen, dass sie den gleichen Nagellack trägt wie Leslie«, sagte Claire. »Vielleicht waren die beiden hier zusammen bei der Maniküre.«

»Davon hat sie nichts gesagt. Aber ausgeschlossen ist das nicht. Kennen tut sie Leslie jedenfalls.«

»Hast du was von ihr erfahren, das uns weiterbringt?«

»In der Tat.« Andrew deutete auf Leslies Gepäck. »Kondome lügen nicht. Leslie hat hier Herrenbesuch empfangen.«

»Herrenbesuch?« Das passte so gar nicht zu Andrews sonstiger Ausdrucksweise.

»Bianca hat erzählt, dass Leslie total in irgend so einen heißen Franzosen verknallt war und hier die ganze Zeit mit dem rumgehangen hat. Mehr weiß sie aber auch nicht.«

Das sprach für die Theorie ihrer Chefin. Victoria hatte bereits vermutet, dass Leslie sich Hals über Kopf in eine Romanze gestürzt und beschlossen hatte, mit dem Geld des Reisebüros durchzubrennen. Und so eine Bonny-und-Clyde-Nummer war ihrer einundzwanzigjährigen, abenteuerlustigen Kollegin definitiv zuzutrauen.

»Und wie finden wir den Kerl?«

Andrew zuckte mit den Schultern. »Wenn er auf sie stand, dann müsste er eigentlich auch nach ihr suchen. Und er hätte ihr Tattoo in der Zeitung erkennen müssen.

Aber du hast gesagt, im Krankenhaus war bisher keiner außer dir?«

»Laut der Polizei hatte sie keinen Besuch. Und die steht im ständigen Kontakt mit dem Krankenhauspersonal. Also, wenn jemand da gewesen wäre, hätten die das mit Sicherheit mitbekommen.«

»Also lief es entweder nicht besonders gut zwischen den beiden, oder wir haben unseren ersten Tatverdächtigen.«

Claire zeigte Andrew den Flyer mit den Touristen-Angeboten. »Vielleicht haben die zwei irgendwas hiervon zusammen unternommen.«

Er sah den Flyer von Best Tours Saint-Tropez durch. »Wandertouren mit Alpakas, Segelausflüge, Tauchkurse, Jachtcharter, Weinverkostung, Ballonfahrt, Paragliding … Da hatten die beiden ja einiges vor.«

»Vielleicht ging es da auch um den Job. Wir arbeiten viel mit solchen Dienstleistern zusammen. Mit dem aber nicht.«

»Dann statten wir Best Tours Saint-Tropez mal einen Besuch ab und hören uns um«, schlug Andrew vor.

»Das war auch mein Plan. Die haben ein Büro hier um die Ecke.«

»Das sollten wir uns gleich morgen früh ansehen. Und, Teuerste, wie verbringen wir den Abend?«

»Ich möchte ans Meer«, sagte Claire. »Wir können uns in dem crazy Burger-Laden was zu essen holen und uns damit ans Wasser setzen.« Bei ihrer Suche nach den Hotels, in denen Leslie möglicherweise abgestiegen war, waren sie an einem Burger-Laden vorbeigekommen, den Andrew wegen seiner verrückten Kreationen unbedingt ausprobieren wollte.

Andrew grinste. »Burger sind immer eine gute Idee! Und am Meer essen auch.«

»Ich weiß auch schon, wo wir hingehen.«

Er sah sie verblüfft an. »Und wohin?«

»Lass dich überraschen.« Auch wenn Claires Körper noch nie hier gewesen war, ihr Kopf hatte die Stadt schon mehr als einmal bereist, und es gab einen Ort, an den sie jetzt unbedingt wollte.

In dem Fast-Food-Imbiss, der nicht weit vom Hafen entfernt war, kauften sie zwei Burger. Andrew entschied sich für einen veganen Burger mit einem Bratling aus Oliven, Käseersatz aus Mandeln und einem Topping aus Paprika und Jalapeños. Claire erinnerte das Ganze an ihr Kennenlernen in dem ausgefallenen Sushi-Restaurant. Sie entschied sich für einen Chiliburger, bei dem die Pommes zusammen mit dem gegrillten Pattie und sehr viel Soße zwischen den Brötchenhälften serviert wurden. Außerdem kaufte Andrew eine Flasche Rotwein, ließ sie entkorken und bat um zwei Pappbecher. Dann führte sie ihn ganz ans nördliche Ende des Hafens, das zwei uralte mächtige Türme bewachten. Dazwischen war eine Lücke. Sie gingen hindurch und entdeckten, dass sich um die Rundung des äußeren Turms eine Bank zog, auf der sie sich nun niederließen. Nur wenige Meter vor ihnen schwappte das Mittelmeer leise auf die Felsen und große und kleine Steine. Hier war es ruhiger als im belebten Zentrum der Stadt. Neben ihnen saßen kaum Touristen, vielmehr ein paar plaudernde Einheimische, die hier den Tag ausklingen ließen.

Gedankenverloren biss Claire in ihren Burger und nahm, während sie den für sie unverständlichen, aber wohltönenden Gesprächen lauschte, zwischendurch einen kleinen Schluck Wein. Die untergehende Sonne tauchte alles in ein roséfarbenes Licht – die Häuser am Ufer, den Himmel, Andrews Füße, die er barfuß ausgestreckt hatte.

Irgendwann wurde es dunkel, und sie beschlossen, ins Hotel zurückzukehren.

Claire schlug vor, auf dem Sofa zu schlafen, aber Andrew bestand darauf, dass sie das Bett nahm oder sie es sich teilten.

»Entweder ich schlafe auf der Couch oder du. Aber in einem Bett schlafe ich nicht mit dir, Fake-Ehemann hin oder her«, sagte Claire.

Daraufhin bezog Andrew das Sofa. »Eines Tages wirst du mich anflehen, zu dir ins Bett zu steigen«, war das Letzte, was sie von ihm hörte, bevor er selig anfing, leise zu schnarchen. *Wo nimmt dieser Mann bloß sein übersteigertes Selbstbewusstsein her?*

*

Nach einem köstlichen Frühstück machten sie sich am Samstagmorgen auf den Weg zu dem kleinen Büro des Reise- und Ausflugsveranstalters, das direkt neben einem japanischen Sushi-Restaurant lag. Andrew konnte sich natürlich nicht verkneifen, ihr erstes Beinahe-Date anzusprechen. Gespielt beiläufig fragte er, ob die verrückten Sushi-Kreationen sie bis in ihre Träume verfolgt hatten. Er fragte betont gekünstelt, sodass Claire bewusst wurde, dass er in ihrem Tagebuch von ihrem Sextraum gelesen haben musste. Sofort glühten ihre Ohren, und sie war froh, den Laden von Best Tours Saint-Tropez schnell betreten zu können, ohne auf seine Anspielung eingehen zu müssen.

Die zwei Mitarbeiter darin verstummten sofort, als sie eintraten.

Als sie sich nach Leslie erkundigten, warfen die beiden Männer im unifarbenen Poloshirt mit Firmenlogo sich konspirative Blicke zu. Bis auf den enormen Größenunterschied sahen sie aus wie eineiige Zwillinge.

»Ja, wir haben sie schon mal gesehen«, sagte der Kleinere zögerlich. »Sie hat ein paar Ausflüge mit uns gemacht.«

»Aber da fragen Sie besser Pierre«, fügte der Größere hinzu.

»Und wo finden wir diesen Pierre?«, fragte Andrew.

»Er hat gekündigt«, sagte der Kleine.

»Wollte eine Weltreise machen oder so was«, sagte der Große.

Während Claire sich fragte, ob dieser Pierre gemeinsam mit Leslie auf Weltreise gehen wollte, hakte Andrew weiter nach. »Könnten Sie uns bitte seine Nummer geben? Oder seine Adresse?«

Die Männer sahen sich an. »Schon mal was von Datenschutz gehört?«, antworteten sie unisono.

»Ja, ständig«, sagte Andrew und verdrehte genervt die Augen.

»Dann müssen wir Ihnen ja nicht erklären, warum das nicht geht«, sagte der Kleine schnippisch.

Claire trat einen Schritt vor. »Es handelt sich um einen Notfall.«

»Sind Sie von der Polizei?«, wollte der Große wissen.

Claire war im Begriff zu verneinen, als Andrew ihr unsanft mit dem Ellbogen in die Rippen stieß.

»Ja, sind wir«, log er, ohne eine Miene zu verziehen.

Doch dem Kleinen schien nicht zu entgehen, dass etwas nicht stimmte. »Dann würden wir gerne die Ausweise sehen, bitte.«

Andrew kramte in seinem Portemonnaie herum und fischte eine Karte heraus, die er den beiden flüchtig unter die Nase hielt. Besaß er etwa einen gefälschten Polizeiausweis?

Dem Größeren weiteten sich plötzlich die Augen, während der Kleinere sie zu schmalen Schlitzen zusammenkniff. »Darf ich das noch mal sehen?«

»Versuchen Sie hier etwa, Zeit zu schinden?«, fragte Andrew spitz.

»Versuchen Sie, uns zu verarschen?«, entgegnete der kleine Mann mit unverhohlener Aggression in der Stimme. »Ich bin mir ziemlich sicher, dass Sie uns gerade den Mitgliederausweis eines Fitnessstudios gezeigt haben.«

Andrew überragte den Mann um mehr als einen Kopf, trotzdem wirkte sein Gegenüber so kompakt und kraftvoll, dass er ihn mühelos mit einem Stoß zu Boden gestreckt hätte. Ganz abgesehen von dem Größeren, dem langsam dämmerte, was sein Kollege längst wusste.

Der Kleine stemmte seine muskulösen Arme in die Hüften. »Hören Sie mit den Lügen auf. Sonst rufen wir die echte Polizei.«

Andrew setzte zum verbalen Gegenschlag an, aber Claire kam ihm zuvor. Sie entschuldigte sich und brachte die Wahrheit auf den Tisch. In der Hoffnung, Mitgefühl für ihre Situation zu erwecken. Das Gegenteil war der Fall. Die Touristenguides setzten sie vor die Tür und erteilten ihnen Hausverbot. Sollten sie noch mal auftauchen, drohten sie damit, die Polizei zu rufen.

Nach der gescheiterten Befragung spazierten sie durch die Stadt. Claire war es nicht gewohnt, nur im T-Shirt herumzulaufen und trotzdem zu schwitzen. So warm war es in England eher selten. Sie kamen am Musée de la Gendarmerie et du Cinéma vorbei, das auch als Louis-de-Funès-Museum bekannt war. Claire wusste, dass es allerlei filmhistorische Schätze beherbergte, und sie erinnerte sich, dass sie und ihr Bruder die lustigen Filme mit dem aufgedrehten Franzosen als Kinder geliebt hatten. Da ihr Vater ein großer Fan des Schauspielers war, schoss Claire sofort ein Foto des Eingangs und schickte es ihm mit einer Nachricht: *Schau mal, wo ich bin.*

Schließlich erreichten sie einen Platz, wo ein rege besuchter Markt stattfand. Große Platanen beschatteten die zahlreichen Stände. Claire war überwältigt von den vielfältigen Farben und Gerüchen. Es gab Obst und Gemüse aller Art, Blumen – darunter blau blühende Artischocken –, die sie noch nie gesehen hatte. In großen Holzkübeln lockten schwarze und grüne Oliven, eingelegt mit verschiedenen Zutaten. Tische mit provenzalischen Wurst- und Käsespezialitäten reihten sich aneinander. Aber es gab auch noch anderes: Strohhüte, Schuhe, Kleider und Haushaltsgegenstände wie hübsch bemalte Schalen und Teller. Zwischendrin boten Trödler ihre Ware an.

Claires Blick fiel auf ein goldgerahmtes Ölgemälde, das vor einem himmelblauen Hintergrund einen farbenprächtigen Papagei zeigte, der auf einem begrünten Ast saß.

»Wenn Sir Howard einen solchen Kumpel hätte, würde er vielleicht aufhören, mich zu beleidigen«, sagte sie.

»Oder die beiden würden sich gegen dich verbünden«, erwiderte Andrew und lachte.

Claires Handy klingelte, und sie ging ein paar Schritte an den Rand des Marktes. Ihre beste Freundin aus Irland war am Apparat.

»Wo bist du?«, schrie Rachel in den Hörer. Claire hatte die Nachricht versehentlich an sie und nicht an ihren Vater geschickt. »Du bist in Frankreich? Das ist ein Scherz. Oder?«

Claire erklärte ihr knapp, was vorgefallen war und wieso sie die sicheren Gefilde Englands verlassen hatte. Rachel war fassungslos und brauchte einen Moment, bis sie realisierte, was das bedeutete.

»Ich bin schon etwas beleidigt, dass du dich endlich traust zu reisen und deiner Kollegin hinterherjagst, statt mich in Dublin zu besuchen.«

»Wenn dir etwas zugestoßen wäre, hätte ich das auch getan.«

»Und wer ist dieser Andrew Sparks, mit dem du unterwegs bist?«

»Ein Detektiv.«

»Gut aussehend?«

Claire sah Andrew an, der sie neugierig musterte, da er bemerkt hatte, dass sie über ihn sprachen. »Na ja, geht so.«

»Wie alt?«

»Rachel, das ist jetzt echt der falsche Zeitpunkt. Ich melde mich, wenn ich wieder zu Hause bin.«

»Warte, warte, ich muss dir noch was erzählen. Ich werde heiraten! Ist das nicht toll?«

»Herzlichen Glückwunsch, das freut mich für dich.« Doch Claire würde das erst glauben, wenn Rachel tatsächlich unter der Haube war. Sie gehörte definitiv zu der Kategorie kalte Füße. »Dann ist Marco wohl endlich der Richtige.«

»Marco? Welcher Marco?«, fragte Rachel.

»Der Pizza-und-Netflix-Marco, von dem du mir erzählt hast.«

»Ach der«, Rachel lachte. »Der ist doch längst Geschichte. Wir sind schon seit fast einem halben Jahr getrennt.«

Hatte Claire das verdrängt, oder hatte Rachel es ihr noch nicht erzählt? »Und wen heiratest du?«

»Sein Name ist Dennis. Er ist meine große Liebe, Claire, ganz sicher.«

»Toll … Aber dann kennt ihr euch noch nicht lange, oder?«

»Wir sind jetzt seit ein bisschen mehr als einem halben Jahr zusammen.«

Diese Rechnung schafften selbst Grundschüler. »Ich dachte, du bist erst seit einem halben Jahr getrennt?«

»Wie soll ich sagen … da hat sich etwas überschnitten.«

Ohne ihn zu kennen, tat Rachels Ex-Freund Claire leid. »Hauptsache, du bist glücklich«, sagte sie und meinte es so.

»Das bin ich! Und du wirst meine Trauzeugin!«, trällerte sie ins Telefon. Rachel berichtete aufgeregt von ihrem Kleid, der Location und den horrenden Kosten, die eine große Hochzeitsfeier verursachte. »Aber man heiratet ja nur einmal im Leben!«, betonte sie immer wieder und Claire musste sich jedes Mal auf die Zunge beißen, um nicht zu sagen, dass sie bei Rachel davon ausging, dass es wahrscheinlich nicht ihre letzte Hochzeit sein würde. Dann beendeten sie das Telefonat und Claire ging zurück zu Andrew, der sie nicht aus den Augen gelassen hatte.

Sie gingen weiter über den Markt auf dem Place des Lices, bis Claire an einem Stand mit Schuhen und Taschen stehen blieb. Sie probierte einige Sandaletten an, bevor sie sich für ein Modell aus weichem hellem Leder mit einem kleinen Absatz entschied, die gut zu ihrem grünen Kleid aus Paris passen würden. *Merkwürdig,* dachte sie, *ich benehme mich, als würde ich noch länger hierbleiben.*

Andrew sah sie an und grinste. »Kommt langsam Urlaubsfeeling auf?«

»Wie fühlt sich das denn an?«

»So, als ob man den Moment für immer festhalten will.«

Vielleicht hätte Claire sich so gefühlt, wäre da nicht

das andauernde Hämmern in ihrem Kopf, dass das Rätsel um ihre Freundin lösen wollte. »Ich denke, das kommt erst, wenn ich weiß, was mit Leslie passiert ist.«

Andrew nickte. »Wir müssen diesen Pierre finden.«

»Wir gehen zur Polizei«, sagte Claire. »Dieser Kommissar Bernart war wirklich nett. Und er kann Pierre mit Sicherheit ausfindig machen.«

»Ist wohl das Vernünftigste.« Andrew senkte die Stimme. »Auch wenn es mir nicht passt, dass du in unseren Flitterwochen mit anderen Männern flirtest.«

»Wer flirtet denn hier?« Claire suchte Blickkontakt und schaute in Andrews funkelnde Augen. Sein Gesicht hatte sich zu einer feixenden Grimasse verzogen.

»Eifersüchtig?«

»Du bist ja verrückt. So ein Blödsinn.« Sie versuchte ihre Unsicherheit durch ein Lachen zu überspielen, das leider viel schräger und lauter ihren Mund verließ als gewollt.

Nachdem Andrew eine geschlagene halbe Stunde auf sie eingeredet hatte, da ihm der Weg zu Fuß zu weit war, machten sie sich mit dem Leihwagen auf den Weg zur Polizeiwache und fragten dort nach Kommissar Louis Bernart, den Claire im Krankenhaus kennengelernt hatte. Der pummelige Beamte ließ nicht lange auf sich warten und bat sie in sein Büro.

Während Andrew den Kommissar aufmerksam beobachtete, berichtete Claire von ihren neuen Erkenntnissen, und Bernart versprach, sich umgehend darum zu kümmern und Leslies vermeintlichen Liebhaber Pierre ausfindig zu machen und zu befragen.

»Wir wollen mitkommen«, klinkte Andrew sich zum ersten Mal in das Gespräch ein. »Und ihn selbst befragen.«

Der Kommissar zwirbelte seinen Schnauzbart und

legte den Kopf schief. »Wie wäre es, wenn Sie mich meine Arbeit machen lassen und das den Profis überlassen würden?«

»Ich bin Profi. Ich bin Detektiv«, sagte Andrew. Es klang nicht nach verletztem Stolz, eher nach Selbstüberschätzung.

»Das geht nicht. Aber ich halte Sie auf dem Laufenden.« Kommissar Bernart stand auf und bedeutete ihnen damit, dass ihr Gespräch nun vorüber war und sie sein Büro verlassen sollten. Claire bedankte sich und stand bereits in der Tür, als Andrew endlich nachgab und ihr folgte.

Draußen machte er seinem Frust Luft. »Wir liefern ihm eine heiße Spur, und er lässt uns abblitzen?«

»Er macht nur seinen Job«, verteidigte Claire den Kommissar. Sie war überzeugt, dass er den Fall eher lösen würde als sie. »Und außerdem hat er hier Heimvorteil.« *Mal ganz abgesehen davon, dass er Polizist ist und du nicht*, fügte sie in Gedanken hinzu.

»Ich mach auch nur meinen Job. Und davon wird er mich auch nicht abbringen.«

Sie gingen zu dem Mietwagen, der vor der Polizeiwache parkte, und Claire rang sich durch, gemeinsam mit Andrew einzusteigen, ohne einen Mucks darüber zu verlieren, dass sie lieber zu Fuß gegangen wäre. Ihr Herz überschlug sich, als Andrew den Schlüssel ins Zündschloss steckte, doch er machte keine Anstalten loszufahren. Stattdessen stellte er den Fahrersitz zurück und machte es sich bequem.

»Was hast du vor?«

»Es ist sehr wahrscheinlich, dass dein verehrter Herr Kommissar in diesem Augenblick herausfindet, wer Pierre ist und wo er wohnt. Und dann wird er zu ihm fahren. Die Adresse kostet ihn vermutlich nur einen einzigen Telefonanruf. Wir haben ihm schließlich die Information geliefert, wo Pierre gearbeitet hat.«

»Sicher kann er rausfinden, wer und wo Pierre ist. Deshalb haben wir ihn ja aufgesucht.« Claire wusste nicht, worauf Andrew hinauswollte.

»Und deshalb wird er uns direkt zu ihm führen.«

»Du willst ihn verfolgen?«

Andrew verschränkte die Arme hinter seinem Kopf, und Claire erkannte kleine Schweißflecken unter seinen Achseln. »Klassische Observation. Ein Mittel erster Wahl bei Ermittlungen. Oder zweifelst du an meinen detektivischen Fähigkeiten.«

»Detektivisch?« Claire fragte sich, ob es dieses Wort überhaupt gab.

»Den Kommissar zu verfolgen, ist jedenfalls eine Spitzenidee. Er wird uns zu Pierre führen, und dann knöpfen wir uns den Kerl vor.«

»Wir wissen doch nicht mal, ob er in die Sache involviert ist. Und außerdem … Jemanden zu verfolgen, mag ja an sich ein guter Plan sein. Aber andersrum: Niemand verfolgt die Polizei.«

»Wir schon.« Andrew lehnte sich demonstrativ noch weiter zurück und starrte über die Motorhaube hinweg auf den Eingang der Polizeiwache. »Wir müssen nur warten.«

Sie lagen auf der Lauer, um einen von den Guten zu verfolgen – einen Polizeikommissar. War das überhaupt erlaubt? Oder machten sie sich so möglicherweise sogar strafbar? Claire hätte zu gern ein Handbuch für Detektivarbeit zur Hand gehabt. Aber Regeln waren ohnehin etwas, das Andrew nicht sonderlich interessierte.

Nach einer halben Stunde verließ Louis Bernart die Wache, stieg in einen unscheinbaren silbernen Kombi und fuhr davon. Andrew startete den Wagen und folgte ihm. Dabei achtete er darauf, immer mindestens ein Auto Abstand zwischen ihnen und dem Kommissar zu lassen. Die Fahrt dauerte keine zehn Minuten und endete vor einem baufälligen Mehrparteienhaus, von dessen Außenwänden die ausgeblichene Farbe größtenteils abgeblättert war. Das Haus musste früher einmal kanariengelb gewesen sein, und es hatte weiße Fensterläden gehabt, von denen jetzt nur noch hölzerne Reste an den Rahmen hingen.

Sie parkten ein Stück weit entfernt, stiegen aus und näherten sich vorsichtig. Als sie sahen, wie der Kommissar klingelte und kurz darauf das Haus betrat, sprintete Andrew los und schaffte es im letzten Moment, seinen Fuß in die zufallende Tür zu schieben. Er legte seinen Zeigefinger an die Lippen, um Claire zu bedeuten, dass sie leise sein musste.

»Ich bin doch nicht blöd. Das musst du mir nicht sagen«, flüsterte sie.

»Pst!«, zischte er und schlich ins Treppenhaus. Von innen wirkte das Haus genauso heruntergekommen wie von außen. Sie folgte ihm und achtete auf jeden Schritt. Auf keinen Fall wollte sie von dem französischen Kommissar erwischt werden. So freundlich der dickliche Mann mit seinem Schnäuzer auch aussah – dennoch wirkte er wie jemand, dem cholerische Ausraster nicht fremd waren.

Sie drückten sich an die Wand im Eingang des Treppenhauses und standen zwischen klapprigen Fahrrädern. Eine gewundene Treppe führte zu den Wohnungen hinauf. Sie hörten, wie Kommissar Bernart sich einem Mann vorstellte und diesen fragte, ob er Pierre Morel hieße. Der Mann bejahte, mehr von dem Gespräch konnte Claire nicht verstehen. Die Worte klangen wunderschön, wie eine Einladung zum Liebemachen, aber vermutlich war die Unterhaltung nicht romantischer Natur. Dann hörte sie, wie der Kommissar nach Leslie fragte. Kurz darauf klang die Stimme von Pierre furchtbar traurig. Die Stimme des Kommissars hingegen blieb fest und ernst. Claire wollte Andrew bitten zu übersetzen, aber sie hatte zu viel Angst, entdeckt zu werden. Also hoffte sie, dass er das Wesentliche verstand und ihr später erzählen konnte.

Claire kam es seltsam vor, dass die komplette Vernehmung im Hausflur stattfand. Wollte Kommissar Bernart nicht eintreten, oder hatte Pierre ihm den Zugang zu seiner Wohnung verweigert? Andrew hörte hoch konzentriert zu, ihm war allerdings anzusehen, dass er dem Gesagten kaum folgen konnte. Er griff zu seinem Handy und tippte ein paar Worte in eine Übersetzungsapp ein. Claire las: *Zimmermädchen.*

Plötzlich hörten sie schwere Schritte, die die Treppe hinunterkamen. Schnell verließen sie das Haus und schlüpften in einen kleinen Durchgang. Sie lugten um die Ecke und sahen, wie der Kommissar aus der Tür trat. Erst jetzt fiel Claire auf, wie schnell ihr Herz pochte. Sie war völlig außer Puste. Sie wollte ein Verbrechen aufklären, kam sich aber momentan so vor, als würde sie selbst eins begehen. Andrew hingegen schien absolut in seinem Element zu sein.

»Sollen wir ihm folgen oder auf Pierre warten?«

»Hast du verstanden, was er gesagt hat?«

»Zum Teil. Er sagt, er würde schon seit Tagen nach Leslie suchen und sie über alles lieben.«

»Lieben?«, echote Claire. »Er kann sie maximal seit einer Woche oder zwei kennen.«

»Er hat gesagt, dass er keine Ahnung hatte, warum sie plötzlich verschwunden sei, und befürchte, dass sie ihn sitzen gelassen habe. Aber wenn du mich fragst, glaubhaft klang das nicht. Der Kommissar hat ziemlich nachgebohrt, was die Beziehung der beiden betrifft.«

»Aber angenommen, er sagt die Wahrheit, und er hatte eine Liebesbeziehung mit Leslie. Und gehen wir mal davon aus, er liest keine Zeitung, sieht keine Nachrichten und war zu blöd, im Krankenhaus nachzufragen – vielleicht sucht er sie tatsächlich.«

»Glaubst du?«

Claire zuckte mit den Schultern. »Ich möchte nur nicht direkt davon ausgehen, dass irgendein heißblütiger Franzose versucht hat, meine Freundin umzubringen. Außerdem, welchen Grund hätte er?«

»Uns fehlt ein triftiges Motiv, das stimmt«, sagte Andrew. »Aber wissen wir, ob die Beziehung der beiden gut lief? Vielleicht hatten sie Streit. Irgendwas an dem Kerl kommt mir jedenfalls seltsam vor. Aber er hat auch erwähnt, dass Leslie mit jemandem im Hotel Krach hatte. Einem Zimmermädchen.«

»Hat er gesagt, warum?«

»Das habe ich nicht genau verstanden. Leslie hat ihr wohl unterstellt, sie beklaut zu haben.«

»Dazu müssen die im Hotel was wissen.«

»Na ja, besonders auskunftsfreudig sind die im Le Christo ja nicht unbedingt.«

»Versuchen sollten wir es trotzdem.« Claire wollte schon die Beifahrertür öffnen, als ein athletisch gebauter Mann mit kurz geschorenen schwarzen Haaren aus dem verfallenen, ehemals kanariengelben Haus auf die Straße trat.

»Ob das Pierre Morel ist? Wir sollten ihm folgen«, flüsterte Andrew.

Claire hielt das für keine gute Idee. Falls er der Täter war, verfolgten sie einen gefährlichen Mann. Falls nicht, einen Unschuldigen. »Und wenn er es nicht ist? Wir wissen nicht, wie er aussieht.«

»Aber wir kennen seine Stimme. Du musst ihn ansprechen.«

»Warum ich?«

»Weil ich noch eine andere Idee habe.«

»Aber ich spreche kein Französisch.«

»Du kriegst das schon hin.« Andrew ließ sie stehen und bog um die Ecke.

Der Mann steuerte auf Claire zu. Er hatte so strahlend hellblaue Augen wie ein Husky. Sie setzte ein freundliches Lächeln auf und sprach ihn an.

»Entschuldigung, können Sie mir sagen, wie ich zum Strand komme?«

Der Mann deutete bloß in eine Richtung und ging weiter. Claire musste ihn dazu bekommen, dass er etwas sagte.

»Und kennen Sie ein gutes Restaurant in der Gegend?«, rief sie ihm nach. Er drehte sich um und lächelte.

»Versuchen Sie's in Grimaud«, erwiderte er in perfektem Englisch. »Da gibt es hervorragende Restaurants.«

Claire erkannte die Stimme sofort. Das musste Pierre sein. Kein Wunder, denn rein optisch war der heiße, durchtrainierte Franzose mit Sicherheit Leslies Typ. Oder besser gesagt: der Typ so gut wie jeder Frau.

Er wollte weitergehen, als Andrew um die Ecke bog, auf sein Handy starrte und ihn – wie versehentlich – anrempelte.

Andrew entschuldigte sich und ging weiter. Claire folgte ihm. »Das war er. Definitiv«, flüsterte Claire, als der Mann außer Hörweite war.

»Gehen wir auf Nummer sicher«, sagte Andrew und zauberte ein schwarzes Portemonnaie hervor. Er klappte es auf, wühlte darin herum und zeigte Claire dann stolz einen Personalausweis – den von Pierre Morel.

»Bist du wahnsinnig? Du hast ihn beklaut?«

»Was denkst du, warum ich absichtlich in ihn reingerannt bin?«

Wenn Claire sich bisher noch gefragt hatte, ob das, was sie taten, legal war, so konnte sie sich spätestens jetzt sicher sein, dass es das nicht war. »Das müssen wir ihm zurückgeben!«

»Machen wir. Aber nur, wenn er unschuldig ist.« Andrew sah Morel nach. »Interessant zu sehen, wo er hingeht, nachdem er Besuch von der Polizei hatte. Findest du nicht? Wir sollten uns beeilen, sonst verlieren wir ihn.«

Claire wusste, dass es keinen Sinn hatte, jetzt mit Andrew über seine Vorgehensweise zu diskutieren. Sie folgten Morel, und sie war froh, dass er zu Fuß unterwegs war. So unauffällig wie möglich hängten sie sich an seine Fersen. Als er sich nach ihnen umdrehte, wandten sie sich schnell einem Schaufenster zu und taten so, als würden sie interessiert die Auslage betrachten. Plüschige aber vor allem phallische Gegenstände, wie Claire erst jetzt bemerkte, denn sie standen vor einem Sexshop.

»Falls er uns bemerkt, sollen wir es dann so machen wie die Agenten in den Filmen?«, fragte Andrew.

»Was meinst du?«

»Die küssen sich dann immer, und die Person, die sie verfolgen, sieht schnell wieder weg.«

»Das funktioniert nur im Film.«

»Kommt auf einen Versuch an.«

»Auf keinen Fall. Dann knutsch ich lieber mit einer Palme.«

»Wäre es so schlimm für dich, mich zu küssen?« Andrew schürzte affektiert die Lippen.

»*Wäre es so schlimm für dich,* dich mal normal zu benehmen?«

»Normal wird …«

»Überbewertet!«, fiel Claire Andrew ins Wort. »Verstehe. Und jetzt hör auf mit dem Blödsinn, die Sache ist ernst.«

Er blieb stehen, schlug die Hacken aneinander und salutierte. »Zu Befehl, Chef!«

Den Rest der Strecke legten sie schweigend zurück, auch wenn Andrew sie immer wieder neugierig von der Seite ansah und sie nicht wusste, wie sie seinen Blick deuten sollte. Wollte er sie aufziehen oder ausziehen? War das alles nur Spaß, oder fand er sie tatsächlich so attraktiv, dass er sie küssen wollte?

Sie folgten Morel durch immer enger werdende Gassen bis zu einem verwinkelten Innenhof, der von roten Backsteinhäusern umsäumt war. Sie duckten sich hinter große, graue Mülltonnen, die entsetzlich stanken. Morel ging eine schmale Treppe hinunter, vor der ein Wachmann stand, der ihm nur kurz zunickte. Kurz darauf verschwand er in einen fensterlosen Kellerraum. Warum stand hier im Nirgendwo ein Security-Mann und bewachte einen Kellereingang?

Plötzlich spürte Claire eine Hand auf der Schulter, die nicht Andrews war. Sie schnellte herum und sah in ein grimmiges, bärtiges Gesicht.

»Was denken Sie sich eigentlich?« Kommissar Bernart schnaufte kopfschüttelnd.

Wenig später fanden sie sich im Polizeipräsidium wieder.

KAPITEL 17

»Ich vertraue nur zwei Leuten: Der eine bin ich, und der andere sind nicht Sie.«
Cameron Poe in *Con Air*

Nachdem Kommissar Bernart, dessen Spürnase ihn ebenso dazu bewegt hatte, Pierre Morel zu folgen, ihnen die Leviten gelesen hatte, waren Claire und Andrew ins Hotel Le Christo zurückgekehrt. Er hatte sie ermahnt, sich aus dem Fall herauszuhalten. Doch weder Andrew noch sie hatten vor, dem Folge zu leisten.

Sie hatten bis tief in die Nacht geredet und waren erst eingeschlafen, als es draußen bereits wieder hell wurde. Das Klopfen eines Zimmermädchens riss sie aus dem Schlaf. Sie baten sie, später wiederzukommen, gingen nacheinander duschen und setzten dann den Plan, den sie in der Nacht gefasst hatten, in die Tat um.

Neben Leslies mysteriösem Lover, der in streng bewachten Kellerräumen verkehrte, gab es noch eine weitere Spur. Doch wie erwartet, erfuhren sie an der Rezeption nichts darüber, ob Leslie und ein Zimmermädchen im Clinch gelegen hatten. »Da müssen Sie sich an das

Housekeeping wenden«, hieß es. Und genau das hatten sie jetzt vor.

Sie machten sich auf den Weg zu den Personalräumen. Auf der zweiten Etage sah Claire einen schlanken, vollbusigen Schatten, der in ein Zimmer huschte. Er erinnerte an Bianca, aber ihr Zimmer lag auf einer anderen Etage, also musste Claire sich verguckt haben. Trotzdem hatte sie das Gefühl, dass der Duft nach Vanille in der Luft lag, als sie die Treppe Richtung Erdgeschoss heruntergging.

Der Personalraum lag am Ende eines langen Gangs der untersten Etage des Hotels. Hier waren sie nicht willkommen. Gäste des Hotels hielten sich nie hier auf, und die verunsicherten Blicke der Zimmermädchen und Pagen, die hier ihre wohlverdiente Pause machten, bestätigten Claire darin, dass sie als Eindringlinge betrachtet wurden. Dementsprechend lakonisch fielen die Antworten der Angestellten aus. Doch die Blicke, die sie sich zuwarfen, sprachen eine andere Sprache. Sie waren Verbündete in einer Sache, die Claire nicht verstand. Besonders eine junge Frau fiel ihr auf. Die Rothaarige sah immer wieder nervös zu ihrem Vorgesetzten, der gerade dabei war, den Detektiv und die Engländerin damit abzuspeisen, dass es natürlich regelmäßig Beschwerden der Gäste gebe und man stets bemüht sei, diese unverzüglich zu klären. An einen bestimmten Zwischenfall mit Madame X allerdings konnte oder wollte er sich nicht erinnern.

Unverrichteter Dinge zogen sie wieder ab, und wieder war es Claire, als würde der Duft von Vanille in der Luft liegen.

Am Abend nahmen sie in einem gut besuchten Fischrestaurant am Hafen Platz. Andrew bestellte Muscheln, während Claire sich mit einer Portion Spaghetti mit Meeresfrüchten begnügte. Während sie auf das Essen warteten, rief sie ihre Chefin an, um sie auf den neusten Stand zu bringen. Victoria klang erschöpft und ließ durchblicken, dass sie im Reisebüro dringend Hilfe brauche. Sie musste den Laden zurzeit ganz allein schmeißen und war überfordert, sobald mehr als ein Kunde das Reisebüro aufsuchte. Sie war den Kundenkontakt nicht mehr gewöhnt, da sich normalerweise Claire und Leslie darum kümmerten, während sie selbst die administrativen Aufgaben erledigte. Victoria bat sie, sie auf dem Laufenden zu halten und so schnell wie möglich zurückzukommen.

Als sie auflegte, spürte Claire ein schlechtes Gewissen in sich aufsteigen. Victoria war immer gut zu ihr gewesen, und jetzt überkam sie das Gefühl, ihre Chefin hängen zu lassen. Obwohl Victoria ihr mehrfach versichert hatte, dass sie die Suche nach Leslie unterstütze. Doch jetzt, wo ihre Kollegin gefunden war, war trotzdem längst nicht geklärt, was mit ihr geschehen war. Claire wollte erst zurück nach London, wenn sie herausgefunden hatte, was mit Leslie passiert war. Und da sie sich so gut wie nie frei nahm, hatte sie dafür auch locker genug Urlaubstage übrig.

Als der Keller das Essen servierte, kam Claire auf das rothaarige Zimmermädchen zurück, das ihr aufgefallen war.

»Ich hab das Gefühl, dass das Housekeeping uns was verheimlicht hat«, sagte sie zu Andrew. »Besonders das junge Zimmermädchen mit den roten Haaren. Sie hat auf mich einen sehr nervösen Eindruck gemacht.«

»Ging mir auch so«, erwiderte er. »Das Hotelpersonal hat irgendwas zu verbergen. Und die junge Rothaarige ist bestimmt noch in der Ausbildung. Sie kommt mir vor wie das schwächste Glied in der Kette. Die wollte was sagen, hat sich aber vor den anderen nicht getraut. Wir müssten sie allein erwischen.«

»Und dann?«

»Dann bringen wir sie zum Reden.« Andrew schob sich ein Stück Fisch in den Mund und verzog das Gesicht.

Claire probierte daraufhin ihr Essen, das ebenfalls nicht besonders lecker war. Vielleicht hätten sie Pierre Morels Ratschlag beherzigen sollen. Er hatte die Restaurants in Grimaud empfohlen, aber die lagen von hier aus circa zwölf Kilometer entfernt. Und Claire hatte wenig Lust, mehr Auto zu fahren als dringend nötig, auch wenn sie Andrew inzwischen so weit hatte, dass er nur noch im Schneckentempo fuhr.

»Sie zum Reden bringen … Und wie willst du das anstellen?«, fragte sie und nahm einen großzügigen Schluck des kühlen Rosés – der schmeckte im Gegensatz zum Essen nämlich großartig.

»Lass das mal meine Sorge sein.« Er verstellte seine Stimme, sodass sie so gruselig klang wie die eines Geistes.

Claire überlegte, aus welchem Grund das Zimmermädchen sich ihnen anvertrauen sollte. Natürlich würde sie ihren Kollegen und ihrem Arbeitgeber nicht in den Rücken fallen. Doch Andrew wirkte seiner Sache so sicher, als ob er schon einen Plan ausheckte. Und da er mehr als einmal bewiesen hatte, dass unkonventionelle Herangehensweisen genau sein Ding waren, fragte sie sich, wie weit zu gehen er bereit war. »Du wirst sie aber nicht foltern.«

»Foltern? Wie krank ist das denn?«

»Ich mein ja nur, wie willst du sonst jemandem zum Reden bringen?«

»Ich bevorzuge Verführung statt Folter.«

»Wundert mich nicht. Du willst dem armen Ding also das Herz brechen. Mein Vater würde jetzt sagen, du machst einen auf böses Bond-Girl.«

»Bond-Girl?«

»Du verführst sie, quetscht Informationen aus ihr heraus und lässt sie dann wieder fallen – beziehungsweise die bösen Bond-Girls versuchen dann immer, Bond zu töten.« Claire zwinkerte und fügte scherzhaft hinzu: »Aber so schätze ich dich nicht ein.«

»Mich ehrt, dass du mir überhaupt eine derartige Raffinesse zutraust.« Andrew lachte. »Auch wenn es vielleicht den Anschein erweckt, steige ich bestimmt nicht mit jeder ins Bett. Ich bin da schon wählerisch. Da muss es knistern. Weißt du, was ich meine?«

Sie dachte an die Angestellte der Mietwagenfirma, die ihr neonpinkes Halstuch im Wagen hinterlassen hatte. Andrew kniff plötzlich die Augen zusammen und sah sie von allen Seiten an. »Sag mal, du bist nicht zufällig gegen Meeresfrüchte allergisch oder so?«

»Nein, ganz sicher nicht.«

»Sicher? Nur … weil … deine Ohren sind ganz rot.«

»Das ist … das ist nichts« erwiderte sie, stocherte in ihrem Essen und schwieg. Ein unangenehmer Moment der Stille entstand. Claire ärgerte sich über sich selbst. Sollte Andrew doch verführen, wen er wollte. Und wenn das half, herauszufinden, was mit Leslie passiert war – umso besser. Also, warum wurden ihre Ohren schon wieder heiß?

»Wir versuchen erst mal, mit der Rothaarigen allein zu sprechen«, unterbrach Andrew endlich die Stille. »Dann sehen wir weiter.«

*

Am nächsten Morgen liefen sie jeden Gang des Hotels ab und hielten Ausschau nach den Reinigungswagen, die auf den Fluren parkten, solange die Zimmermädchen in Windeseile einen Raum nach dem anderen wieder herrichteten. Claire hatte höchsten Respekt vor diesem Knochenjob. Niemand konnte ein Bett so schnell beziehen wie eine Hotelfachfrau. Die Geschwindigkeit, mit der sie durch ein Zimmer wirbelten, ohne dabei auch nur im Entferntesten gestresst zu wirken, war faszinierend. Der Gast wachte auf, ging zum Frühstück, und wenn er zurückkam, war sein Zimmer auf Werkseinstellungen zurückgesetzt worden – wie von Zauberhand.

Sie teilten sich auf und suchten getrennt weiter nach der Rothaarigen. Nach einer Weile erreichte Claire eine SMS von Andrew: *Sie putzt gerade Zimmer 708*.

Claire nahm die Treppe – Aufzüge waren ihr genauso zuwider wie alles andere, das durch einen Motor bewegt wurde. Ein elektrisch angetriebener Metallsarg. Nein, danke. Sie sprintete zwei Stockwerke hoch und betrat vorsichtig den Flur. Andrew war nirgends zu sehen, aber sie wusste, wo sie ihn finden würde. Er wartete an den Aufzügen und erschrak, als sie sich hinter ihm räusperte. Doch er brauchte keine Erklärung.

»Fahrstühle gehen also auch nicht. Verstehe, ist bei deiner Logik logisch.«

Gemeinsam schlichen sie zu Zimmer 708, dessen Tür angelehnt war, gingen hinein und schlossen die Tür.

»Entschuldigen Sie, ich komme später wieder«, spulte die Rothaarige wie automatisch ab, doch ihre Augen weiteten sich, als sie sich umdrehte und Claire und Andrew erblickte.

»Bleiben Sie«, sagte er sanft. »Wir würden Sie gerne etwas fragen.«

»Ist das Ihr Zimmer?«, fragte das junge Zimmermädchen mit zittriger Stimme.

»Wir wollen keinen Ärger machen«, sagte Andrew und legte ein vibrierendes Timbre in seine Stimme, das selbst Claire einschüchterte, obwohl – oder gerade weil – es sehr sexy klang.

»Wenn das nicht Ihr Zimmer ist, müssen Sie gehen«, protestierte die Rothaarige. »Sonst hole ich den Sicherheitsdienst.«

Doch Andrew ließ sich nicht beirren. »Es geht um Leslie Simpson. Was ist vorgefallen? Es heißt, Sie hätten sie bestohlen.«

»Ich? Nein.« Die Rothaarige sah sich nervös um.

»Wer dann?«, fragte er.

»Niemand hat irgendwen bestohlen.«

»Dann macht es Ihnen sicher nichts aus, wenn wir die Polizei einschalten«, sagte Andrew.

Das war also Andrews Taktik. Er spürte die Angst seines Gegenübers und machte sie sich zunutze. Sie sah der Rothaarigen an, dass ihr etwas auf den Lippen lag. Und sie erkannte, dass die junge Frau Angst hatte. Denn das war etwas, womit Claire sich bestens auskannte.

Andrew griff zu seinem Handy. »Gut, dann rufen wir die Polizei. Die wird das schon aufklären.«

»Nein, warten Sie. Bitte. Machen Sie das nicht. Ich flehe Sie an!« Die junge Frau sah verunsichert zwischen ihm und Claire hin und her. »Ich habe meine Ausbildung hier erst vor Kurzem angefangen, ich will keinen Ärger.«

Er steckte sein Telefon wieder weg. »Dann erklären Sie uns, warum Leslie behauptet hat, dass jemand vom Housekeeping sie bestohlen hat.«

»Wir waren das nicht. Keiner von uns. Aber ganz unschuldig daran sind wir trotzdem nicht.«

Andrew forderte eine Erklärung und musste mehrfach schwören, nicht zur Polizei zu gehen. Nachdem er das hoch und heilig versprochen hatte, klärte die Rothaarige sie im Flüsterton auf.

»Hier im Hotel wohnt eine Safeknackerin. Sie ist auf Luxushotels spezialisiert und kommt einmal im Jahr für mehrere Wochen her. Vom Housekeeping bekommt sie eine universelle Zimmerkarte, mit der sie jeden Raum betreten kann. Die Safes öffnet sie aber selbst. Damit haben wir nichts zu tun.«

»Und was bekommt das Housekeeping als Gegenleistung?«, fragte Andrew schroff.

»Sie bezahlt sehr gut dafür – und das Geld teilen wir unter uns auf. Unser Chef weiß nichts davon. Der verdient ja auch dreimal so viel wie wir. Mit unserem Gehalt in Saint-Tropez zu leben, ist fast unmöglich. Wir arbeiten hier, können uns aber nur eine Wohnung weit außerhalb der Stadt leisten. Trotzdem erwartet man von uns, dass wir mitten in der Nacht unsere Schicht antreten. Und das soll fair sein?«

Wie konnte sie Fairness fordern und gleichzeitig dabei helfen, ahnungslose Hotelgäste auszurauben? Claire dachte an den Rezeptionisten Monsieur George, der behauptet hatte, dass Leslie kein Gast in diesem Hotel gewesen war. Steckte er auch mit drin, und hatte er sie deshalb angelogen?

»Machen da auch Mitarbeiter der Rezeption mit?«, fragte sie, und die Rothaarige nickte schuldbewusst.

Andrew warf ihr einen anerkennenden Blick zu. »Eine Win-win-Situation – außer für die ausgeraubten Gäste«, sagte er.

»Das Hotel ist versichert. Zumindest, wenn ein Gast wirklich nachweisen kann, dass er bestohlen wurde.«

Claire war fassungslos. Wie sollte man als Hotelgast nachweisen, was genau man in seinen Zimmersafe eingeschlossen hatte?

»Außerdem raubt sie nur reiche Leute aus. Die, die in den Suiten wohnen. Manchmal merken die das gar nicht«, rechtfertigte sich die Auszubildende.

»Und wer ist diese Frau, die die Gäste ausraubt?«, fragte Claire.

Das Zimmermädchen riss die Augen auf. »Das darf ich Ihnen nicht sagen. Dann werde ich nachher noch gefeuert.«

Womöglich ist Leslie dahintergekommen und hat die Diebin zur Rede gestellt, dachte Claire. »Vielleicht deckst du eine Mörderin!«, platze es plötzlich aus ihr heraus. Viel schroffer, als beabsichtigt.

»Mord?«, stotterte die Rothaarige, der jetzt Tränen in die Augen schossen. Weniger aus Mitgefühl als aus Angst.

»Na ja … fast Mord«, sagte Claire. »Jemand hat versucht, Leslie Simpson umzubringen, aber derjenige hatte keinen Erfolg.«

Erschrocken sah die Rothaarige sie an. »Mit Mord will ich nichts zu tun haben.« Sie ließ sich aufs Bett sinken und fing an zu weinen. Claire hatte das Gefühl, zu weit gegangen zu sein. »Bitte verraten Sie mich nicht«, schniefte das Zimmermädchen.

»Also«, setzte Andrew an, »wo finden wir die mysteriöse Safeknackerin?«

Das Zimmermädchen gab sich geschlagen. »In der 103. Aber das haben Sie nicht von mir.«

Das genannte Zimmer lag gegenüber von ihrer Suite, und Claire wusste genau, wer dort derzeit wohnte. Die vollbusige Blondine. Die perfekt geschminkte und nach Vanille riechende Bianca war also eine professionelle Diebin, die sich auf Luxushotels spezialisiert hatte. Und Claire erinnerte sich, dass diese Frau denselben Nagellack getragen hatte wie Leslie. Nun kam es ihr weniger wie ein Zufall vor.

Plötzlich öffnete sich die Zimmertür, und ein älteres Paar betrat den Raum. Sie wunderten sich sehr, dass drei Fremde in ihrem Zimmer standen, von denen nur eine die Berechtigung dazu hatte. Doch diese eine war ein tränenüberströmtes Zimmermädchen, das verstört auf dem noch nicht gemachten Bett saß. Noch bevor die zwei Hotelgäste etwas sagen konnten, kam Andrew ihnen zuvor.

»Inspektion für Arbeitssicherheit. Entschuldigen Sie die Störung.« Mit diesen Worten zog er Claire aus dem Raum und ließ das verdutzte Paar und die weinende Rothaarige zurück.

Saint-Tropez, 8. Juli 2019

Liebes Tagebuch,

in was gerate ich hier bloß rein? Ich wollte Leslie finden, und ich habe sie gefunden. Aber das reicht mir nicht. Sie liegt halb tot im Krankenhaus und ist selbst nicht in der Lage, aufzuklären, wer ihr das angetan hat. Irgendwo hier läuft jemand rum, der ihren Tod will, und mit dem Wissen kann ich unmöglich einfach wieder nach Hause fahren und normal weiterarbeiten.

Vor allem jetzt nicht, wo ich weiß, dass unsere direkte Zimmernachbarin Bianca darin verwickelt sein könnte. Andrew und ich haben eine gute Spur. Hier im Hotel wohnt eine Diebin, die Leslies Safe leer geräumt hat. Wenn Leslie das ebenfalls rausgefunden hat und es mit Bianca zum Streit kam … Wer weiß. Vielleicht ist die Blon-

dine im Pamela-Anderson-Style nicht nur eine Diebin, sondern auch eine Mörderin. Obwohl es juristisch dann wahrscheinlich »versuchte Mörderin« heißen müsste. Also nenne ich sie einfach mögliche Täterin.

Täterin, Täterin, Täterin ... Wenn man das mehrmals hintereinander laut sagt, klingt das ziemlich bescheuert. Aber ich schweife ab. Sie ist auf jeden Fall verdächtig. Vielleicht ist es gefährlich, dass wir weiter ermitteln. Vielleicht sollten wir das alles besser der Polizei überlassen.

Aber nachdem ich Leslies Eltern über alles informiert hatte, haben sie trotzdem darauf bestanden, dass Andrew weiter an dem Fall arbeitet. Und ich habe versprochen, ihm dabei zu helfen.

Ich weiß nicht, warum, aber ich traue ihm immer noch nicht so ganz über den Weg. Und er wirkt immer so, als würde er alles auf die leichte Schulter nehmen. Ich frage mich, ob das stimmt oder nur Fassade ist. Andrew macht mich nervös. Ich weiß nur noch nicht, ob das positiv oder negativ ist. Immer, wenn ich gerade anfange, ihn zu mögen, macht oder sagt er irgendwas Dummes. Als wolle er nicht, dass ich ihn mag. Er zieht mich ganz nah an sich heran, nur um mich dann wieder wegzustoßen. Ich hasse solche Spielchen. Und Männer, die mit Frauen spielen, hasse ich sowieso. Außerdem bin ich mir ziemlich sicher, dass er etwas zu verbergen hat. Und was soll diese lächerliche Krankenhaus-Phobie? Okay, na gut, ich bin wohl die Letzte, die sich über seltsame Ängste lustig machen darf. Also abwarten, welche Überraschungen er noch auf Lager hat. Zumindest hatte er eine sehr gute Idee, wie wir Bianca überlisten können. Wir werden morgen versuchen, sie als Safeknackerin und Diebin zu entlarven. So ist der Plan. Aber ich hab ziemlich Schiss, dass das schiefgeht ...

KAPITEL 18

»Ich seh dir in die Augen, Kleines.«
Rick in *Casablanca*

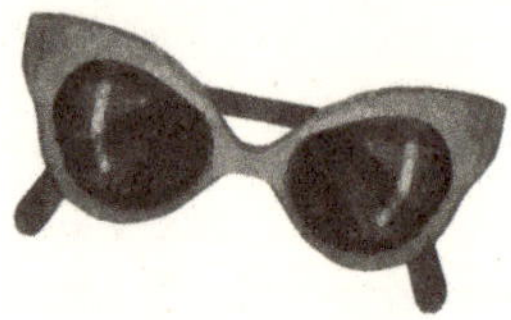

Claire grummelte der Magen. Sie hatte beim Frühstücksbuffet des Hotels nicht widerstehen können und viel zu viel gegessen. Die französischen Croissants und Pains au Chocolat waren aber auch verdammt köstlich. Jetzt hatte sie einen vollen Blähbauch von dem ganzen buttrigen Blätterteig.

Nun lagen Andrew und sie auf der Lauer. Er hatte Bianca nach dem Frühstück abgefangen und ihr beiläufig erzählt, dass er vorhätte, morgen ein Auto zu kaufen, und etwas nervös wäre, so viel Bargeld im Hotelsafe aufzubewahren. Anschließend hatte er erwähnt, dass Claire und er heute einen Pärchen-Kochkurs machen und den ganzen Tag unterwegs sein würden. Kurz darauf hatten sie die Suite unter lautstarkem Geplauder verlassen, in der Hoffnung, dass Bianca nicht lange fackeln würde.

Andrew hatte sein Handy im Zimmer zurückgelassen und Claire per Videocall angerufen. Jetzt hatten sie dort quasi eine versteckte Kamera. Sie hatten am Hotelpool Stellung bezogen und warteten ab.

Claire beobachtete die Gäste am Pool. Sie hatte es nicht für möglich gehalten, doch tatsächlich reservierten sich einige Touristen die Liegen in der ersten Reihe mit großen Handtüchern – selbst in einem Luxushotel wie diesem. Doch kaum lag ein Handtuch auf einer Liege, kam jemand vom Personal angerannt und räumte es wieder weg. Und dann begann das Spiel von Neuem.

Andrew und sie hatten etwas abseits unter einem knorrigen alten Olivenbaum Platz genommen. Andrew hatte kein Auge für die Gäste. Er starrte auf Claires Handydisplay. Doch nichts tat sich, noch war das Zimmer leer. Vielleicht war Bianca ihm ja doch so zugetan, dass sie ihn aus Sympathie nicht ausrauben würde.

Andrew reichte Claire das Telefon. »Passt du kurz auf. Ich hol mir noch 'nen Kaffee. Möchtest du auch?«

Sie schüttelte den Kopf und sah Andrew nach, der zur Poolbar schlenderte. Er kam an einem Mädchen mit zwei Zöpfen vorbei, es war vielleicht sechs Jahre alt. Sie balancierte am Rand des Pools entlang, rutschte aus und fiel hinein. Sie schrie laut und schlug wild um sich, tauchte ab und wieder auf. Noch bevor Claire registrierte, was vor sich ging, machte Andrew einen Kopfsprung in den Pool, ergriff die Kleine und hievte sie aus dem Becken. Als er selbst tropfnass aus dem Wasser stieg, rannte eine Frau im knappen Bikini wild gestikulierend auf ihn zu. Claire vermutete, dass es die Mutter des Mädchens war, die sich nun Andrew an den Hals werfen würde, weil er ihre Tochter gerettet hatte. Das Gegenteil war der Fall. Sie holte aus und verpasste Andrew eine schallende Ohrfeige. Er sah sie verblüfft an, auch Claire stockte der Atem.

»Fassen Sie mein Kind nicht an!«, schrie die Frau.

»Ich habe Ihrer Tochter gerade das Leben gerettet!«, brüllte Andrew zurück.

»Meine Tochter kann schwimmen, Sie perverses Schwein!« Sie sah zu ihrer Tochter. »Oder, Schatz?«

»Ja, ich hab nur gespielt«, sagte das Mädchen schüchtern und verkroch sich hinter seiner Mutter.

»Was hast du gespielt? Ertrinken?«, fauchte Andrew die Kleine an, die sofort zu weinen begann.

»Unmöglich!«, murmelte die Mutter im Davongehen und zog ihre Tochter an der Hand hinter sich her, die sich zu Andrew umdrehte und ihm frech die Zunge rausstreckte.

Ohne Kaffee, aber mit entgeisterter Miene kam Andrew zurück zu Claire. »Hast du das gesehen?«

»Ja, ich dachte auch, sie ertrinkt gleich.«

Andrew setzte sich neben sie. »Da will man mal nett sein und dann … *Fuck!*«

»Ja, *Fuck* trifft es gut.«

»Nein! Sieh doch!« Er riss ihr das Handy aus der Hand und zeigte ihr, was sich auf dem Display – und somit in ihrem Hotelzimmer – abspielte.

Die Tür der Suite hatte sich soeben geöffnet, und Bianca schlüpfte ins Zimmer. Sofort machte sie sich über den Safe her, den sie innerhalb weniger Sekunden geöffnet hatte. Claire und Andrew sprinteten los.

Am Zimmer angekommen, öffneten sie leise die Tür und ertappten die Diebin auf frischer Tat. Der penetrante Duft ihres Vanilleparfüms hatte sich bereits im ganzen Raum ausgebreitet. Das war es also, was sie ihren Opfern hinterließ. Einen leeren Safe und Vanillearoma.

Bianca wirkte nicht überrascht, als sie Claire und Andrew bemerkte. »Wie seid ihr dahintergekommen?«, fragte sie ganz ruhig und sachlich, als wolle sie eine Versicherung abschließen.

Andrew schloss die Tür. »Ich glaube, du bist nicht in der Position, Fragen zu stellen.«

»Seid ihr Detektive oder Bullen?«, fragte sie trotzdem.

»Ersteres«, sagte Andrew mit geschwollener Brust.

»Gut«, murmelte Bianca. »Hat das Hotel euch engagiert?«

»Er hat gesagt, du sollst keine Fragen stellen«, erwiderte Claire, erstaunt über ihren barschen Tonfall.

Bianca lachte. »Ist mir egal, was er sagt.«

»Aber wir haben uns doch so gut verstanden.« Andrews Stimme troff vor Sarkasmus. »Und jetzt raubst du mich aus?«

»Hier gibt es nichts zu rauben. Der Safe ist leer. Also, warum die Spielchen? Was wollt ihr von mir?«

»Leslie Simpson. Ist sie dir auf die Schliche gekommen?«

Wieder lachte Bianca. Wie konnte sie so entspannt bleiben, obwohl sie sie soeben bei einem Verbrechen erwischt hatten? »Nein, sie hatte keine Ahnung. Hat ein armes Zimmermädchen beschuldigt.«

»Wie machst du das?«, wollte Andrew wissen und deutete auf den Safe. »Du konntest unmöglich den Code wissen.«

»Hotelzimmersafes sind leicht zu knacken. Besonders, wenn man weiß, wie man sie zurücksetzt. Ihr wisst doch, ständig vergisst ein Hotelgast seinen Code oder tippt ihn falsch ein. Und dann kommt jemand und setzt den Safe ganz einfach zurück.«

»Jemand vom Sicherheitsdienst, mit dem du unter einer Decke steckst«, mutmaßte Claire.

Bianca nickte ihr sanft, beinahe mütterlich zu. Dabei war diese Frau nicht viel älter als sie. »In diesem Fall ja. Aber nicht in jedem Hotel sind die Mitarbeiter so korrupt wie im Le Christo. Manchmal muss ich mich schon etwas mehr ins Zeug legen.«

»Das ist also dein Job. Du reist von Stadt zu Stadt, von Hotel zu Hotel und raubst die Gäste aus?«, fragte Andrew.

»Ich würde sagen, ich hab einen der besten Jobs der Welt.«

»Wenn er nicht total kriminell wäre«, murmelte Claire.

»Aber cool ist es schon irgendwie«, sagte Andrew.

Bianca lächelte ihn an. »Auf jeden Fall ist es aufregend.«

Claire passte es ganz und gar nicht, wie die Situation sich gerade entwickelte. Sie starrte Andrew auffordernd an, und er legte seinen schwärmerischen Tonfall und sein schiefes Grinsen wieder ab.

»Wie du in die Zimmer kommst, wissen wir. Aber wie knackst du die Safes?«

»Ich verrate es dir, aber nur weil ich euch beide so süß finde. Und weil ihr die Ersten seid, die mir auf die Schliche gekommen sind. Bravo.« Sie klatschte zweimal in die Hände. »Also … wie erkläre ich es auch am besten? Ich behaupte jedes Mal, sobald ich das Hotelzimmer bezogen habe, den Code für meinen Safe vergessen zu haben. Jemand vom Sicherheitsdienst kommt, und ich schaue ihm sehr genau über die Schulter. Dann beginne ich ein nettes Gespräch, wickele ihn um den Finger, und er merkt gar nicht, dass er mir den Trick offenbart, den Universalcode, um jeden Safe im Hotel zu öffnen. Nennt es ein Klischee, aber oft sind Securities, vor allem die, die Nachtschicht haben, sehr einsame Männer.«

»Flirten kannst du. Kann ich nur bestätigen.« Andrew grinste sie schon wieder an, und sie zwinkerte ihm lächelnd zu, was Claire überhaupt nicht gefiel. Er war mit dem Zimmermädchen viel strenger umgesprungen als jetzt mit Bianca – dabei war sie eine Diebin, die keinen Hehl daraus machte, dass sie Leslie und viele andere ausgeraubt hatte.

»Wie ihr seht, habe ich Leslie nichts getan. Ich mochte sie echt gern. Eine bezaubernde junge Frau. Wir hatten richtig viel Spaß, sind feiern gegangen – die hat mich doch glatt unter den Tisch getrunken, die Kleine. Am nächsten Tag haben wir dann zusammen Wellness gemacht und dabei ausgekatert. Uns massieren lassen, Pediküre, Maniküre. Und wir haben die ganze Zeit gequatscht und uns köstlich amüsiert. Ich habe selten so gelacht wie mit ihr.«

»Aber beraubt hast du sie trotzdem«, sagte Claire. Hatte Leslie deshalb das Geld vom Reisebüro gebraucht? War es gar kein Diebstahl, sondern ein Notfall gewesen? Die nächsten Worte von Bianca machten Claires Vermutung zunichte.

»Hat mir aber nichts gebracht. Sie und ich waren wohl Schwestern im Geiste, was kriminelle Aktivitäten angeht. Denn in ihrem Safe, das waren alles nur Blüten.«

»Blüten?«, fragten Andrew und Claire gleichzeitig und sahen Bianca mit offen stehendem Mund an.

Die Diebin amüsierte sich sichtlich über ihre ratlosen Gesichter. Dann fuhr sie fort. »30.000 Euro Falschgeld waren in dem Safe. Gott sei Dank habe ich es vorher geprüft. Wenn ich mit der ganzen Summe zur Bank gegangen wäre, hätte man mich sofort verhaftet. Obwohl die Fälschungen wirklich ausgesprochen gut waren. Ich denke, eine Erkennungsmaschine kann man damit austricksen. Aber ich hatte schon so viele Scheine zwischen den Fingern, ich fühle das. Es gibt Feinheiten, Erhebungen, die waren zwar da, aber fühlten sich anders an als sonst. Ich war nur mit einem Schein bei der Bank, und der Banker hat meinen Verdacht bestätigt. Ich habe natürlich unschuldig behauptet, dass es sich um Wechselgeld handelt.«

Wie kann Leslie an so viel Falschgeld gekommen sein?, schoss es Claire durch den Kopf. »Warum sollten wir dir das glauben?«, sagte sie laut.

»Ich habe keinen Grund zu lügen. Außerdem hatte ich die Idee, dass wir zusammen Geschäfte machen könnten. Es gibt so viele Männer in dem Business, da müssen wir Frauen uns gegenseitig unterstützen. Aber sie war verschwunden, bevor ich sie fragen konnte. Also, was hätte es mir genützt, ihr etwas anzutun?«

Claire konnte sich nicht vorstellen, dass Leslie ein kriminelles Genie war. Es musste sich um eine Lüge seitens Bianca oder ein Missverständnis handeln. So oder so, Claire glaubte der Diebin kein Wort. »Wenn Sie dafür verantwortlich sind, dass Leslie im Koma liegt, dann haben Sie allen Grund zu lügen!« Es geschah selten, dass Claire jemanden abgrundtief nicht mochte, aber Bianca hatte es geschafft, dass sie ihre zickigste Seite nach außen kehrte. Sie konnte diese Frau nicht ausstehen. Alles, was sie versprühte, war anmaßend und arrogant – und roch nach Vanille.

Andrew holte ein Portemonnaie aus seiner Hosentasche. Doch es war nicht seins, sondern das von Pierre Morel. Er holte die Geldscheine heraus und gab sie Bianca. »Was ist damit? Echt oder Fälschung?« Claire hatte schon ganz vergessen, dass er dem Lover von Leslie die Geldbörse gestohlen hatte. Auch er war ein Dieb. Auch wenn seiner Meinung nach der Zweck die Mittel heiligte.

Bianca, die bis eben vor dem Safe gehockt hatte, erhob sich und nahm die Scheine zwischen die Finger, tastete vorsichtig darüber, drehte sie und hielt sie gegen das Licht. »Ich kann es nicht zu hundert Prozent sagen, aber die erinnern mich sehr an die aus Leslies Safe. Ich denke, das sind Fälschungen.« Sie gab Andrew die Scheine zurück und schob sich an ihm vorbei aus dem Zimmer.

Mit einem in seine Richtung gehauchten »Adieu« verschwand sie durch die Tür. Andrew wirkte wie hypnotisiert. Auch Claire war so perplex, dass sie einige Sekunden brauchte, um zu realisieren, dass sie ihnen gerade entwischt war. Sie rannte auf den Gang und sah, wie Biancas Zimmertür zufiel.

»Bewach die Tür!«, fauchte Claire Andrew an. »Ich rufe Kommissar Bernart an.«

Claire hatte dem Kommissar am Telefon alles berichtet, und er hatte sich sofort auf den Weg gemacht. Als sie auf den Flur trat, wachte Andrew vor Biancas Zimmer und starrte gedankenverloren auf die Tür.

»Die Polizei ist auf dem Weg«, sagte Claire, und kurz darauf hörten sie schnelle Schritte den Gang entlangeilen. Zwei Uniformierte und ein Hotelmitarbeiter begleiteten Bernart, der dem Angestellten bedeutete, die Tür zu öffnen. Der Kommissar war völlig außer Atem. Rennen war anscheinend etwas, das er weitgehend vermied.

Als sie das Zimmer betraten, war es leer. Keine Koffer, kein Gast, nur der Duft von Vanille, der in der Luft hing.

Bernart tobte. Er unterstellte ihnen, seine Zeit zu verschwenden, und kaufte ihnen die Geschichte der Hoteldiebin plötzlich nicht mehr ab. Und die Angestellten des Hotels versicherten allesamt, dass es im Le Christo keine Beschwerden wegen Diebstahls gegeben habe. Der Kommissar ermahnte sie, sich aus dem Fall rauszuhalten und die Polizei die Arbeit machen zu lassen. Dann zogen er und seine Kollegen wieder ab.

Als Claire und Andrew zurück zu ihrem Hotelzimmer gingen, erkannte sie plötzlich ein rosiges Glänzen auf seiner Wange, das verdächtig nach Biancas pfirsichfarbenem Lipgloss aussah.

»Du hast sie laufen lassen?«, schrie sie ihm ins Gesicht, nachdem die Tür ihrer Suite hinter ihnen ins Schloss gefallen war. »Hast du sie noch alle?«

»Sie hat mich überwältigt. Was sollte ich machen?«

»Lüg mich nicht an. Wie soll sie das denn angestellt haben? Mit einem Kuss auf die Wange? Ihre Reize haben dich überwältigt – das ist alles.«

»Sie war es nicht. Ich bin mir sicher, dass sie Leslie kein Haar gekrümmt hat. Was wollen wir einer kleinen Diebin das Handwerk legen, die nur reiche Leute beklaut. Sie ist quasi ein weiblicher Robin Hood.«

»Der Vergleich hinkt ziemlich, findest du nicht?«

»Gar nicht. Sie nimmt von den Reichen – den Gästen der Suiten – und gibt es den Armen. Zum Beispiel den Zimmermädchen. Find ich gut.«

»Und was, wenn sie Leslie doch was angetan hat? Dann hast du keine Diebin laufen lassen, sondern eine gefährliche Killerin.«

»Glaub mir, Claire. Ich kann mich auf meine Instinkte verlassen. Bianca mag vieles sein, aber bestimmt nicht gewalttätig.«

»Trotzdem ist sie kriminell und gehört hinter Gitter. Und du lässt sie einfach abhauen! Ich hab das Gefühl, dass das hier für dich alles nur ein Spiel ist.«

»Sei doch froh, dass Leslie noch lebt.«

»Was hat das denn damit zu tun?«

»Das bedeutet, dass du auch mal durchatmen und dich amüsieren kannst. Sie wird im Krankenhaus gut betreut, ihre Eltern sind bei ihr. Das ist jetzt deine Chance zu genießen, dass du es in ein anderes Land geschafft hast. Und dann auch noch in ein so traumhaftes Städtchen wie Saint-Tropez. Genieß es doch einfach mal. Leb dein Leben, verdammt! So schwer ist das nicht.«

»Was geht dich das an? Für dich ist wohl das ganze Leben eine Party, oder?«

Völlig unvermittelt wurde Andrew laut und schrie sie an. »Du hast keine Ahnung, wie mein Leben aussieht!« Genauso schnell, wie er aufbrausend geworden war, beruhigte er sich wieder. »Lass uns bitte nicht streiten«, sagte er leise.

»Ich will nicht streiten. Aber ich bin echt sauer auf dich. Das war richtig mies von dir.«

»Dann sei halt sauer. Ruf an, wenn du wieder runtergekommen bist. Für so einen Quatsch hab ich keine Zeit.« Er war im Begriff, sie stehen zu lassen.

»Du willst jetzt einfach gehen?«

Statt zu antworten, verließ Andrew das Zimmer. Claire blieb allein zurück. Vor Wut trat sie den Papierkorb um, bereute es aber sofort und sammelte den Müll wieder ein.

Sie setzte sich aufs Bett und atmete mehrmals tief durch, um sich zu beruhigen. Dann griff sie zum Handy, um Victoria über die aktuellen Geschehnisse zu informieren. Doch sie konnte sie weder im Reisebüro noch auf dem Handy erreichen. Sie wählte eine andere Nummer und hörte nach unendlich langem Klingeln: »Mein Name ist Bond. James Bond.« Sie hatte ihren Vater am Telefon, der sich alles geduldig anhörte und zum Schluss etwas sagte, das ihr gar nicht gefiel. »Dieser Andrew hat schon recht. Es ist ja gut, dass du rausfinden willst, was mit deiner Kollegin passiert ist. Aber, wenn du einen Rat von deinem alten Herrn willst: Ein bisschen Spaß darfst du dir ruhig gönnen.«

Claire hatte keine Lust, darüber zu diskutieren. Weder mit ihm noch mit Andrew. Es war schon schlimm genug, dass beide sich einig waren, ohne sich zu kennen. Im Hintergrund hörte sie den Kakadu krächzen. *Schöner Vogel, du, schöner Vogel.* Sie bat ihren Vater, im Reisebüro vorbeizuschauen, um Victoria auf den neusten Stand zu bringen. Dann machte sie sich auf den Weg zur Klinik in Gassin. Dank GPS navigierte ihr Smartphone sie dorthin. Zu Fuß hatte sie einen Marsch von über einer Stunde vor sich, aber die Strandpromenade, das sonnige Wetter und das Rauschen des Meeres würden ihr helfen, ihre Wut auf Andrew wieder in den Griff zu bekommen. Dachte sie. Tatsächlich führte der Weg an einer ziemlich befahrenen Straße entlang. Aber das war ihr egal, der lange Spaziergang tat ihr gut. Schritt für Schritt bekam sie einen klareren Kopf. Doch sie wurde das Gefühl nicht los, dass sie irgendetwas übersehen hatte.

KAPITEL 19

»Hasta la vista, baby.«
Terminator T-800 in *Terminator 2 – Tag der Abrechnung*

»Was muss ich da über dein Frauchen erfahren? Sie ist eine Kriminelle? Bist du etwa ihr Gehilfe? Ein kriminelles Genie – ein Superhirn, das Falschgeld schmuggelt?«

Sir Howard legte den kleinen, weißgelben Kopf schief und sah William mit seinen ovalen schwarzen Augen an. Er war der festen Überzeugung, dass der Vogel ihn genauestens verstand. »Oder sagt man bei Vögeln nicht Frauchen? Darf man das nur bei Vierbeinern?« Wieder legte der Kakadu wie als Antwort seinen Kopf schief. »Jedenfalls hat meine Tochter mir aufgetragen, der hübschen Victoria einen Besuch abzustatten. Da sage ich natürlich nicht Nein. Außerdem könnte ich wirklich noch mal eine Reise buchen. Ein bisschen Sonne würde nicht schaden.«

William führte hin und wieder laute Selbstgespräche. Und er konnte sich kaum vorstellen, dass das nicht jeder Mensch hin und wieder tat. Das sprach nur für geistige Gesundheit, seine Gedanken, auch wenn man allein war, laut auszusprechen. Schließlich redete man doch sowieso unentwegt mit sich selbst, auch wenn man das dann nachdenken, sinnieren, philosophieren oder sonst wie nannte. Der Mensch war im ständigen Zwiegespräch mit sich selbst. Warum sollten diese Unterhaltungen nur hinter verschlossenen Türen – in dem Fall im eigenen Kopf – stattfinden? Und im Moment führte er nicht mal ein richtiges Selbstgespräch. Sein Gegenüber war zwar ein Vogel, aber einige Sätze konnte er von sich geben, und Sir Howard reagierte immer, wenn William ihm eine Frage stellte. So auch jetzt. »Wohin würdest du denn in Urlaub fahren? Und sag mal, wo kommst du denn eigentlich ursprünglich her?«

»Schöner Vogel, du, schöner Vogel«, krächzte der Kakadu.

»Und was ist mit mir? William?«

»Will-i-am, Will-i-am«, krächzte der Vogel. »Schöner Vogel, du, schöner Vogel.«

William nahm sein Handy und suchte bei Wikipedia nach Kakadus. »Sieh an, du gehörst zu der Gattung der Papageien.«

Plötzlich kreischte Sir Howard los, als würde ihm das gar nicht gefallen.

»Ja, Familie ist ein schweres Thema«, sagte William. »Aber ihr Vögel diskriminiert euch jawohl nicht untereinander? Das würde mich schwer enttäuschen.« Der Kakadu schwieg, und William nahm das als eher schlechtes Zeichen. Wie es aussah, sollte man Sir Howard keinen Graupapagei in den Käfig setzen. William überflog den Artikel.

»Erstaunlich, du kannst bis zu sechzig Jahre alt werden! Wie alt bist du denn? Siehst ja noch recht jung aus.« Der Vogel antwortete nicht. »Und wo kommst du her? Oh! Sieh an! Indonesien, Neuseeland und Australien. Da bist du also verbreitet. Da hattest du aber einen weiten Weg nach London. Vielleicht buche ich eine Reise nach Australien und besuche deine Verwandtschaft. Was meinst du? Claire wird ausrasten, wenn sie erfährt, dass ich überlege, so weit weg zu fliegen. Obwohl sie sich ja gerade ganz anders benimmt als sonst. Plötzlich fährt meine Tochter Zug und Auto. Dazu habe ich sie all die Jahre nicht bewegen können. Dieser Detektiv gefällt mir. Wie auch immer dieser Andrew Sparks es geschafft hat, meine Tochter umzustimmen, ich bin jedenfalls schwer beeindruckt. Und dankbar. Sir Howard, auch wenn du keine Siri und keine Alexa bist, aber erinnere mich daran, dass ich diesen Mann zum Essen einladen muss. Als Dankeschön, dass er meine Claire endlich mal aus England rausgeholt hat.«

William ging zur Tür, schlüpfte in seine ausgelatschten braunen Wildlederslipper und zog einen graukarierten Wollmantel über. »Bis später, Sir Howard. *I'll be back!*«

Er verließ das Haus und achtete fortan darauf, seine Gedanken wieder in seinen Kopf einzuschließen. Ein brabbelnder alter Mann, der durch die Straßen Londons lief, würde zwar keine große Aufmerksamkeit erregen, doch die Nachbarn hielten ihn schon für sonderbar genug, weil er einmal im Jahr eine Piratenflagge vor dem Haus hisste. Dabei diente das nur als atmosphärische Untermalung für seinen *Fluch der Karibik*-Marathon.

William nahm den Bus und stieg an der Upper Richmond Road aus. Auch wenn das Reisebüro nur ein paar Meilen von ihrem Zuhause entfernt lag, fand er es mindestens so bewundernswert wie unnötig, dass seine Tochter diese Strecke täglich bei Wind und Wetter mit dem Fahrrad bewältigte. Nicht mal ein E-Bike wollte sie haben. Ihre Mutter würde ihm den Hintern versohlen, wenn sie wüsste, was er Claire durchgehen ließ. Falls sie es wusste, konnte er sich im Himmel auf eine Tracht Prügel einstellen, die sich gewaschen hatte. Denn seine Frau konnte richtig austeilen – oder es wenigstens so aussehen lassen. *Alles nur Show,* hatte sie immer gesagt, wenn sie gemeinsam einen Film gesehen hatten und William sie ausgefragt hatte, wie man derartige Stunts drehte. Susan war ein unerschrockener Mensch gewesen, der das Leben in vollen Zügen gelebt und genossen hatte. Niemals hätte sie gewollt, dass ihre Tochter einsam und allein bei ihm im Dachgeschoss in der Einliegerwohnung versauerte und nichts von der Welt außerhalb von London kannte. Daher war der Vorfall mit Leslie in Williams Augen Fluch und Segen zugleich.

Als er am Reisebüro ankam, war die Tür verschlossen. Er betrachtete das mit verlockenden Reiseangeboten zu Traumstränden und exotischen Orten geschmückte Schaufenster und sah durch die Scheibe, dass drinnen alle Lichter ausgeschaltet waren. Victoria war nirgends zu sehen. Erst jetzt fiel ihm das kleine Schild im Schaufenster auf, das verriet: *Das Reisebüro ist vorübergehend geschlossen.*

KAPITEL 20

»Kein Geld der Welt vermag eine Sekunde Zeit zu kaufen.«
Tony Stark in *The Avengers: Endgame*

Als Claire das Krankenhaus betrat, musste sie unweigerlich daran denken, dass sie gerade etwas tat, vor dem Andrew sich fürchtete. Dabei bestand ihre Leistung lediglich darin, in ein Gebäude zu gehen. Nichts, das einem viel abverlangte. Aber Claire konnte ihn trotzdem verstehen, denn sicherlich verlangte es den meisten Menschen auch nicht viel ab, in ein Auto zu steigen. Sie versuchte, die Gedanken an Andrew beiseitezuschieben. Sie hatte sich vorgenommen, sauer auf ihn sein, aber es gelang ihr nach dem langen Spaziergang nicht mehr. Was genau war eigentlich passiert? Er hatte sie aufgefordert, loszulassen und den Moment zu genießen. Verstand er nicht, dass das angesichts Leslies Zustand nicht ging? Oder hatte er Claire durchschaut und erkannt, dass dies wieder nur eine ihrer Ausreden war. Denn sich fallen zu lassen, abzuschalten und ihre Sorgen auszublenden fiel ihr nicht nur schwer, sie konnte es nicht. Zumindest nicht außerhalb ihrer eigenen vier Wände. Das war ihr wunder Punkt, und genau den hatte er getroffen.

Claire traf vor dem Krankenzimmer auf Leslies Eltern. Samantha war nicht wiederzuerkennen. Die sonst so temperamentvolle Frau wirkte wie ein angeschossenes Reh. Die Farbe war aus ihrem Gesicht gewichen und durch eine fahle Maske ersetzt worden. Die Augen ihres Mannes waren stark gerötet. Er sah so erschöpft aus, dass Claire sich nicht gewundert hätte, wenn er im Stehen eingeschlafen wäre.

»Hallo, Claire«, begrüßte er sie matt. »Macht es dir etwas aus, wenn wir dich kurz mit Leslie allein lassen? Wir müssen unbedingt mal was anderes essen als diesen Kantinenfraß hier.«

»Ich bekomm jetzt sowieso nichts runter«, sagte Samantha. »Ich kann bleiben. Ich will unsere Tochter nicht allein lassen, keine Sekunde.«

»Du brauchst mal eine Pause, Liebling«, sagte Leslies Vater sanft. »Hier herumzusitzen, macht es auch nicht besser. Und Claire ist doch da.« Er sah flehend in Claires Richtung. Die Simpsons hatten sich eine Pension in der Nähe der Klinik gesucht, waren dort aber maximal zum Schlafen. So übernächtigt wie sie aussahen, hatten sie kein Auge zugemacht. Sie hatten das Krankenhaus seit ihrer Ankunft so gut wie nie verlassen und waren fast die ganze Zeit an Leslies Seite gewesen. »Bin ich ein schlechter Mensch, nur weil ich das Bedürfnis habe, mal kurz hier rauszukommen?«, fragte er an seine Frau gewandt.

Samanthas Augen funkelten ihn giftig an. Sie setzte zu einer Antwort an, die schon an der Art, wie sie Luft holte, erkennen ließ, dass es Streit geben würde.

Claire machte eine beschwichtigende Geste und kam Leslies Mutter zuvor. »Mir wäre das ehrlich gesagt sogar ganz recht«, log sie, denn eigentlich war es ihr eher unangenehm, mit einer Komapatientin allein zu sein. »Dann kann ich Leslie ein bisschen was erzählen.«

»Und das geht uns natürlich nichts an«, sprang Leslies Vater auf den Zug auf und schaffte es schließlich, seine sonst so fröhliche Frau, deren Lächeln wie für immer aus ihrem Gesicht gewischt schien, zu überzeugen.

»Na schön. Eine halbe Stunde. Nicht länger«, sagte Samantha. »Ich hole meine Tasche.«

Claire betrat das Zimmer gemeinsam mit Leslies Mutter. Sofort schnürte sich ihr die Kehle zu. Hätte das EKG kein stetiges Piepen von sich gegeben, wäre sie davon ausgegangen, dass in dem Bett eine Leiche lag. Claire bemerkte einen pompösen Blumenstrauß neben dem Bett, der vorwiegend aus großen roten Rosen bestand. »War Pierre Morel hier?«, fragte sie, da sie annahm, dass so ein Strauß nur von einem Liebhaber stammen konnte.

»Wer ist Pierre Morel?«, fragte Samantha irritiert, und Claire hielt es für besser, die angebliche Liebesaffäre mit einem möglicherweise kriminellen Franzosen und die Geschichte mit dem Falschgeld vorerst zu verschweigen. »Nur ein Bekannter. Ich dachte, die Blumen wären von ihm.«

Samantha war zu ausgelaugt, um weiter darüber nachzudenken, wie wenig Sinn Claires Antwort ergab, und antwortete wie in Trance. »Nein, die Blumen sind von einer ganz reizenden Dame, die erst vor ein paar Minuten hier war. Du hast sie knapp verpasst. Sie sagte, sie hätte im gleichen Hotel gewohnt wie Leslie, und die zwei hätten sich angefreundet. Sie war schockiert, als sie erfahren hat, was mit ihr passiert ist, und wollte sich selbst ein Bild machen. Sie hat die Rosen mitgebracht.«

Claire überkam eine ungute Vermutung. »Hieß die Frau zufällig Bianca?«

»Ja, kennst du sie? Eine tolle Frau, wirklich. So selbstlos.«

»Selbstlos? Das klingt ehrlich gesagt nicht nach der Frau, die ich meine.«

»Und sie riecht fantastisch. Nach Vanille.«

Das klingt schon weit mehr nach der Hoteldiebin, dachte Claire. »Hat sie noch was erzählt? Über Leslie? Oder über das Hotel vielleicht?«

Samantha ging nicht auf die Fragen ein, sie hing ihren Gedanken nach. »Ich ärgere mich, dass ich sie nicht nach ihrem Parfüm gefragt habe.« Sie bedachte Claire mit einem langen Blick. »Sie wollte wissen, ob Leslie eine Auslandskrankenversicherung hat. Hat sie natürlich nicht, du kennst sie ja. Um so was schert meine Tochter sich nicht. Und diese Dame … Bianca … Sie hat, bevor sie gegangen ist, einfach so die komplette Krankenhausrechnung bezahlt. Wir wollten das nicht, aber sie war nicht davon abzubringen. Unglaublich, oder? Wer macht so was?«

Wie es aussah, musste Claire das Bild, das sie von der Safe-Plünderin hatte, noch mal überdenken. Vielleicht war an Andrews Robin-Hood-Vergleich doch etwas dran. Oder es waren Schuldgefühle, die Bianca dazu bewegt hatten, weil sie diejenige war, die für Leslies Zustand verantwortlich war. Womöglich hatten Leslie und Bianca sogar gemeinsame Sache gemacht.

Samantha gab ihrer Tochter einen sanften Kuss auf die Stirn und flüsterte ihr liebevoll zu, dass sie gleich wieder zurück sein würde. Und Claire spürte innerlich ein bedrückendes Gefühl aufsteigen, das sie gar nicht mochte. Es war Neid. Eifersucht. Sie war ohne Mutter aufgewachsen, zumindest konnte sie sich nicht mehr an sie erinnern. Und sie vermisste sie jeden Tag, ohne sie zu kennen. Etwas in ihrem Leben fehlte, obwohl sie es nicht benennen konnte. Eine Leere, tief in ihr verwurzelt, die nicht schmerzte, aber sich in Situationen wie diesen in ihr breitmachte und ausdehnte, bis es doch zu schmerzen begann und sich anfühlte, als würde ihr Herz eingequetscht.

Doch das Gefühl verflüchtigte sich sofort, als Leslies Mutter sie in den Arm nahm und fest an sich drückte. »Es ist so schön, dass du hier bist, Claire. Wir haben uns noch gar nicht richtig bei dir bedankt, dass du unsere Tochter gefunden hast.« Sie nahm etwas Abstand und sah ihr in die Augen. »Danke. Von ganzem Herzen. Danke.«

Claire wusste nicht, was sie erwidern sollte, aber das war auch nicht nötig. Samantha verließ das Zimmer und schloss leise die Tür. Claire war mit der Komapatientin allein und fühlte sich heillos überfordert.

Wieso war Pierre Morel nicht hier gewesen, der Leslie doch angeblich über alles liebte? Kommissar Bernart hatte ihm garantiert verraten, wo er seine Angebetete finden konnte, aber er hatte sie nicht besucht. Das in Kombination mit den seltsamen Kellerräumen, zu denen Andrew und sie ihn verfolgt hatten, machte den attraktiven Franzosen mehr und mehr verdächtig.

»Wer ist dieser Pierre?«, flüsterte sie, zog sich einen Stuhl heran und setzte sich neben das Krankenbett. »Was hast du hier veranstaltet, Leslie? In was bist du da reingeraten? Ich meine, Falschgeld? Ehrlich? Sag mir bitte, dass das alles nur ein Missverständnis ist.«

Aber natürlich erhielt sie keine Antwort. Claire betrachtete Leslies wunderschönes Gesicht, das um Jahre gealtert schien. Und plötzlich fingen Leslies Augen an zu zucken. Claire griff nach ihrer Hand. Hatte sie sich das nur eingebildet? Oder war es im Koma normal, dass die Lider zuckten, als würde man träumen? Und dann spürte sie, dass Leslie schwach ihre Hand drückte.

KAPITEL 21

»Das Problem ist nicht das Problem. Das Problem ist deine Einstellung zu dem Problem.«
Jack Sparrow in *Fluch der Karibik*

Manchmal vermisste er die Zeit, in der es noch so simpel gewesen war, dass Mädchen schlichtweg doof waren. Im Kindergarten hatte man es als Junge noch leicht gehabt. Mädchen waren kacke, Jungs waren toll. Und dann plötzlich wuchsen Mädchen Brüste, und man fand sie anziehend und verwirrend. Und so war es bis heute. Und wenn er sich an seinen Opa erinnerte, so war er sich sicher, dass dieser seine Oma auch niemals zur Gänze verstanden hatte. Dieses Phänomen hielt also bis ins hohe Alter an. Männer und Frauen. Das passte einfach nicht zusammen.

Musste er sich bei Claire entschuldigen? Aber wofür eigentlich genau? Andrew wusste, dass er einen schroffen Ton an sich haben konnte und das Talent besaß, Leute vor den Kopf zu stoßen. Besonders Menschen, die er mochte. Er hatte Claire nicht verletzen wollen, aber diese Frau musste sich endlich mal locker machen. Natürlich waren sie hier, um zu klären, was mit Leslie Simpson passiert war. Aber musste das bedeuten, dass sie kein Recht hatten, sich zu amüsieren?

Nachdem Claire zum Krankenhaus aufgebrochen war, hatte er sich eine Weile an den Pool gelegt, um eine Runde zu dösen. Aber er hatte sich nicht entspannen können. Dass Claire ihn angeschnauzt hatte, ärgerte ihn, weil er sich jetzt die ganze Zeit fragte, ob er etwas falsch gemacht hatte. Dabei war es ihm normalerweise total schnuppe, was andere über ihn dachten. Wieso war das bei dieser Frau anders? Sie war irgendwie speziell, und ihm gefiel es, sie aufzuziehen. Er mochte es, wenn sie Kontra gab. Aber das heute war für seinen Geschmack etwas zu viel Gegenwind gewesen. Und es war nur eine Frage der Zeit, bis daraus ein Orkan werden würde, denn noch hatte sie nicht herausbekommen, was er an ihrem Laptop angestellt hatte.

Um etwas Energie zu tanken, gönnte er sich in einem kleinen Café in unmittelbarer Nähe des Hotels ein überteuertes Stück Tarte Tropézienne – ein köstliches Teil aus fluffigem Briocheteig und Orangecreme – und trank dazu gleich zwei Petit noir. Jetzt war er hellwach.

Dann machte er sich auf den Weg. Am alten Hafen kam er an mehreren Cafés vorbei, auf deren Terrassen schon jetzt am Nachmittag schillernde Cocktails gereicht wurden. Er sah einen dunkelhaarigen Mann, der gerade genüsslich ein kühles Bier ansetzte. Andrews Kehle fühlte sich augenblicklich wie ausgetrocknet an. Zu gern hätte er an der Promenade Platz genommen und sich die Sonne auf den Kopf scheinen lassen. Aber genau das war es, was Claire von ihm erwartete. Nein. Er hatte eine Mission. Er hatte Mühe, sich an den Weg zu erinnern, aber schließlich fand er sich in dem Innenhof wieder, zu dem sie Pierre Morel verfolgt hatten. Er versteckte sich wie letztes Mal hinter den stinkenden, großen Mülltonnen und beobachtete den Wachmann, der sich vor dem Kellereingang die Beine in den Bauch stand und gelangweilt auf seinem Smartphone herumtippte.

Andrew war sich sicher: Hier wurde das Falschgeld gedruckt. Warum sonst sollte dieser muskelbepackte Koloss den Kellereingang bewachen? Was auch immer darin vor sich ging, war streng geheim und vermutlich illegal.

Doch er hatte keine Chance, näher heranzukommen, ohne entdeckt zu werden. Und Bernart anzurufen und ihm seinen Verdacht zu erklären, würde sicherlich nichts nützen. Der Kommissar hatte unmissverständlich klargemacht, dass sie sich aus der Angelegenheit raushalten sollten. Und seine Glaubwürdigkeit hatte Andrew spätestens durch die Aktion mit Bianca verspielt. Doch es hatte sich richtiger angefühlt, die Diebin gehen zu lassen, als ihr den Weg zu versperren. Außerdem hätte er Gewalt anwenden müssen, um sie zu zwingen, nicht abzuhauen und sich der Polizei zu stellen. Und Gewalt war nicht Andrews Ding. Er hatte sich in seinem Leben erst ein paar Mal geprügelt – und er war kein Mal als Sieger daraus hervorgegangen.

Er wartete in seinem Versteck, fast eine Stunde verging, dann tat sich etwas an der bewachten Tür. Andrew erkannte Pierre Morel. Der Franzose verließ den Keller mit einer Frau, die Andrew den Atem raubte. Eine wunderschöne, schlanke Brünette in einem kurzen, eng anliegenden, schwarzen Kleid. Pierre übergab ihr einen großen Umschlag, den sie in ihrer schicken Designerhandtasche verstaute. Befand sich Falschgeld darin? Er nahm sein Handy und schoss ein paar Fotos. Plötzlich klingelte genau in diesem Moment sein Telefon. Er hatte vergessen, es auf lautlos zu stellen. Ein absoluter Anfängerfehler bei einer Observierung. Er las Claires Namen auf dem Display und drückte sie weg. Sie rief direkt noch mal an. Was für eine Nervensäge! Er drückte sie erneut weg und schaltete das Gerät auf lautlos. Leider zu spät.

Andrew sah, wie alle Köpfe sich nach ihm umdrehten. Er war aufgeflogen und hatte nur eine Chance: zu rennen wie der Wind. Doch noch bevor er zum Sprint ansetzen konnte, hatte der große Wachmann ihn am Arm gepackt und mitten auf den Hof gezerrt. Er nuschelte etwas, das Andrew nicht verstand. Die schöne Frau ging davon, ohne ihm Beachtung zu schenken. Pierre Morel sagte etwas und nickte seinem Gehilfen düster zu. Während Andrew sich noch fragte, was die beiden besprachen, erhielt er die Antwort in Form eines festen Schlags in die Magengrube. Er war seinem Gegenüber zweifellos unterlegen, und der bullige Schrank schien nur einen Auftrag zu haben – nämlich, ihn totzuprügeln. Er holte aus und schlug erneut zu, Andrew sackte zu Boden und legte seine Arme schützend um seinen Kopf. Der Riese begann, auf ihn einzutreten, und Andrews Gedanken wanderten plötzlich zu Leslie. War es das, was ihr widerfahren war? Würde sein Körper auch enden wie nach einem Lkw-Aufprall? Andrew rollte sich zur Seite, griff nach einem abgebrochenen Ziegelstein, der am Boden lag, und schleuderte ihn in die Richtung des Angreifers. Er hoffte auf den David-gegen-Goliath-Effekt. Doch der Mann wich aus und sah ihn nur leicht irritiert an. Sein Mund verzog sich zu einem Lächeln. Eine Sekunde später spürte Andrew, wie der Fuß des Mannes sich in sein Gesicht drückte. Es geschah wie in Zeitlupe. Und dann hörte er es laut knacken, als seine Nase brach.

KAPITEL 22

»Ich mache ihm ein Angebot, das er nicht ablehnen kann.«
Don Vito Corleone in *Der Pate*

Es gab Wunder. Und Claire war soeben Zeuge eines solchen geworden. Sie konnte Andrew nicht erreichen und sprach ihm aufgeregt die Neuigkeit auf die Mailbox. Leslie war aufgewacht! Doch die Ärzte ließen weder ihre Eltern noch Claire zu ihr.

Sie überlegte, Victoria zu informieren, aber ihr Vater hatte ihr mitgeteilt, dass das Reisebüro vorübergehend geschlossen war, was eigentlich nur bedeuten konnte, dass ihre Chefin zu krank zum Arbeiten war. Wahrscheinlich war sie unter dem vielen Stress, das Reisebüro allein zu schmeißen, zusammengebrochen. Aber Claire würde bald wieder da sein, um sie zu unterstützen. Denn dass Leslie wach war, bedeutete, dass sie nun erklären konnte, wer ihr die furchtbaren Verletzungen zugefügt hatte.

Leslies Eltern durften als Erste zu ihrer Tochter. Claire wartete gespannt vor der Tür. Und wartete und wartete … Die Minuten zogen sich ewig hin und kamen ihr vor wie Stunden, Tage, Wochen ... Dann endlich öffnete sich die Tür.

Leslies Vater wankte aus dem Raum und lehnte sich erschöpft an die Wand Claire gegenüber. »Die Verletzungen heilen gut«, sagte er, klang aber wenig erfreut. »Wir hatten befürchtet, dass sie für den Rest ihres Lebens auf einen Rollstuhl angewiesen sein würde, doch sie wird nach einer Reha und viel Training wieder laufen können. Aber ...«, Bill seufzte, »... sie kann sich an nichts erinnern.«

»An gar nichts?« Claire hatte schon viele Filme gesehen, in denen Amnesie ein Thema gewesen war. Selbst erlebt hatte sie solch einen Fall allerdings noch nie.

»Nicht an gar nichts. Sie weiß, wer sie ist. Und auch, wer wir sind. Aber sie sagt, seit ihrer Abreise aus Paris weiß sie nichts mehr. Sie kann sich nicht erinnern, wie sie nach Saint-Tropez gekommen ist oder was sie hier gemacht hat. Die Ärzte sagen, das ist normal. Retrograde Amnesie nennt sich das wohl. Da kann man nichts machen, außer Geduld haben.«

Claire erinnerte sich an eine Dokumentation über das Thema Amnesie, die sie vor einigen Monaten im Fernsehen gesehen hatte. Nach einem traumatischen Erlebnis sperrt das Gehirn die Erinnerung an das Erlebte weg, und man kann sich nicht mehr an die Geschehnisse erinnern. Das ist eine Art Schutzreaktion, weil die Psyche noch nicht bereit ist, das Trauma zu verarbeiten. Darum erinnert man sich zum Beispiel erst im Erwachsenenalter an verstörende Erlebnisse aus seiner Kindheit.

Leslies Vater rieb sich die müden Augen, die inzwischen geröteter waren als die eines Hochleistungskiffers. »Sie sagen, entweder die Erinnerung kommt wieder oder nicht. Beides ist möglich. Aber eigentlich ist das auch egal, oder, Claire? Das Wichtigste ist doch, dass wir unsere Leslie wiederhaben.«

Sie stimmte ihm nickend zu, obwohl sie anders dachte. Selbstverständlich war es die Hauptsache, dass Leslie noch lebte. Trotzdem mussten sie herausfinden, was mit ihr passiert war. Denn womöglich war der Mörder immer noch hinter ihr her.

»Ich meine, vielleicht hatte sie ja wirklich einfach einen schlimmen Autounfall und kann sich nicht mehr daran erinnern«, sagte er. »Hoffen wir einfach, dass alles wieder gut wird.«

Claire nickte wieder, obwohl sich ihre Gedanken überschlugen. Man hatte Leslie mitten im Wald gefunden, keine befahrbare Straße weit und breit. Falls ihre Verletzungen von einem Unfall stammten, musste irgendjemand sie dort hingeschafft haben. Sie wurde zum Sterben abgelegt und zurückgelassen. Was bedeutete, dass jemand entweder ihren Tod wollte oder ihn wenigstens billigend in Kauf nahm – vielleicht um sich selbst zu schützen, weil er den Unfall verursacht hatte.

Pierre Morel. Bianca. Eine falsche Lovestory und falsches Geld. Und mittendrin Leslie. Und wer konnte schon sagen, ob diese Person nicht erneut versuchen würde, sie umzubringen. All das behielt Claire für sich. Sie wollte die Freude von Leslies Eltern über das Erwachen ihrer Tochter nicht trüben.

Da man sie in absehbarer Zeit nicht zu Leslie lassen würde, beschloss sie, sich vor dem Krankenhaus die Beine zu vertreten. Wobei es ihr weniger um körperliche Betätigung ging als um frische Luft.

Sie durchquerte die Eingangshalle und steuerte auf die gläserne Schiebetür zu, als sie eine blutüberströmte Gestalt auf den Eingang zuhumpeln sah. Der Mann gehörte eindeutig in die Notaufnahme. Aber er blieb vor dem Krankenhaus stehen und hielt sich die blutige Nase. Er wischte das Blut mit seinem Ärmel ab, und erst jetzt erkannte sie, wer auf der anderen Seite der Tür stand. Es war Andrew.

Sofort rannte sie auf ihn zu, die elektrische Schiebetür öffnete sich, dann machte Claire eine Vollbremsung.

»Was ist passiert?«

»Du solltest den anderen sehen.« Er hustete Blut, aber er war nach wie vor zu Scherzen aufgelegt, so schlecht konnte es ihm also nicht gehen. Oder war Humor einfach seine Art, Gefühle, Schmerzen und Ängste zu überspielen?

»Andrew, du musst in die Notaufnahme. Komm sofort rein.« Sie hatte bewusst auf der Schwelle angehalten. Krankenhäuser waren für ihn ein rotes Tuch. Aber so, wie er aussah, blieb ihm keine andere Wahl, und Claire hatte nicht vor, ihm eine zu lassen. Er hatte sie zu ihrem Glück gezwungen, jetzt tat sie dasselbe für ihn. »Du hast gesagt, im Notfall würdest du deine Phobie überwinden. Und wie du aussiehst, ist das eindeutig ein Notfall.«

»Geht schon. Notfälle werden überbewertet.«

»Spinnst du? Deine Nase sieht aus, als wäre sie doppelt und dreifach gebrochen. Das muss sich jemand ansehen.« Sie sprach ganz bewusst nur von *ansehen*, denn eine Operation, die ihm sicher bevorstand, hätte ihn bestimmt nicht ins Krankenhaus gelockt. Die Schiebetür schloss sich. Sie sah durch die Glasscheibe in Andrews lädiertes Gesicht und machte einen kleinen Schritt nach vorn, sodass die Tür sich wieder öffnete.

»Du Dickkopf«, sagte Claire.

»Selber«, antworte Andrew, bockig wie ein Schuljunge, der ein Nutella- und kein Käsebrot will.

»Wenn du dich jetzt traust, dann traue ich mich auch und erzähle dir die Wahrheit.« Claire meinte es ernst.

Andrews Gesundheit stand auf dem Spiel. »Ich verrate dir, warum ich Angst vorm Reisen habe. Aber nur, wenn du dich auf der Stelle behandeln lässt.«

Die Tür schloss sich wieder. Zögerlich machte Andrew einen Schritt nach vorn. Dann noch einen. Die Tür öffnete sich. Er schaffte es bis zur Schwelle, dann geriet er ins Taumeln, griff nach rechts und links, um Halt zu suchen, doch die Schiebetür glitt auseinander, und er konnte sich nirgends festhalten. Claire sprang auf ihn zu und fing ihn auf. So wie er aussah, musste er sich mit letzter Kraft hierhergeschleppt haben.

Sie rief um Hilfe. Zwei Sanitäter kamen angerannt und verfrachteten Andrew auf eine Trage. Er ließ es geschehen und umklammerte Claires Hand. »Ich hab deine Mailboxnachricht bekommen. Freut mich, dass Leslie aufgewacht ist.«

»Jetzt kümmern wir uns erst mal um dich.«

Andrew ließ ihre Hand nicht los, und sie begleitete ihn in die Notaufnahme. Dort legte man ihm schnell einen Zugang und gab ihm Schmerzmittel.

»Was ist passiert?«, fragte eine junge Ärztin in fließendem Englisch, als sie zu Andrew und Claire hinter den grünen Vorhang trat. Sie zog sich Einweg-Handschuhe an und begutachtete seine blutige Nase.

»Sie hat mich vermöbelt«, sagte Andrew mit seiner typischen Flirtstimme und deutete auf Claire.

»Glauben Sie ihm kein Wort«, sagte Claire, und die Ärztin lachte.

»Sollte dem so sein, hätten sie meinen Segen. Ihr Mann scheint mir ein richtiger Frechdachs zu sein.«

»Wir sind nicht verheiratet«, sagte Claire schnell.

»Noch nicht.« Andrews Lachen ging in ein röchelndes Husten über.

»Sieht aus, als würden die Schmerzmittel bereits wirken«, sagte die Ärztin. »Und Sie haben Glück im Unglück, könnte man sagen. Sie befinden sich hier in einem der besten Häuser Südfrankreichs, was Schönheitschirurgie angeht. Ihre Nase haben wir in null Komma nix wieder zusammengeflickt. Wenn sie wollen, machen wir Ihnen aber auch gerne die Nase von Brad Pitt oder Mel Gibson.«

Claire überlegte angestrengt, wie die Nasen der beiden Schauspieler aussahen. Ihr Vater hätte sich hier garantiert direkt die Nase eines Superstars verpassen lassen. Vermutlich die von Bruce Willis, den er abgöttisch verehrte.

»Ich mag meine Nase«, war alles, was Andrew dazu zu sagen hatte. Die Ärztin machte einige Untersuchungen, um innere Blutungen auszuschließen, und versprach dann, gleich wiederzukommen, um Andrew in den OP zu bringen. Als sie durch den Vorhang verschwunden war, der die Patienten in der Notaufnahme voneinander trennte, verlangte Claire zu erfahren, was passiert war.

Andrew berichtete, dass er auf eigene Faust ermitteln wollte, was in den dubiosen Kellerräumen, zu denen sie Pierre Morel verfolgt hatten, vor sich ging. Als Claire sich an den großen, muskelbepackten Wachmann erinnerte, wurde ihr schlecht. Sie malte sich aus, wie ein harter Schlag seiner kräftigen Faust sich anfühlen musste. Den Schmerz wollte sie sich gar nicht vorstellen. Wie war es Andrew gelungen zu fliehen? Der Mann hätte ihn problemlos zerquetschen können.

Doch bevor er zu Ende erzählen konnte, wurde er von einem Pfleger abgeholt, der ihn auf die Operation vorbereiten sollte.

Während Andrew die Nasen-OP über sich ergehen ließ, sprach Claire mit Leslies Eltern, die es für besser hielten, ihrer Tochter etwas Ruhe zu gönnen. Sie baten Claire, vorerst auf ein Gespräch mit Leslie zu verzichten.

Claire verbrachte den Nachmittag und Abend in der Klinik, wanderte durch die Gänge, und als sie zum dritten Mal denselben Hausmeister passierte und ihn zum dritten Mal nett anlächelte und wortlos grüßte, sprach er sie an. Nur dass sie leider kein Wort verstand. Trotzdem war es möglich, sich im wahrsten Sinne mit Händen und Füßen zu verständigen, und der Hausmeister tanzte ihr mehrmals pantomimisch etwas vor, bis sie den Tipp verstand, den er ihr geben wollte. Sie bedankte sich und folgte seinem Rat.

Die Sonne ging gerade unter, als Claire auf die Dachterrasse des Krankenhauses hinaustrat. Ihre Höhenangst hielt sich im Vergleich zu ihren anderen Phobien in Grenzen, allerdings ging sie trotzdem nicht bis zur Kante vor, sondern blieb in der Nähe der Tür. Es war wunderschön. Die Sonne spiegelte sich im Meer und tauchte die ganze Stadt in ein sanftes Orange. Das Farbenspiel war unbeschreiblich. Und ihr wurde klar, dass sie zum ersten Mal in ihrem Leben zuschaute, wie die Sonne über dem Meer unterging. Sie hatte es schon hundert Mal gesehen – in Filmen, auf Fotos oder Postkarten –, aber in live raubte es ihr den Atem. Und plötzlich musste sie weinen. Sie wusste nicht einmal, warum. Aber es fühlte sich gut an. Es war keine Trauer, die sie spürte. Es war ein völlig neues Gefühl, für das sie keine Worte hatte. Und es erinnerte sie daran, dass das Leben – ihr Leben – das Kostbarste war, das man als Mensch besitzen konnte. Man musste es schätzen und feiern, jeden Tag.

Claire wartete, bis der letzte Sonnenstrahl Saint-Tropez geküsst hatte, und verließ das Dach erst wieder, als es komplett dunkel geworden war.

Sie erkundigte sich im Schwesternzimmer nach Andrew, und eine junge Frau im weißen Kittel teilte ihr mit, dass er die Operation gut überstanden habe und in welchem Zimmer sie ihren Ehemann finden konnte. *Ehemann?* Claire glaubte, nicht richtig gehört zu haben, doch dann zeigte man ihr den Bogen, den er ausgefüllt hatte, und tatsächlich hatte er sie als Notfallkontakt und als Ehefrau angegeben. Sie nickte den Krankenpflegern zu und beschloss, das Spiel mitzuspielen. Andrew hatte sie jetzt schon so oft aus der Fassung gebracht, dass sie langsam gar nichts mehr wunderte.

Claire betrat leise das Krankenzimmer. Das zweite Bett war nicht belegt und mit einer hygienischen Plastikhülle überzogen. Andrew schlief tief und fest und schnarchte laut. Sie wollte ihn nicht wecken und setzte sich vorsichtig auf das zweite Bett, doch die Folie fing sofort an, laut zu knistern und zu quietschen. Trotzdem regte Andrew sich nicht. Claire lehnte sich gähnend zurück, sie wollte kurz die Augen schließen. Nur für einen Moment, dann würde sie sich zurück auf den Weg zum Hotel machen und am nächsten Tag wiederkommen. Sie zählte innerlich bis zehn, dann würde sie ihre müden Lider wieder aufschlagen. Zehn, neun, acht …

Als sie ihre Augen öffnete, war es draußen taghell. Andrew war wach und bedachte sie mit einem liebevollen, warmen Blick. Hatte er sie beim Schlafen beobachtet? Sie richtete sich auf. Ihr Körper war nass geschwitzt und klebte an der Plastikfolie, mit der das Bett bezogen war.

»Du hast hier übernachtet?« Sein mit Hämatomen übersätes Gesicht zierte ein unschöner Verband.

»Ich muss eingeschlafen sein.«

Er betastete vorsichtig seine Nase. »Das tut höllisch weh.«

»Soll ich einen Arzt holen?«

»Lieber wäre mir ein Kaffee. Ohne Koffein verstehe ich dieses medizinische Blabla eh nicht.«

»Gut, dann hol ich uns Kaffee.«

Als sie den Raum verließ, blickte sie kurz in den Spiegel über dem Waschbecken. Die Plastikfolie hatte einige Abdrücke und tiefe Furchen in ihrem Gesicht hinterlassen, ihre Haare waren zerzaust, und ihr Mascara war total verschmiert.

»Keine Sorge, du siehst bezaubernd aus«, sagte Andrew und setzte ein schelmisches Grinsen auf, was aufgrund seines geschwollenen Gesichts total bescheuert aussah.

»Danke, ich weiß. Genau wie du«, entgegnete Claire und machte sich auf den Weg. Sie lief durch die Gänge und fand einen Kaffeeautomaten. Sie wählte zwei Café au Lait aus und stellte dann fest, dass der Automat vier Euro von ihr haben wollte. Sie musste ihr Portemonnaie gar nicht erst hervorkramen, um zu wissen, dass das nicht funktionieren würde. Denn sie hatte immer noch kein Geld gewechselt. Pfund in den Automaten zu werfen, würde wahrscheinlich keinen Sinn machen. Und Kreditkarten akzeptierte der Automat, der seinem Aussehen nach vermutlich noch aus den 80er-Jahren stammte, nicht. Also ging sie zurück zu Andrews Zimmer, um ihn nach ein paar Münzen zu fragen.

Als sie in den Raum kam, sprach Andrew gerade mit einem Arzt, der ihm mit ernster Miene Röntgenbilder zeigte und ihn wohl zu überzeugen versuchte, bei einem Spezialisten vorstellig zu werden. Als Andrew sie bemerkte, bedeutete er dem grauhaarigen Mann im weißen Kittel zu schweigen. Der Arzt drehte sich kurz zu Claire, warf seinem Patienten dann einen letzten Blick zu und entschwand mit einem mahnenden »Denken Sie darüber nach, Mister Sparks«.

»Stimmt was nicht?«

»Doch, doch, alles super. Die wollen mir hier nur irgendwelche Schönheits-OPs verkaufen.«

Claire zweifelte daran, dass der Arzt deshalb so besorgt gewirkt hatte, doch Andrew wechselte sofort das Thema.

»Wo ist der Kaffee?«

»Ich hab die falsche Währung im Portemonnaie.«

»Bedien dich.« Andrew deutete auf den Stuhl vor dem Fenster, über dessen Lehne seine Hose hing. Claire nahm sein zerfleddertes, braunes Lederportemonnaie heraus und öffnete es. Das Erste, was sie sah, war ein Organspende-Ausweis. Auf der Suche nach Kleingeld fiel ihr ein Streifen mit vier Passfotos in die Hände, die Andrew mit einer jungen Frau mit kurzen pinken Haaren und vielen Piercings im Gesicht zeigten. Hatte er etwa eine Freundin, die er bis dato nicht erwähnt hatte?

»Wer ist das?«, fragte sie und zeigte ihm das Bild.

»Das ist privat.«

»Deine Freundin?«

»Jetzt löchre mich nicht mit Fragen, Claire. Du bist dran. Du hast mir was versprochen. Schon vergessen?«

Natürlich hatte sie es nicht vergessen, aber gehofft, dass er sich nach der Narkose nicht mehr daran erinnerte.

»Du wolltest mir die Wahrheit über deine schrägen Phobien erzählen«, erinnerte er sie. »Das war der Deal. Du bist doch eine Frau, die zu ihrem Wort steht, oder?«

Ja, das war sie. »Okay«, sagte sie. »Aber erst hole ich uns Kaffee.« Und dabei würde sie sich eine Menge Zeit lassen. Denn bisher hatte sie niemandem die ganze Wahrheit über ihre Ängste anvertraut.

KAPITEL 23

»Ich hab 'ne Frage. Du musst natürlich nicht antworten. Wenn du nicht antwortest, antwortest du natürlich trotzdem.«

Natasha Romanoff alias Black Widow in *Captain America – The Winter Soldier*

Claire kam mit zwei Kaffee aus dem Automaten zurück, reichte Andrew den heißen Pappbecher und setzte sich auf die Bettkante. Er sah sie mit großen und aufgrund seiner Verletzungen blutunterlaufenen Augen an. »Ich höre.«

»Warum interessiert dich das so?«

»Weil es in Ordnung ist, Angst zu haben. Aber es ist nicht okay, nicht zu wissen, warum. Denn nur, wer sich seiner Angst nicht stellt, ist ein Feigling.«

»Ich weiß aber, warum, Konfuzius. Du klingst wie ein Glückskeks.«

»Es ist nicht die Sache mit der Achterbahn.«

»Nicht so ganz … nein.«

»Ich wusste es!«, rief er triumphierend. »Die Geschichte mit dem Looping war echt zu wild.«

»Doch, das stimmt«, sagte Claire, und Andrews siegessicherer Blick wich einem erstaunten Gesichtsausdruck. »Es ist allerdings nicht der wahre Grund. Nicht das, was dahintersteckt. Aber da hat es angefangen.«

»Dass du danach nie wieder in eine Achterbahn gestiegen bist, verstehe ich. Aber Autos, Busse, Züge, Flugzeuge?«

»Schiffe«, ergänzte Claire.

»Was hat es damit auf sich? Ich will dich nicht bedrängen. Jeder hat Geheimnisse. Wenn du es nicht erzählen willst, auch fein. Ich bin einfach nur neugierig, verstehst du? Ich wüsste gerne, warum eine so selbstbewusste, intelligente, humorvolle Frau wie du sich selbst so einschränkt.«

Hatte er ihr gerade etwa drei Komplimente am Stück gemacht? Claire wusste nicht, ob sie sich geschmeichelt fühlen sollte oder ob er das ironisch gemeint hatte. Sie studierte sein Gesicht. Kein schiefes Grinsen, kein schelmischer Blick. Er sah sie neugierig und offen an, ohne Druck zu machen.

Sie hatte ihm die Wahrheit versprochen, und daran würde sie sich halten. Und sie hoffte, dass ihre Offenheit dazu beitragen würde, dass auch er seine Mauern einreißen und ihr erzählen würde, woher seine Krankenhausphobie rührte. Sie holte tief Luft, schloss die Augen und legte den Kopf in den Nacken.

»Es ist wegen meiner Mutter.« Andrew reagierte nicht. Claire öffnete die Augen und sah, dass er sie aufmunternd anschaute. Er gab ihr das Gefühl, ihr zuzuhören, ohne sie zu verurteilen. »Sie ist gestorben, als ich knapp ein Jahr alt war. Sie hieß Susan Carter, und sie hatte einen der gefährlichsten Jobs der Welt. Sie war Stuntfrau. Hat die waghalsigsten Stunts gemacht, die sich sonst keiner traute. Aber nicht ihr riskanter Job hat sie umgebracht.« Sie machte eine Pause. Noch nie hatte sie mit jemandem außer ihrem Vater oder ihrem Bruder darüber geredet, und es fiel ihr schwer, es auszusprechen. »Sie ist nach einem Dreh in Hollywood nach Hause geflogen, und das Flugzeug ist abgestürzt. Sie hat sich jeden Tag in Lebensgefahr begeben und sich nie ein Haar gekrümmt. Und dann steigt sie in ein stinknormales Flugzeug, das sie von L. A. nach London bringen soll, und stirbt. Wie groß ist die Wahrscheinlichkeit?«

Claire sah zu Boden, Andrew nahm ihre Hand und umschloss sie mit seinen zwei starken Händen, die viel größer waren als ihre. »Und jetzt denkst du, sich gar nicht in Gefahr zu begeben, sei die sicherste Lösung?«

»Es kann doch nicht sein, dass eine Frau, die sich täglich von Autos anfahren lässt, einen Routineflug nicht überlebt. Aber so ist es. Und ich sage dir auch, warum: weil sie nicht selbst die Kontrolle darüber hatte.«

»Verstehe, es geht also um Kontrolle.«

»Jetzt mach keinen auf Hobbypsychologe.«

»Aber so ist es doch, oder? Du willst selbst die Kontrolle haben und musst sie abgeben – an einen Piloten, Zugführer oder Fahrer. Ein bisschen kann ich das nachvollziehen. Ich bin ein äußerst schlechter Beifahrer. Wie wäre es denn, wenn du selbst fahren würdest?«

»Ich traue den Menschen. Den meisten jedenfalls. Nur Maschinen traue ich nicht. Ein Fehler, und sie funktionieren nicht, wie sie sollen, und stürzen ab oder entgleisen oder überschlagen sich.«

»Maschinen, die von Menschen konstruiert, bedient und gesteuert werden.«

So hatte Claire das noch nie betrachtet, obwohl schon mehr als ein Therapeut dasselbe vermutet hatte. »Du denkst, ich projiziere das nur? Da bist du nicht der Erste.«

Andrew drückte kurz ihre Hand und ließ sie dann los. Eine Minute verging. Dann noch eine. Und sie schwiegen.

Irgendwann sah sie Andrew schmunzeln. »Heißt das, du traust mir? Zu mir bist du in den Wagen gestiegen.«

»Na ja, ich hatte nicht wirklich eine Wahl.«

»Eine Wahl hat man immer, Claire Carter.« Er betonte ihren Namen wie damals im Sushi-Restaurant. Das unverhoffte erste Treffen mit Andrew war erst drei Wochen her, doch ihr kam es vor wie eine Ewigkeit. Sie hatte sich die ganze Zeit eingeredet, ihm nicht zu vertrauen, dabei bewies ihr Verhalten das Gegenteil.

»Und du?«, fragte sie. »Ich hab die Karten auf den Tisch gelegt. Was ist mit dir?«

»Was soll mit mir sein?«

»Krankenhäuser sind dein Kryptonit. Warum?«

»Was war noch mal Kryptonit? Das Zeug, gegen das Superman allergisch ist, ne?«

»Für die Frage würde mein Vater dir eine Ohrfeige verpassen.«

Andrew lachte. »Den würde ich echt gern mal kennenlernen.«

»Jetzt lenk nicht ab. Ich war ehrlich zu dir.«

»Du hast ja recht. Na gut, Claire. Aber mach dich auf was gefasst. Du hast mir dein Geheimnis anvertraut, dann verrate ich dir auch meins.«

»Jetzt mach es doch nicht so spannend. Hast du als Kind was Schlimmes in einem Krankenhaus erlebt?« Claire bereute die Frage sofort. Sie hatte keine Ahnung, was zu Andrews Angst geführt hatte. Was, wenn er tatsächlich etwas Unaussprechliches erlebt hatte? Seine Eltern, ein Bruder, eine Schwester oder ein Freund vor seinen Augen gestorben war. Sie dachte an die Passfotos in seinem Portemonnaie. Vielleicht hatte er jemanden verloren, den er liebte. Oder ihm war etwas zugestoßen, das sie sich nicht einmal ausmalen konnte. Es gab unvorstellbare Dramen auf dieser Welt, und Claire pikte gerade eventuell in eine Wunde, die noch nicht verheilt war. »Sorry, du hast auch gesagt, ich muss es nicht erzählen. Du musst natürlich auch nicht.«

»Für mich ist das nicht so ein großes Problem wie für dich. Ich kann damit leben. Ich muss sogar. Ich weiß nur nicht, ob du es kannst. Ich befürchte, dass du nicht damit umgehen kannst.«

Sie sah ihn lange an, sein schalkhaftes Grinsen wich einem ernsten Gesichtsausdruck, der ihn viel erwachsener wirken ließ als sonst. Nur sein Verband machte aus allem eine alberne Fratze. »Ich werde es schon verkraften«, sagte sie.

»Ich will nicht, dass du mich mit anderen Augen siehst als jetzt.«

Ihre Gedanken spielten Pingpong auf Olympianiveau. Vielleicht war Andrew nichts Schlimmes zugestoßen, sondern er selbst war es, der etwas Furchtbares angestellt hatte.

Er hievte sich mühsam aus dem Bett und umklammerte den Tropfständer, der neben dem Bett stand und von dem aus ein Schlauch direkt in seinen Arm führte. »Ich werde sterben, Claire. So, jetzt ist es raus.«

KAPITEL 24

»Ich habe den Mut zu sterben. Ich frage dich aber, hast du den Mut zu leben?«
Harvey »Big Daddy« Pollitt in *Die Katze auf dem heißen Blechdach*

»Ich hatte letztes Jahr in der Nähe vom Hydepark einen Fahrradunfall«, begann Andrew, während die Morgensonne durch das große Fenster schien. Er richtete sich auf und setzte sich auf die Bettkante. »Bin mit einem Doppeldecker-Touristenbus zusammengestoßen«, fuhr er fort. »Ist nichts Schlimmes passiert, aber so viel zu dem Verkehrsmittel deiner Wahl. Ist auch ziemlich gefährlich.«

Claire wusste nicht, was sie sagen sollte. Andrew hatte ihr soeben eröffnet, dass er sterben würde. Nur hatte sie keine Ahnung, warum.

»Jedenfalls haben sie mich im St Mary's Hospital auf den Kopf gestellt«, fuhr er fort, »mich in eine Röhre geschoben und ein CT gemacht. Und so ist rausgekommen, dass ich ein inoperables Aneurysma im Hirn habe, das mich eines Tages umbringen wird.«

Andrew schwieg und beobachtete Claires Reaktion. Sie hatte ihn noch nie so ernst erlebt, weshalb sie ihm jedes Wort glaubte. »Und wie viel Zeit bleibt dir noch?«

»Kann keiner so genau sagen. Tage, Wochen, Monate … vielleicht Jahre. Wäre ich gläubig, würde ich sagen: Das weiß nur Gott.«

»Aber da muss man doch was machen können.«

»Was hast du an inoperabel nicht verstanden?«

Sie wollte es nicht wahrhaben. »Ich kenne jemanden, der das überlebt hat. Sie war auf meiner Schule und wusste gar nicht, dass sie so ein Teil im Kopf hat. Als das Aneurysma dann gerissen oder geplatzt ist oder was auch immer, hat man sie sofort operiert, und sie hat es überlebt.«

»Ja, man kann so was überleben. Aber die Ärzte haben mir damals unmissverständlich zu verstehen gegeben, dass ich ein hoffnungsloser Fall wäre.«

»Dann such dir bessere Ärzte.«

»Ich war bei Dutzenden. Glaub mir. Ich hab mich nicht sofort aufgegeben. Ich war bei allen möglichen Spezialisten rund um den Globus, und alle haben dasselbe gesagt. Ich hätte eine tickende Zeitbombe im Kopf, die jederzeit explodieren könnte. Die Sache ist die: Das ist jetzt fast ein Jahr her. Und ich lebe noch. Deshalb bin ich so, wie ich bin. Vorher war ich vernünftig, hatte einen langweiligen Job in einer IT-Firma, wollte trotzdem unbedingt Karriere machen, Frau, Familie, Kinder … der ganze Kram, du weißt schon. Aber dann hieß es auf einmal, dass jeder Tag mein letzter sein könnte. Und was habe ich wohl als Erstes gemacht?« Er machte eine Kunstpause. »Gekündigt!«

Claire verstand langsam Andrews Lebensweise. »Dein Motto ist also carpe diem – nutze den Tag?«

»Das klingt so platt. Es ist eher: Wozu ein langes

langweiliges Leben führen, wenn man ein kurzes, aufregendes Leben haben kann? Denk an die ganzen Rockstars.«

»So wie Kurt Cobain, Amy Winehouse und Co.? Die sich totgesoffen oder sich ein Loch in den Kopf geballert haben?« Claire kannte den sagenumwobenen, berühmten Club 27. Stars, die alle im Alter von siebenundzwanzig gestorben waren.

»Genau die. Die sind als Legenden in die Geschichte eingegangen. Und sieh mal, ich bin schon neunundzwanzig. Vielleicht schaffe ich sogar die Dreißig.«

»Das ist doch viel zu jung zum Sterben.«

»Wer sagt das? Es geht doch darum, so viel Leben in die Zeit, die man hat, zu packen wie möglich. Jeder stirbt irgendwann. Und wenn man, so wie ich, weiß, dass man stirbt, lernt man, sein Leben voll auszukosten. Ich muss zu nichts Nein sagen, sondern kann zu allem Ja sagen, mich in jedes Abenteuer stürzen, ohne mir über die Konsequenzen Sorgen zu machen. Ich werde jede Minute genießen, die mir bleibt. Und wenn es so weit ist, dann gehe ich. Ganz friedlich.«

»Hast du denn keine … Angst?«

»Allemal besser, als in einem Krankenbett dahinzusiechen, weil dem Arzt das Skalpell abgerutscht ist und er dein halbes Hirn zerfleddert hat.«

Sie sah Andrew überrascht an. Warum sollte ein Arzt sich bei einem inoperablen Aneurysma mit einem Skalpell über sein Hirn hermachen wollen? »Du hast doch gesagt, inoperabel.«

»Ja, so ist es auch.«

Doch sie glaubte ihm nicht. Andrew machte den Eindruck, als ob er sich ertappt fühle. »Warum sollte ein Chirurg dann ein Loch in deinen Schädel bohren wollen?«

»Okay, vielleicht habe ich es etwas falsch ausgedrückt. Es ist für mich inoperabel. Es gibt einen Arzt, der es versuchen würde. Aber das Risiko ist enorm. Die Wahrscheinlichkeit, dass ich noch derselbe bin, wenn ich nach der OP aufwache, ist verdammt gering. Und ich will lieber tot sein als ein Zombie.«

»Obwohl du die Chance hast, theoretisch steinalt zu werden? Überleg doch mal, was du alles verpasst! Und da willst du lieber auf die Möglichkeit verzichten, ein langes gesundes Leben zu führen?«

»Sagt die Frau, die ihr eigenes Leben nicht auskostet. Oder willst du mir erzählen, dein Leben wäre erfüllt? Als Reiseverkehrskauffrau, die nur von fernen Stränden träumt, aber sich niemals dorthin traut?«

»Aber das bringt mich nicht um. Außerdem ist der Vergleich unangemessen. Es geht hier um Lebenszeit und nicht um Qualität.«

»Ist es nicht genau das, was zählt? Die Qualität? Ist das nicht am Ende der Wert einer Sache?«

»Etwas Wertvolleres als Leben gibt es nicht.«

»Ja, da bin ich ganz deiner Meinung. Aber warum sollte es auf die Länge ankommen?« Darauf fiel Claire keine Antwort ein. Was egal war, denn Andrew ließ sie gar nicht erst zu Wort kommen. »Einigen wir uns einfach darauf, dass wir uns nicht einig sind. Und vergiss bitte nicht: Es ist meine Entscheidung. Mein Leben. Und da entscheide ich mich lieber für kurz und schmerzlos als für lang und hirntot.«

»Aber es könnte auch lang und toll werden, wenn du einer OP eine Chance geben würdest. War es das, worüber der Arzt eben mit dir sprechen wollte? Ich hatte gleich das Gefühl, dass es dabei nicht um deine Nase ging.«

»Claire, ich habe dir das nicht erzählt, um deine Meinung zu hören. Du wolltest wissen, warum ich Krankenhäuser hasse. Weil ich im letzten Jahr fast täglich in einem war, deshalb.«

»Aber …«

»Nein, Schluss mit aber, aber, aber«, unterbrach er sie. »Da gibt es kein Aber. Jetzt weißt du es. Leb damit. Ich tu's auch. Ich habe den Mut zu sterben. Hast du den Mut zu leben? Denk mal drüber nach.«

Claire hatte keine Ahnung, wie sie sich verhalten sollte. Noch nie hatte jemand ihr offenbart, dass er dem Tode wissend ins Auge sah – und ihn verspottete. Jetzt erklärte sich ihr zwar Andrews leichtsinnige Lebensweise, aber es gab vieles, was sie nicht verstand. Zum Beispiel, warum er ihr half, Leslies Fall zu lösen. Wollte er nichts Besseres mit seiner Zeit anfangen, als sich um die Probleme von jemandem zu kümmern, den er gar nicht kannte? »Warum machst du das hier? Detektiv spielen?«

»Weil das als Kind mein größter Traum war. Ich war als kleiner Junge totaler Sherlock-Holmes-Fan, beziehungsweise – eigentlich bin ich das heute noch.«

Claire hätte gelacht, wäre die Situation nicht so verdammt traurig gewesen. »Du bist Detektiv geworden, weil du auf Sherlock Holmes stehst?«

»Nein, nicht nur. Erst wollte ich Polizist werden, dann Anwalt. Ich hab sogar eine Weile Jura studiert, aber das war mir zu trocken. Und ich konnte schon immer gut mit Computern, deshalb habe ich dann das gemacht. Obwohl das ehrlich gesagt noch fader war. In mir gab es immer den Wunsch, Verbrechen zu lösen und böse Jungs zu jagen. Und als mir klar wurde, dass ich jetzt machen kann, was ich will, weil ich sowieso keine Zukunft habe und Geld sparen in meiner Situation ziemlich sinnlos ist, da habe ich gedacht: warum nicht eine

Detektei eröffnen und es versuchen? Ich hab schließlich nichts zu verlieren.«

Er schob die Beine wieder unter die Decke. Claire hatte tausend Fragen, aber sie musste Andrews Wunsch respektieren. Und betrachtete man seinen aktuellen körperlichen Zustand, war es sicher besser, Rücksicht zu nehmen. Also wechselte sie das Thema. »Wie bist du da gestern überhaupt weggekommen? Konntest du dem Schläger Paroli bieten?«

»Sehe ich so aus? Nein, leider nicht. Er hat gedacht, dass ich ohnmächtig bin und mich kurz aus den Augen gelassen. Ich habe aber nur so getan, und als er Richtung Kellertreppe gegangen ist, bin ich weggelaufen. Ich bin die Straße runtergesprintet, so schnell ich konnte. Da war ein Taxistand. Ich bin ins nächstbeste Auto gesprungen, hab mich auf der Rückbank versteckt und dem Fahrer gesagt, er soll Gas geben. Wie ein Feigling.«

»Das finde ich nicht.«

»Das ist lieb. Und im Prinzip ist es ja auch deine Schuld. Wenn du mich nicht angerufen hättest, wäre ich nicht aufgeflogen. Mein klingelndes Handy hat mich verraten.«

»Moment mal, Herr Detektiv. Wer ist denn hier der Observationsprofi? Du oder ich?«

»Du vergisst, dass ich bisher erst einen Fall hatte. Und das war die Oma mit dem Schmuck im Staubsauger.«

»Dafür machst du dich aber ziemlich gut.«

»Ihr Frauen seid doch alle gleich. Erst seid ihr gemein zu einem, dann kriegt man was in die Fresse, und prompt ist man der Held und wird gefeiert. Du bist doch nur nett zu mir, weil ich aussehe wie ein zerbeultes Backblech.«

»Ich bin nett zu dir, weil …«, *weil ich dich mag*, wollte

Claire sagen, traute sich aber nicht, »... weil ich ein netter Mensch bin«, sagte sie stattdessen. »Ist der Wachmann dir denn nicht gefolgt, als du abgehauen bist?«

»Doch, er ist mir nachgerannt. Aber als wir auf einer Straße mit einigen Passanten ankamen, hat der Kerl von mir abgelassen.«

Andrew musste niesen und schrie direkt danach jaulend auf, weil das aufgrund seiner frisch operierten Nase wohl ziemlich wehtat.

»Ich geh jetzt besser«, sagte Claire, die ihn in diesem Moment zu gern tröstend in den Arm genommen hätte. »Und dann rufe ich Kommissar Bernart an und erzählte ihm, was passiert ist.«

»Wir sollten ihm auch das Foto von der Frau zeigen.«

»Welcher Frau?«

»Die mit dem Umschlag, der wahrscheinlich voll mit Falschgeld war. Hab ich das noch gar nicht erzählt? Da war eine umwerfend schöne Frau. Braune lange Haare, Beine wie ein Topmodel. Warte ... Gib mir mal meine Hose.« Andrew deutete auf den Stuhl, der vor dem Fenster stand. Über der Lehne hing seine hellblaue Jeans. Claire gab sie ihm und er holte sein Handy hervor. Das Display war zersplittert – ein Kollateralschaden der Schlägerei. Als er versuchte, über das Display zu wischen, landete sofort ein Splitter in seinem Finger. Er fluchte laut und schleuderte das Gerät auf den Boden, wo es in alle Einzelteile zersprang. »Das Handy ist Schrott. Aber ich hab die Fotos in der Cloud. Also ist es auf meinem Laptop.«

»Dann geh ich ins Hotel und hole deinen Computer. Oder soll ich direkt nachsehen? Dafür bräuchte ich allerdings dein Passwort. Und das lautet wie?«

»Das gleiche wie deins: 1 2 3 4. Natürlich ausgeschrieben und nicht als Zahl.«

»Das ist nicht mein Passwort.«

»Ich weiß.« Andrew zwinkerte ihr zu, obwohl es aufgrund der Schrammen und blauen Flecke in seinem Gesicht eher wie ein Krampf als ein Zwinkern aussah.

Gedankenverloren schritt Claire vor sich hin. Es hätte so wunderschön sein können! Das Meer glitzerte verführerisch, kein Wölkchen trübte den azurblauen Himmel, der Gesang der Zikaden schwoll an und wieder ab, und es roch nach Sommer – nach vertrocknetem Gras und nach Kräutern, alles durchmischt von einer salzigen Brise. Doch Claire konnte nicht fassen, was Andrew ihr eröffnet hatte.

Die Mittagshitze und der Marsch entlang der schattenlosen Straße machten ihr zu schaffen. Als sie gegen Mittag den Ortseingang von Saint-Tropez erreichte, war sie schweißgebadet. *Bei nächster Gelegenheit kaufe ich mir einen Sonnenhut,* dachte sie und schüttelte dann den Kopf. Sie wusste ja überhaupt nicht, wie lange sie noch hier sein würde. Erst mussten sie herausfinden, was Leslie zugestoßen war.

In ihrem Zimmer im Hotel fand sie Andrews Laptop auf dem kleinen Beistelltisch neben dem Sofa. Er hatte ihr das große Bett überlassen und sich mehr oder weniger gentlemanlike auf die schmale, für seinen langen Körper viel zu kurze Couch gelegt. Im Gegensatz zu ihm war sie nicht so dreist, fremde Laptops zu durchforsten. Sie packte den Laptop ein und machte sich zurück auf den Weg zum Krankenhaus. Sie konnte es selbst nicht fassen, aber sie bewältigte die Strecke mit dem Bus. Das erschien ihr sicherer als ein Taxi. Busfahrern vertraute man schließlich das Leben von Schulkindern an – Taxifahrer hingegen kutschierten meist betrunkene Partygäste nach Hause.

Als Claire in Andrews Zimmer trat, ging es ihm sichtlich besser. Was vor allem daran zu erkennen war, dass er in üblicher Manier mit einer grauhaarigen Krankenschwester schäkerte, die vom Alter her seine Mutter hätte sein können und die trotzdem kicherte wie ein kleines Mädchen.

Sie verließ den Raum mit einem lasziven Hüftschwung und ließ sie allein. Andrew suchte das Foto auf seinem Laptop und wurde schnell fündig. »Hier, ist sie nicht bildschön? Ich glaube, sie hat das Falschgeld dort abgeholt. Vielleicht ist sie auch der Kopf der Bande.«

Und Claire wurde schlagartig klar, warum ihr Andrews Beschreibung der Frau so bekannt vorgekommen war. Ja, diese Frau war schön, keine Frage. Genau das dachte Claire ebenfalls – und zwar fast jeden Tag. Denn sie kannte die Frau, die auf dem Foto mit Pierre Morel zu sehen war. Sofort griff sie zu ihrem Handy und rief sie an. Nach zweimaligem Klingeln meldete sich ihre Chefin, die zurzeit in London und nicht in Saint-Tropez sein sollte.

»Hey, Victoria, Claire hier. Ich wollte nur hören, wie es dir geht. Mein Vater war beim Reisebüro und sagt, es sei geschlossen. Wo bist du?«

»Ich bin zu Hause, ich fühle mich nicht gut«, hüstelte Victoria ins Telefon.

Das war eindeutig eine Lüge, denn das Foto bewies, dass sie genau hier, in der Provence, war. Und wenn sie in die Falschgeldgeschäfte verwickelt war, dann hatte sie vermutlich auch etwas mit dem Anschlag auf Leslie zu tun.

Saint-Tropez, 11. Juli 2019

Liebes Tagebuch,

ich konnte bisher immer noch nicht mit Leslie sprechen, obwohl ihre Eltern sagen, dass es ihr von Tag zu Tag besser geht. Aber sie schirmen alle von ihr ab – was heißt alle – eigentlich nur mich. Ob Leslie sie darum gebeten hat? Langsam weiß ich nicht mehr, ob sie hier tatsächlich das unschuldige Opfer ist oder ob noch viel mehr dahintersteckt.

Andrew ist wieder fit und inzwischen raus aus dem Krankenhaus. Und mein Schädel brummt wie Hölle. So viele Fragen, so wenig Antworten. Was übersehe ich?

Es fühlt sich an, als würde ich vor einem Puzzle sitzen. Alle Teile sind da, und trotzdem bin ich nicht imstande, es zusammenzusetzen.

Meine Kollegin, die ich so gut wie jeden Tag gesehen habe, die nur einen Schreibtisch weiter sitzt, war allem Anschein nach in Geldwäsche-Geschäfte verwickelt und ist so in Schwierigkeiten geraten. In so große Schwierigkeiten, dass es sie um ein Haar das Leben gekostet hätte. Dass ihr mysteriöser Lover Pierre da seine Hände im Spiel hat, steht außer Frage. Denn in seinem Portemonnaie, das Andrew gestohlen und bis heute bei sich hat, befand sich – genau wie in Leslies Hotelsafe – Falschgeld. Zumindest wenn man der Aussage der vollbusigen Diebin glauben kann. Aber wie passt Victoria ins Bild?

Das Foto, das Andrew geschossen hat, belegt, dass sie und Pierre sich kennen und unter einer Decke stecken. Sind wir einer ganzen Verbrecherbande auf der Spur?

Und was mir einfach nicht aus dem Kopf geht … Habe ich jahrelang für eine Kriminelle gearbeitet?

KAPITEL 25

»Zum Lügen gehören immer zwei: Einer der lügt und einer, der es glaubt.«
Homer Simpson in *The Simpsons*

Andrew saß gedankenverloren auf dem Hotelbett. Er war vor zwei Tagen aus dem Krankenhaus entlassen worden und musste nur noch ein Pflaster auf seiner geschwollenen Nase tragen. Er starrte an die Decke, während Claire ihre Gedanken in ihrem Tagebuch festhielt.

»Wir sind nah dran. Ganz nah.« Er drehte ihr den Kopf zu. »Glaubst du deiner Kollegin, dass sie nichts mehr von all dem weiß? Leslie ist jetzt schon seit drei Tagen wach und kann sich angeblich immer noch nicht erinnern.«

»Warum sollte sie lügen?« Claire klappte ihr Laptop zu.

»Das liegt doch auf der Hand. Weil sie Mist gebaut hat. Das Falschgeld in ihrem Safe beweist, dass sie illegale Geschäfte gemacht hat. Da ist es doch recht praktisch, einfach zu behaupten, dass sie das alles vergessen hat.«

Kommissar Bernart war bei Leslie gewesen, um sie zu

befragen, doch sie hatte ihm dasselbe gesagt wie schon ihren Eltern und den Ärzten zuvor: Sie könne sich seit ihrer Abreise aus Paris an nichts mehr erinnern. Und sollte das so bleiben, war sie keine große Hilfe. Claire und Andrew hatten Bernart den Hinweis mit dem Keller zugespielt, in dem allem Anschein nach Falschgeld produziert wurde. Um ihre Behauptung zu untermauern, hatten sie ihm außerdem das Falschgeld aus Pierre Morels Portemonnaie übergeben. Zudem hatte Andrew Anzeige gegen den Mann erstattet, der ihn auf dem Innenhof vor dem Keller zusammengeschlagen hatte.

Die Polizei hatte den fensterlosen Keller durchsucht, doch die Beamten hatten nichts gefunden. Vermutlich hatte die Bande nach Andrews Auftauchen alles weggeschafft. Das führte allerdings dazu, dass Kommissar Bernart ihnen kein Wort glaubte, denn sie konnten weder beweisen, dass Andrew dort zusammengeschlagen worden war, noch, dass Leslie Falschgeld im Safe gehortet hatte. Dazu hätte es die Aussage von Bianca gebraucht, aber die Diebin hatte sich längst abgesetzt, und die Mitarbeiter des Hotels stellten sich wie erwartet ahnungslos, um einer Strafe zu entgehen.

»Sprich mit Leslie«, schlug Andrew vor. »Und finde raus, was sie weiß. Dir wird sie sich noch am ehesten anvertrauen.«

Er sah sie lange an, und Claire spürte, wie ihr Tränen in die Augen stiegen. Nicht wegen Leslie, sondern wegen ihm. Sie stellte sich vor, bald an seinem Grab zu stehen. Aber sie kämpfte gegen den Drang an, ihn zu einer Operation zu überreden. Die Vorstellung, dass er jederzeit tot umkippen konnte, machte ihr zu schaffen. Aber sie hatte nicht das Recht, darunter zu leiden. Er war es, der mit einer Zeitbombe im Kopf leben musste. Und er hatte sich entschieden. Dennoch wollte sie seinen

Kampfgeist wecken. Allerdings war eine Diskussion darüber schwierig, zumal es gerade nicht der richtige Zeitpunkt war. Claire würde sich eine Strategie überlegen müssen, wie sie ihn dazu bewegen konnte, seine Angst zu überwinden. Er hatte sie gezwungen, sich ihren Phobien zu stellen – und das mit Erfolg. Jetzt schuldete sie ihm dasselbe.

Seit sie es geschafft hatte, allein mit dem Bus von Saint-Tropez bis zur Klinik zu fahren, fühlte sie sich um hundert Kilo leichter. Erst jetzt wurde ihr bewusst, welche Last sie all die Jahre mit sich herumgeschleppt hatte. Was zwar nicht bedeutete, dass sie geheilt war, aber immerhin hatte sie den ersten Schritt gewagt.

Claire machte sich wieder auf den Weg ins Krankenhaus und war stolz, dass sie die Strecke erneut ganz allein mit dem Bus bewältigte. Hätte ihr Vater sie sehen können, hätte er einen Purzelbaum geschlagen.

Vor Leslies Krankenzimmer traf sie auf deren Vater, der telefonierend auf dem Gang stand und ihr freundlich zunickte.

Als Claire das Zimmer betrat, hockte Samantha auf der Bettkante und streichelte ihrer Tochter sanft über den Kopf. »Du hast uns einen Schreck eingejagt, Darling. Mach das bloß nie wieder.«

»Tut mir leid, Mom«, antwortete Leslie schwach und bemerkte jetzt erst, dass Claire in der Tür stand. Sofort hellte sich ihre Miene auf. Leslie sah überraschend gut aus. Ihr Teint war frisch, keine Schläuche ragten mehr aus ihrem Körper. Nur das Gipsbein erinnerte noch daran, wie verheerend ihre Verletzungen gewesen waren.

»Claire!«, rief sie freudig. »Du Heldin! Meine Eltern haben mir alles erzählt. Wie soll ich mich jemals dafür bedanken, was du für mich getan hast? Und wie zur

Hölle hast du es geschafft, hierherzukommen? Doch nicht etwa mit deinem roten Fahrrad?«

Claire vermisste ihr Rad. Sie und ihr treues Gefährt hatten in London eine perfekte Symbiose gebildet. Jetzt stand es festgekettet vor der St Pancras Station und wartete auf sie. »Mit dem Zug. Und mit dem Bus. Es war furchtbar. Aber inzwischen fahre ich ganz allein Bus«, sagte Claire.

»Wie ein großes Mädchen.« Leslie lachte, und Claire bemerkte Samanthas verwirrtes Gesicht. Anscheinend hatte Leslie ihren Eltern nicht von Claires Reise-Phobie erzählt. »Ich bin echt stolz auf dich«, sagte Leslie, ohne ihrer Mutter die Situation zu erklären.

»Wir müssen reden«, erwiderte Claire ernst und sah, dass sich Leslies Augen kurz verengten. Dann setzte sie wieder ein strahlendes Lächeln auf.

»Natürlich müssen wir das. Wie geht es Sir Howard? Habt ihr euch gut verstanden?«, fragte sie mit unüberhörbar nervösem Zittern in der Stimme. Sie versuchte eindeutig, ein Ablenkungsmanöver zu starten. Da ihre Mutter im Raum war, ging Claire darauf ein.

»Ehrlich gesagt geht der Vogel mir mächtig auf die Nerven. Aber mein Vater versteht sich prima mit ihm.«

»Zu schade, ich hatte gehofft, dass du ihn behältst.«

»Ich glaube, ich bin nicht so der Haustier-Typ. Außerdem kann Sir Howard mich nicht ausstehen.«

»Ich weiß, er ist ein Chauvinist. Mich mag er auch nicht. Er hat irgendwie was gegen Frauen.«

»Das ist der Grund, warum ich nicht mehr auf ihn aufpasse«, mischte Samantha sich ein. »Ich würde einfach das Fenster öffnen und ihn in die Freiheit entlassen.«

»Das würde er nicht überleben«, widersprach ihre Tochter.

»Das ist ja der Sinn der Sache«, sagte Samantha, die im Gegensatz zu ihrem Mann Bill wieder aussah wie das blühende Leben. Die Simpson-Frauen erholten sich anscheinend sehr schnell.

Leslie sah zu Claire. »Jetzt weißt du, warum ich dich gebeten habe, ihn zu hüten. Meine Mutter hätte ihn umgebracht.«

»Apropos umgebracht …«, begann Claire. »Genau darüber wollte ich mir dir sprechen.«

Leslie bat ihre Mutter, ihr etwas zu trinken zu holen, doch statt den Raum zu verlassen, griff sie bloß in ihre Handtasche und zauberte eine Dose Limo hervor. Leslie trank einen Schluck. »Mom, lässt du uns kurz allein?«, bat sie ihre Mutter, die sie irritiert ansah und Claire dann skeptisch musterte.

»Sicher?«

»Ja, sicher.«

»Wenn du meinst, Darling.« Samantha verließ den Raum und schloss die Tür. Leslie sah Claire lauernd an.

»Ich muss dich was fragen«, begann Claire. »Und bitte sei ehrlich. Kannst du dich wirklich an nichts mehr erinnern?«

Leslie setzte eine traurige Miene auf. »Leider nicht. Ich weiß noch, dass ich in Paris in den Bus gestiegen bin, und dann ist alles schwarz.«

»Du hast keine Idee, wer dir das angetan hat?«

Sie schüttelte den Kopf, doch Claire bemerkte, dass Leslie sich verkrampfte. »Nein.« Es klang mehr wie eine Frage als eine Aussage.

»Was ist mit Pierre?«, fragte Claire, um ihr eine Falle zu stellen.

Doch das hatte Leslie scheinbar kommen sehen. Oder Andrew lag falsch, und sie erinnerte sich tatsächlich nicht mehr daran, was passiert war.

»Pierre? Sagt mir nichts.«

Claire wusste nicht, ob sie ihr glauben sollte oder nicht. Sie hatte Leslie immer für ein offenes Buch gehalten. Jetzt war sie sich nicht mehr sicher, wen sie vor sich hatte. War sie die partywütige junge Frau, für die Claire sie immer gehalten hatte, oder hatte sie auf die dunkle Seite der Macht gewechselt, wie ihr Vater es ausgedrückt hätte? Die Diebin Bianca hatte Falschgeld aus Leslies Hotelzimmer-Safe geklaut. Warum hätte sie Blüten besitzen sollen, wenn sie nicht in die Sache verstrickt war?

Claire beschloss, direkt mit der Tür ins Haus zu fallen. »Warum hattest du Falschgeld in deinem Safe im Hotel?«

»Womit kommst du mir denn jetzt?« Leslies Augen weiteten sich. »Falschgeld? So ein Blödsinn.« Sie knibbelte nervös an ihren Nägeln, die noch Reste des pfirsichfarbenen Nagellacks aufwiesen. Das brachte Claire auf eine Idee.

Sie warf einen Blick auf die Rosen neben dem Krankenbett, die schon leicht verwelkt waren. Wenn Leslies Geschichte stimmte, dann durfte sie keine Ahnung haben, wer die Frau war, die ihr die Blumen gebracht hatte.

Claire nahm die Vase, ging zum Waschbecken und füllte sie mit frischem Wasser. »Ich hoffe, dein Gedächtnis kommt wieder. Dieser Pierre und du, das muss eine echte Lovestory gewesen sein. Sonst hätte er dir wohl kaum Rosen geschickt.«

»Aber die sind doch gar nicht von ihm. Die sind von einer supernetten Dame, die ich im Hotel getroffen habe.«

»Bianca?«, fragte Claire unschuldig, um Leslie in Sicherheit zu wiegen.

»Du kennst sie?«

»Dass du dich an sie erinnerst, wundert mich.«

Leslie stockte der Atem. Claire hatte dafür gesorgt, dass sie sich verplapperte, aber Leslie war um keine Ausrede verlegen und ruderte zurück. »Ich erinnere mich nicht an sie, meine Mutter hat mir von ihr erzählt und dass sie so großzügig war, die Krankenhausrechnung zu übernehmen. Das bedeutet wohl, dass wir uns vermutlich sehr gut verstanden haben.«

»Aber ich fand, dass sie etwas heftig nach Zimt gerochen hat.«

»Zimt? Nein. Das war Vanille.«

Ertappt, dachte Claire. Aber das bemerkte auch Leslie, die schnell anfügte: »Hat meine Mutter erzählt.«

Claire war es nicht möglich, das zu widerlegen. Aber sie spürte deutlich, dass Leslie etwas zu verbergen hatte. Es gab nur noch eine Möglichkeit, sie aus der Reserve zu locken.

»Wusstest du, dass Victoria hier ist?«

Leslie schluckte und sah Claire erschrocken an. Damit hatte sie eindeutig nicht gerechnet.

»Ich ruf sie an, damit sie herkommt. Sie wird sich freuen zu sehen, dass es dir besser geht.« Claire holte ihr Handy hervor. »Obwohl sie ziemlich sauer ist, dass du die Kreditkarte von der Arbeit missbraucht hast und so das Reisebüro beklaut hast. Aber dafür hast du bestimmt eine Erklärung.«

»Was habe ich?« Diesmal klang Leslie ehrlich entrüstet. »Ich habe nichts geklaut!«

Im Gegensatz zu allem anderen, was sie ihr bis jetzt aufgetischt hatte, glaubte Claire ihr jetzt zum ersten Mal. Sie hatte schon vermutet, dass Victoria die Geschichte mit dem gestohlenen Geld vom Konto des Reisebüros nur erfunden hatte.

»Rufen wir sie doch einfach an und klären das.« Claire gab vor zu wählen.

»Mach das nicht!«, platzte es aus Leslie heraus. Ihre Stimme überschlug sich fast.

»Warum nicht?«, fragte Claire und setzte eine unschuldige, unwissende Miene auf.

Leslie wich ihrem Blick aus und knibbelte an ihren Fingernägeln. »Ich fühle mich noch nicht fit genug für Besuch. Das verstehst du doch sicher.«

»Ja«, sagte Claire und steckte ihr Handy weg. »Und ich verstehe jetzt auch, warum du eine Amnesie vortäuschst.«

»Was mache ich?«

»Leslie, verkauf mich nicht für blöd. Jemand wollte dich umbringen und hat das vermutlich immer noch vor. Du hast Mist gebaut. Richtig großen Mist. Gib es einfach zu.«

»Ich weiß nicht, wovon du redest.«

»Von Falschgeld. Von einem Franzosen, der sich als dein Lover ausgegeben hat, obwohl er sich offensichtlich überhaupt nicht für dich interessiert. Er war kein einziges Mal hier.« Claire nahm die Vase und stellte sie zurück auf den Rollwagen neben dem Bett.

»Sicher?«

»Dafür, dass du angeblich nicht mal weißt, wer Pierre ist, siehst du ziemlich gestresst aus.«

»Seit wann bist du so hart, Claire? Was ist passiert?«

»Ich will nur die Wahrheit rausfinden. Deshalb bin ich hier. Und hier zu sein, das hat mir alles abverlangt, wie du dir denken kannst. Ich reise nicht wieder ab, ehe ich weiß, was passiert ist. Und was du angestellt hast.«

»Sag meinen Eltern nichts, okay? Sie werden das nicht verstehen.«

»Was verstehen? Leslie, ich bin hier, um dir zu helfen.

Das kann ich aber nur, wenn du mit mir redest. Und endlich die Wahrheit sagst.«

Leslie richtete sich mühsam in ihrem Bett auf und klopfte auf die Bettkante. »Na schön. Aber das bleibt unter uns. Du wirst niemandem auch nur ein Sterbenswörtchen verraten. Weder meinen Eltern noch der Polizei.«

»Das kann ich nicht versprechen. Verdammt, du wärst fast gestorben!«

»Aber ich lebe noch, alles ist gut.«

»Nichts ist gut. Ist dir eigentlich klar, dass ein Mann fast totgeprügelt wurde wegen dir?«

»Dieser Detektiv, mit dem du unterwegs bist? Ich hab niemanden gebeten, sich in meine Angelegenheiten einzumischen.«

»Dafür ist es jetzt zu spät.«

Claire blieb demonstrativ neben dem Bett stehen und setzte sich nicht. Leslie seufzte schwer. Sie war es nicht gewohnt, dass Claire so hart mit ihr ins Gericht ging. Anscheinend war sie nicht gewohnt, dass überhaupt irgendwer das tat. Ihre Eltern hatten sie stets in Watte gepackt, und Leslie war mit ihrer »Liebes-Mädchen-Nummer« bisher bestens durchs Leben gekommen. Ein Engelsgesicht auf einem grazilen Körper. Ein Lächeln reichte aus, und sofort erweckte sie in jedem einen Beschützerinstinkt. Auch Claire war auf diese Masche hereingefallen, doch das würde ihr nicht noch mal passieren.

»Na gut. Hör zu. Es ist nicht meine Schuld. Es war alles wegen Victoria und …«, Leslie fing völlig unvermittelt an zu weinen, und Claire musste sich beherrschen, ihr aufkeimendes Mitleid zu unterdrücken, »… und weil ich einfach dumm war.«

Jetzt setzte sie sich doch aufs Bett neben Leslie und

nahm sie kurz mitfühlend in den Arm. Doch dann wurde ihr bewusst, dass Leslie mit ihr spielte. Sie hatte es wieder geschafft, dass Claire Mitleid mit ihr hatte. Dieses Mädchen war erst einundzwanzig Jahre alt und wusste trotzdem schon genau, wie man Menschen manipulierte. Claire hatte ihre Kollegin immer für naiv und kurzsichtig gehalten – so konnte man sich täuschen. Leslie wusste genau, was sie tat. Aber das wusste Claire auch.

»Erzähl es mir. Und dann finden wir eine Lösung.« Sie durfte sich nicht einlullen lassen, aber sie musste Leslie in Sicherheit wiegen, um endlich Antworten zu erhalten.

Leslie nickte und wischte sich schniefend die Tränen von der Wange. »Als ich vor ein paar Monaten die Abrechnungen vom Reisebüro kontrolliert habe, sind mir Ungereimtheiten aufgefallen. Ich bin damit direkt zu Victoria, und sie wollte sich darum kümmern. Als ich kurz darauf nachgefragt habe, hat sie mich angefaucht, dass ich mich da raushalten soll. Das kam mir seltsam vor. Sie ist doch sonst so lieb mit uns. Also hab ich heimlich weiter nachgeforscht und herausgefunden, dass Victoria regelmäßig Reisen falsch abrechnet – also nicht in Rechnung stellt. Immer für dieselben Leute und immer von Saint-Tropez nach London. Erst dachte ich, dass es vielleicht Freunde von ihr sind, aber das war nur die halbe Wahrheit. Das Ende vom Lied: Ich hab festgestellt, dass Victoria illegale Geschäfte betreibt. Sie schafft Falschgeld in Euro von Frankreich nach England und wechselt das dann bei uns gegen echte Pfund. So macht sie einen Haufen Kohle.«

»Warum hast du nichts gesagt? Du hättest damit sofort zur Polizei gehen müssen.«

»Das sagt sich so leicht, Claire. Wenn man wie du in

Richmond in einem schicken Appartement wohnt und es einem gut geht. Aber ich hab Schulden. Davon wissen meine Eltern nichts, und ich will sie damit nicht belasten. Meine Wohnung ist viel zu teuer, meine Kreditkartenkonten sind alle hoffnungslos überzogen. Ich hab die Möglichkeit gesehen, schnell viel Geld zu machen, und hab sie genutzt. Ich habe Victoria gesagt, dass sie mich beteiligen soll, weil ich sie sonst verpfeife.«

»Du hast sie erpresst?« So etwas hatte sie ihrer Kollegin nicht zugetraut.

»Victoria hat zugestimmt und wollte, dass ich die Kontaktleute in Frankreich kennenlerne.«

»Also wolltest du gar keine Abenteuerreise machen. Es ging ums Geschäft.«

Leslie nickt verlegen. »Erst lief alles super. Der Plan stand: Ich sollte das Falschgeld nach England schmuggeln, wenn ich zurückreise. Und bis dahin konnte ich machen, was ich wollte. Ich hatte eine tolle Zeit mit Pierre, und er hat mir gezeigt, wo sie das Falschgeld drucken und wie alles abläuft. Und ich fand ihn echt heiß. Wir haben oft Ausflüge gemacht, und ich dachte, ich steige richtig fett ins Business ein.«

Langsam dämmerte Claire, was passiert war. »Aber das Ganze war eine Falle.«

»Das hab ich erst kapiert, als es schon zu spät war.«

»Also hat Pierre versucht, dich umzubringen?«

»Wir haben einen voll romantischen Ausflug gemacht. Mit einem Heißluftballon, nur wir zwei. Das war der Fehler. Als wir über ein einsames Waldstück geflogen sind, hat er mich plötzlich gepackt und über Bord geworfen. Das ging so schnell … Ich hab erst gecheckt, was los ist, als ich schon im freien Fall war.«

»Du … Er … Sie … Was? Aber …« Claire konnte

nicht sagen, wie viele Sekunden vergingen, bis sie aufhörte, unverständliches Zeug zu stammeln.

Leslie hatte den Sturz aus einem Heißluftballon überlebt. Wie von einem Lkw überrollt, hatten die Ärzte gesagt. Das erklärte ihre Verletzungen. »Dass du noch lebst, ist ein Wunder.«

»Deshalb darf Victoria nicht wissen, dass ich mich an alles erinnere. Ich dachte, wenn ich so tue, als wüsste ich von nichts, bin ich außer Gefahr und komme vielleicht damit davon.«

»Vielleicht. Aber weißt du, wer dann auch davonkommt? Pierre und Victoria.«

»Das ist mir egal, Claire.«

»Aber das sollte es nicht! Außerdem ist mir das nicht egal. Glaubst du, ich hab Lust, weiter für eine Kriminelle zu arbeiten? Ich kann das noch gar nicht fassen. Unsere Chefin ist eine Mörderin!«

»Geldfälscherin«, korrigierte Leslie mit zickigem Unterton, der Claire zur Weißglut brachte. Sie erkannte ihre Kollegin nicht wieder. Sie hatte Leslie völlig falsch eingeschätzt.

»Nein, Leslie, sie hat versucht, dich umzubringen.«

»Nicht sie hat mich aus dem Ballon geschmissen, sondern Pierre.«

»Und du denkst, das war seine Idee? Victoria hat dich nach Frankreich geschickt, weil sie dich mundtot machen wollte – im wahrsten Sinne des Wortes. Kapierst du das nicht?«

»Doch. Aber was habe ich für eine Wahl? Ich will nicht ins Gefängnis. Wenn du nicht weiter für Victoria arbeiten willst, dann kündige halt einfach.«

Leslies eingebildete Miene wurde nur noch von ihrem trotzigen Tonfall übertroffen. Claire hätte am liebsten ausgeholt und ihr eine Ohrfeige verpasst. Aber Leslie hatte schon genug abbekommen, und selbst das hatte sie nicht kleingekriegt. »So stellst du dir das vor? Victoria weiß, dass du weißt, dass sie kriminell ist. Hast du keine Angst, dass sie es noch mal versucht? Was denkst du denn, warum sie hier ist?«

»Wegen dir!«, keifte Leslie. »Weil du und dieser blöde Detektiv sie hierhergeführt habt! Ich versteh nicht, warum du überhaupt hier bist.«

»Vielleicht weil du spurlos verschwunden bist und ich mir Sorgen um dich gemacht habe?«

»Und deshalb hast du England verlassen? Was du sonst nie tust …«

»Ja. Weil wir Freundinnen sind.«

Leslie sah sie mit großen Augen an. »Sind wir das? Ganz ehrlich … Wir sind doch eigentlich nur befreundet, weil du sonst keinen hast.«

»Das stimmt nicht, und das weißt du.«

Leslie wich ihrem Blick aus. »Wen hast du denn schon groß? Deinen Vater? Oder deine komische Freundin aus Irland, die dich nie besuchen kommt?«

Rachels letzter Besuch war in der Tat schon fast ein Jahr her. Trotzdem gab das Leslie nicht das Recht, so über sie zu sprechen. Freundschaft hieß nicht, dass man ständig aufeinanderhing. Freundschaft bedeutete Vertrauen und Wertschätzung. Zwei Dinge, die Leslie in Claires Augen verloren hatte. »Soll das heißen, du bist nur aus Mitleid mit mir befreundet?« Der Gedanke versetzte ihrem Herz einen Stich, der sich anfühlte wie ein Stromschlag.

Leslie seufzte. »Ach, bitte … Du kennst mich doch gar nicht richtig.«

»Ja, das stell ich leider auch gerade fest.«

»Claire, du bist okay, wirklich. Aber du bist auch echt ganz schön schräg irgendwie.«

»Ich bin wenigstens nicht kriminell.« *Und auf eine Freundin wie dich kann ich getrost verzichten,* fügte sie in Gedanken hinzu.

»Wie könnte ich auch erwarten, dass du das verstehst ... in deiner heilen Welt. Aber ich habe meine Lektion gelernt. Und das war schmerzhaft genug, das kannst du mir glauben. Ich will nur, dass das aufhört.«

»Viel Erfolg dabei. Wie willst du das denn anstellen?«

»Ich werde Victoria einfach sagen, dass ich mich aus ihren Geschäften raushalte. Und das solltest du auch tun, Claire.«

»Und warum sollte sie sich darauf einlassen?«

»Keine Ahnung, ich hab doch auch Schiss. Ich werde zu meinen Eltern ziehen oder auswandern oder ... was weiß ich. Hab ich mir noch nicht genau überlegt.«

»Vielleicht bist du echt dumm.«

»Claire!« Schockiert starrte Leslie sie an.

»Ist doch so. Was du gemacht hast, war dumm, aber was du jetzt abziehst, ist absolut dämlich. Das lasse ich nicht zu. Ich gehe zur Polizei.«

»Das machst du nicht!«, schrie Leslie.

Claire wollte gerade protestieren, als sich die Tür öffnete und Bill Simpson mit einem breiten Lächeln den Raum betrat. »Guckt mal, wen ich gefunden habe. Ihr kennt euch ja noch gar nicht persönlich, obwohl er maßgeblich an deiner Rettung beteiligt war!« Mit großer Geste kündigte er Andrew an, der langsam in den Raum trat. Sofort nahm er die angespannte Stimmung wahr und sah Claire fragend an. Auch Leslies Vater registrierte, dass etwas nicht stimmte. »Ist hier alles in Ordnung?«

Leslie setzte ihre Allzweckwaffe ein – das Lächeln einer Tochter. »Ja, alles bestens, Daddy.«

Claire erkannte endlich, wer ihre Kollegin wirklich war: eine hinterlistige Lügnerin. Sie und Kakadu Sir Howard hatten sich wirklich verdient. Kein Wunder, dass der Vogel so verkorkst war.

Gemeinsam mit Andrew verließ Claire den Raum. »Und, hatte ich recht mit meiner Vermutung?«, flüsterte er.

»Ja, hattest du. Sie erinnert sich an alles.« Sie skizzierte Andrew, was sie erfahren hatte. »Aber sie will nicht reden. Wird Zeit, dass wir die Polizei einschalten.«

»Da gibt es nur ein Problem. Ich glaube nicht, dass Bernart uns jetzt noch irgendwas glauben wird.«

Leider hatte Andrew auch damit völlig recht. Sie hatten ihre Glaubwürdigkeit verspielt. Trotzdem hoffte Claire, dass der französische Kommissar ihnen eine letzte Chance geben würde.

KAPITEL 26

»Wenn du willst, dass etwas erledigt wird, dann tue es selbst.«
Zorg in *Das fünfte Element*

»Muss man sich denn um alles selbst kümmern?« Victoria schnaubte vor Wut. »Wie kann man zu blöd sein, jemanden umzubringen?«

Victoria sah sich die beiden Hohlköpfe an, zusammengepfercht zwischen Kartons und Maschinen, die sie innerhalb weniger Stunden aus dem Kellerraum hatten wegschaffen müssen und die sich nun in einem kleinen Lager außerhalb der Stadt befanden. Der eine war zu dämlich gewesen, Leslie zu töten, der andere hatte den Engländer aus den Augen verloren, nachdem er ihm eine Abreibung verpasst hatte. Also war ihr keine Wahl geblieben, als die Falschgelddruckerei vorübergehend stillzulegen und alles vor der Polizei in Sicherheit zu bringen, die ihr wahrscheinlich schon dicht auf den Fersen war.

»Und was machen wir jetzt, Boss?«, fragte Enzo, der Victoria mit seinen zwei Meter fünf um mehrere Köpfe überragte. Enzo war der Mann fürs Grobe. Als Aufpasser und Schläger war er ideal, doch seinen Hirnzellen durfte man keine komplexen Aufgaben anvertrauen. Brötchen holen ja, wollte man einen Kaffee dazu, ging man lieber selbst los. Aber von Pierre hatte sie wahrlich mehr erwartet. Doch ihr Neffe hielt sich seit ihrer Ankunft in Saint-Tropez bedeckt. Er wusste, dass er die Schuld an dem Schlamassel trug, das seine Tante jetzt ausbaden musste.

»Und was machen wir jetzt, Boss?«, wiederholte Enzo, der offenbar nicht kapierte, dass sie angestrengt nachdachte.

»Wir retten unsern Arsch, das machen wir jetzt!« Victoria versuchte, sich zu beruhigen. Sie brauchten eine Strategie, und zwar schnell. Claire hatte sie vor wenigen Minuten angerufen und ihr berichtet, dass Leslie aus dem Koma erwacht war. Noch war die kleine Erpresserin zu schwach, um mit jemandem zu reden, aber es würde nicht lange dauern, bis sie der Polizei die Geschichte auftischte, und dann war Victoria geliefert.

»Es tut mir leid«, meldete sich Pierre zu Wort. »Ich dachte, dass das unmöglich zu überleben ist.«

»Wieso hast du sie nicht einfach erschossen?«

»Ich hab keine Waffe«, sagte Pierre.

»Erwürgt, erstochen … Mir würden tausend Möglichkeiten einfallen«, blaffte Victoria ihn an und fragte sich im selben Moment, ob Dummheit wehtun konnte. »Wer kommt denn auf die kranke Idee, jemanden aus einem Heißluftballon zu schmeißen?«

»Weil das keine Spuren hinterlässt. Der Ballon ist von einem Kumpel, und der hat nicht gefragt, was ich damit vorhabe. Uns hat niemand gesehen, und ich dachte, bei der Höhe bricht sie sich alle Knochen.«

»An gebrochenen Knochen stirbt man aber nicht, wie du siehst.«

»Sie hätte trotzdem tot sein müssen. Sei nicht böse, Tante.«

»Komm mir nicht mit Tante. Wärst du meinem Bruder nicht wie aus dem gut aussehenden Gesicht geschnitten, würde ich bezweifeln, dass wir verwandt sind.«

»Die Bäume im Wald müssen ihren Sturz abgebremst haben. Oder sie ist auf weichem Moos gelandet oder so was«, mutmaßte Enzo und gab sich Mühe, möglichst geistreich zu klingen – was ihm nicht gelang. »Das ist ein Wunder.«

»Wunder kann ich gerade nicht gebrauchen. Ich brauche eine Lösung. Aber auf euch kann man sich ja nicht verlassen. Deshalb bin ich hier. Ich nehme die Sache selbst in die Hand.«

»Und wie?«, fragte Pierre.

»Wir statten Leslie morgen Abend einen Besuch ab. Ihr lenkt das Krankenhauspersonal ab. Und ich kümmere mich um den Rest.«

KAPITEL 27

»Ich liebe es, wenn ein Plan funktioniert.«
John »Hannibal« Smith in *Das A-Team*

»Und du bist dir wirklich sicher, dass du das durchziehen willst?« Andrew beugte sich über sie. »Noch kannst du einen Rückzieher machen.«

»Ja, ganz sicher, und jetzt geh, bevor sie auftaucht.«

»Ich bin direkt nebenan. Schrei, wenn was ist. Dann komme ich sofort.«

»Wäre nett, wenn du dann auch die Polizei mitbringen würdest.«

»Mach ich, aber unter uns …«, flüsterte er, »dieser Kommissar ist kein Sprinter, da bin ich eher hier als der.« Andrew ging zur Tür, kam mit kurzen schnellen Schritten zurück und drückte Claires Hand. »Du bist verdammt mutig, Claire Carter.« Er lächelte, dann verließ er das Zimmer und schloss die Tür, sodass kein Licht mehr aus dem Flur hineinfiel.

Es war dunkel, die Gardinen zugezogen, nur ein schmaler Schlitz ließ etwas Licht hinein. Claires Mund war trocken, ihr Puls raste.

Wie war sie überhaupt in diese ganze Sache hineingeraten? Alles hatte damit begonnen, dass ihre Kollegin nicht auf der Arbeit erschienen war und sie in erster Linie deren Kakadu wieder loswerden wollte. Doch Claire hatte sich so große Sorgen gemacht, dass sie Leslies Eltern informiert hatte, und plötzlich hatte alles ganz unerwartete Wege eingeschlagen. Sie war an einen chaotischen Detektiv geraten, der, wenn man ehrlich war, gar keiner war. Und nur weil sie dieselbe Laptoptasche besaßen, war es zu einer Verwechslung gekommen, die darin geendet hatte, dass sie unverhofft gemeinsam mit Andrew Sparks in einem Zug nach Paris gelandet war. Und dann waren sie der Spur gemeinsam gefolgt, waren irgendwie so etwas wie Freunde geworden, nach Saint-Tropez gereist und hatten den Fall schließlich – wenn auch mit mehr Glück als Verstand – gelöst.

Und jetzt lag sie hier, um ihrer eigenen Chefin eine Falle zu stellen. Und gab sich als jemand anderes aus. Sie hatte die Bettdecke über den Kopf gezogen, und ihr Atem erschien unnatürlich laut. Würde die Falle zuschnappen? Oder riskierte Claire gerade ganz umsonst ihr Leben?

Sie hatte den Plan gefasst, ihrer Chefin eine Falle zu stellen. Und Claire war der Köder. Sie hatte Victoria angerufen und ihr erzählt, dass Leslie aus dem Koma erwacht war. Sie hatte ihr angedeutet, dass Leslie morgen vorhatte, mit der Polizei zu sprechen. Und ihre Chefin hatte die Lüge geschluckt. Sie war gezwungen, schnell zu handeln, und Claire ging davon aus, dass sie erneut versuchen würde, Leslie zu töten.

Andrew war gegen den Plan gewesen und hatte mehrfach protestiert, aber Claire wusste, dass die Zeit drängte und sie ansonsten kaum eine Chance hatten, Victoria und ihrer Bande das Handwerk zu legen. Doch jetzt gerade fragte sie sich, ob es nicht besser gewesen wäre, nachzugeben und der Polizei die Arbeit zu überlassen. Denn diesmal hatte sogar Andrew die Sache für zu riskant erachtet – ausgerechnet er, der nichts fürchtete und sonst zu allem Ja sagte.

Sie hätte sich wohler gefühlt, wenn er in diesem Augenblick bei ihr gewesen wäre. Doch sie wusste, dass er im Zimmer direkt nebenan war und lauerte, genau wie der französische Kommissar und dessen Team. Bernart zu überzeugen, war schwer gewesen, doch Claire hatte es geschafft. Wenn ihr Plan jetzt nicht aufging, befürchtete sie aber, dass der Kommissar sie verhaften und für immer einbuchten würde, einfach nur, um sie endlich los zu sein.

Jetzt lag Claire in dem Krankenhausbett in dem Zimmer, in dem Leslie liegen sollte, und wartete ab. Wartete darauf, dass der Mörder sich zeigte.

Doch dann geschah etwas, womit sie nicht gerechnet hatte. Der Feueralarm schrillte los, und das Krankenhaus wurde evakuiert. Patienten, Ärzte, Pfleger, alle verließen in Windeseile die Räume, und vor der geschlossenen Tür wurde es laut. Was sollte sie jetzt tun? Das gehört definitiv nicht zum Plan.

Auf den Gängen waren alle in heller Aufregung. Die Sirenen tönten durch das Krankenhaus, trampelnde Schritte eilten umher, quietschende Krankenbetten wurden über die Flure geschoben. Claire vernahm ein lautes Stimmenwirrwarr, alle redeten wild durcheinander. Bestimmt würde es nicht lange dauern, bis jemand kam, um sie zu holen. Oder sollte sie selbst aufstehen und das Zimmer verlassen?

Bei all dem Lärm hörte sie nicht, dass die Tür sich leise öffnete, jemand sich ins Zimmer schlich und die Tür verschloss. Und sie bemerkte zu spät, dass dieser jemand neben ihrem Bett auftauchte und ihr ein Kissen aufs Gesicht presste.

Claire schlug mit den Armen um sich, bekam aber nichts zu fassen. Sie stieß die Vase neben dem Bett um und hörte sie auf dem Boden zerschellen. Sie versuchte, um Hilfe zu rufen, es gelang ihr nicht. Es klopfte und rüttelte an der verschlossenen Tür. Würden ihre Retter es noch rechtzeitig schaffen?

Die Luft ging ihr aus. Mit aller Kraft stieß sie die Person von sich und sprang aus dem Bett. Dann sah sie in Victorias entsetztes Gesicht. »Du?« Erst jetzt erkannte Victoria, dass es nicht Leslie, sondern Claire war, die im Krankenbett lag. »Was machst du hier? Wo ist Leslie?«

»Du wolltest sie umbringen.«

»Ich verstehe nicht, was das hier soll. Das ist alles ein Missverständnis.«

»Du hast gerade versucht, mich zu ersticken. Was soll daran ein Missverständnis sein?«

Es polterte laut, jemand warf sich gegen die Tür. Claire hörte die Stimme des Kommissars. »Polizei! Öffnen Sie sofort die Tür!«

»Die Polizei ist hier?«

Claire nickte. Victoria ließ das Kissen fallen und ballte die Fäuste.

»Claire, bitte. Du verstehst das nicht.«

»Es ist vorbei. Du gehst ins Gefängnis.«

»Hast du das ausgeheckt?«

»Leslie hat alles gestanden. Die Betrugsmasche mit dem Falschgeld, der Mordversuch an ihr, alles.«

»Das war ich nicht«, sagte Victoria mit Unschuldsmiene und legte sich die flache Hand auf die Brust.

»Erklär das dem Richter.«

»Ich werde niemandem etwas erklären. Ich werde hier ganz einfach rausspazieren.«

»Victoria, die Polizei wartet mit Handschellen vor der Tür und hat das Krankenhaus umstellt. Du kommst hier nicht weg.«

»Wenn ich eine Geisel habe, dann schon.«

»Du hast aber keine …«

Sie sah, wie Victoria sich bückte und eine große Scherbe der zerbrochenen Vase aufhob.

»Tu das nicht«, sagte Claire, aber es war zu spät. Victoria machte ein paar große, schnelle Schritte auf sie zu und stieß sie mit voller Kraft gegen die Wand. Dafür, dass ihre Chefin so eine schmale Person war, war sie unheimlich stark. Sie drückte Claire gegen die Wand und presste ihr die spitze Glasscherbe an den Hals.

»Wir marschieren jetzt gemeinsam aus diesem Zimmer, kapiert? Und keine Dummheiten.«

»Es ist vorbei«, keuchte Claire. »Wir sind dahintergekommen, was du treibst. Selbst wenn du fliehst … früher oder später wird man dich finden.«

Victoria drückte fester zu, und das Glas schnitt Claire ins Fleisch. Sie spürte, dass es zu bluten begann – ein warmer Tropfen rann ihren Hals hinab. Wenn sie ihre Chefin nicht aufhielt, würde sie ihr die Halsschlagader durchtrennen. Ein sicherer und schneller Tod.

»Du wirst mich hier rausbringen, Claire. Eine falsche Bewegung, und ich schlitz dir die Kehle auf. Haben wir uns verstanden?«, sagte Victoria mit zittriger Stimme.

Claire hörte, dass sie Angst hatte. »Und wohin gehen wir? Hast du einen Plan? Einen Fluchtwagen? Einen Helikopter? Jemanden der kommt und dich rettet?«

»Nein, aber … aber …«

»Uns werden Dutzende Polizisten verfolgen. Aber los doch, öffne die Tür, und wir gehen raus.« Claire wollte sie provozieren und wunderte sich darüber, dass sie sich das traute. »Ganz ehrlich, Victoria, auch wenn du umwerfend aussiehst, im Hirn hast du nicht besonders viel. Das Reisebüro wäre ohne mich längst den Bach runtergegangen. Du kommst mit einem Lächeln bestimmt mit viel durch, aber nicht mit Mord. Du gehst ins Gefängnis, so viel ist sicher.«

Victoria drücke die spitze Scherbe noch tiefer in Claires Kehle. »Wenn ich falle, dann ziehe ich dich mit in den Abgrund«, zischte sie. »Das ist alles deine Schuld. Du hättest dich aus meinen Angelegenheiten raushalten sollen.« Victoria war plötzlich nicht mehr die wunderschöne Frau, der Claire jeden Morgen im Büro Bewunderung entgegengebracht hatte. Ihre Gesichtszüge waren hart, ihr Blick war eisig. Diese Frau war bereit zu töten. Niemals hätte Claire vermutet, dass hinter der stets freundlichen Fassade ihrer Chefin eine skrupellose Mörderin lauerte.

Draußen kam es zu einem Tumult. Kommissar Bernart brüllte und warf sich mit voller Wucht gegen die Tür, die trotz seines Gewichts nicht aus den Angeln sprang. Claire konnte die Tür nicht öffnen, denn Victoria versperrte ihr weiter den Weg. »Ich wusste, es war ein Fehler, dich mit diesem Detektiv losziehen zu lassen. Aber welche Wahl hatte ich? Das zu verbieten, wäre zu auffällig gewesen.«

»Gib auf«, ächzte Claire.

Victoria sah sich nach allen Seiten um, wie ein wildes Tier, das man eingekreist hatte. Kurz lockerte sich der Druck an Claires Kehle, und sie nutzte die Chance. Sie zog ihr Knie mit voller Wucht an und rammte es Victoria zwischen die Beine. Als Kind hatte sie ihrem Bruder einmal auf diese Art in die Eier getreten, und er war zu Boden gegangen wie ein nasser Sack. Victoria schrie auf, krümmte sich und ließ die Scherbe fallen. Claire huschte an ihr vorbei und schloss die Tür auf. Sofort stürmte Kommissar Bernart ins Zimmer, gefolgt von Andrew, der Claire schützend in den Arm nahm. »Alles okay?«

Das Ganze war vor ihren Augen abgelaufen wie ein Film. Erst jetzt realisierte sie, was sich soeben ereignet hatte. Sie spürte, wie Adrenalin durch ihre Adern schoss und sie aufputschte. Ein berauschendes Gefühl. Noch nie hatte sie sich so lebendig gefühlt wie in diesem Moment – dem Moment, als sie in Lebensgefahr gewesen war. War es das, was Andrew jeden Tag fühlte? Zu wissen, dass der letzte Moment gekommen war, machte einen auf eine gewisse Art frei. Frei zu tun und zu sagen, was man wollte, weil man sich keine Gedanken über Morgen machen musste. Den Tod vor Augen zu haben, war gleichermaßen angsteinflößend wie erleichternd.

»Sie sind verhaftet.« Kommissar Bernart legte Victoria Handschellen an. Zwei Uniformierte hatten ihre Helfer geschnappt und führten sie über den Gang. Pierre weinte und beteuerte seine Unschuld, während der Riese, der Andrew vermöbelt hatte, schweigend alles über sich ergehen ließ.

»Es war alles ihre Idee!«, rief Pierre und deutete in Victorias Richtung. »Ich bin unschuldig. Meine Tante hat mich gezwungen!«

Wie sich herausstellte, hatten Victorias Helfer den Feueralarm als Ablenkungsmanöver ausgelöst. Doch Andrew, Bernart und sein Team hatten sich davon nicht beirren lassen und weiter im Zimmer nebenan ausgeharrt.

»Das wirst du noch bereuen!«, fauchte Victoria, als die Polizisten sie an Claire vorbeiführten.

Andrew drückte Claire fest an sich. »Du hast es geschafft.«

»Wir haben es geschafft, Herr Meisterdetektiv.«

»Und weißt du, was witzig ist? Um den Fall zu lösen, hättest du theoretisch nicht mal reisen müssen. Die Antwort lag die ganze Zeit direkt vor deiner Nase.«

»Das ist überhaupt nicht witzig.« Claire versuchte, dagegen anzukämpfen, aber egal, wie sehr sie sich bemühte, sein lautes Lachen war einfach ansteckend.

»Komm, ich zeig dir was«, sagte sie und nahm Andrews Hand. Sie führte ihn auf das Dach des Krankenhauses. Die Sonne schickte ihre letzten warmen Strahlen über die Hügel, die Pinien und Zypressen und über das Meer. »Ist das nicht schön?«

Claire bemerkte nicht, dass Andrew nicht den Sonnenuntergang, sondern sie betrachtete. »Ja, ist es«, sagte er.

»Ich glaube, ich kann langsam verstehen, warum du nichts fürchtest. Als ich eben dachte, Victoria bringt mich um, da war ich irgendwie sorglos. Also, ich hatte total Schiss, versteh mich nicht falsch. Ich wollte nicht sterben. Aber ich dachte: Wenn das jetzt meine letzten Momente sind, dann benehme ich mich einfach, wie ich will.«

Andrew nickte. »Und genau das sollte man jeden Tag tun. Egal, ob es der letzte Tag ist oder nicht.«

»Aber so ist der Mensch nicht … So bin ich nicht. Ich mach mir eben immer meine Gedanken.«

»Sich Gedanken machen … das wird furchtbar überbewertet.« Er lächelte sie an. »Wenn wir Menschen uns nicht so schrecklich wichtig nehmen würden, dann hätten alle viel weniger Probleme.«

»Schöner Spruch für ein T-Shirt«, sagte Claire und lächelte zurück.

Sie ließen ihre Blicke und Gedanken schweifen, während die Sonne im Meer versank. Sie blieben auf dem

Dach, bis es dunkel war, und betrachteten eine Weile schweigend die Lichter der Schiffe, die in der Ferne auf dem Wasser trieben.

»Eine Sache fehlt noch«, sagte Andrew.

»Und was?«

Er grinste sie schief an. »Komm mit, und ich zeig's dir.«

Saint-Tropez, 13. Juli 2019

Liebes Tagebuch,

ich war baden. Im Meer. Nachts. Völlig nackt. Es war toll! Erstens: Meerwasser ist echt ganz schön salzig. Nicht, dass ich das nicht gewusst hätte, aber ich konnte es nicht lassen und musste es probieren. Fazit: nicht lecker. Zweitens: Es ist ganz schön gruselig, weil man ständig das Gefühl hat, dass eine Qualle oder ein Fisch einen berührt. Und ein Andrew, der unentwegt: Achtung, Hai!, schreit, ist da keine besonders große Hilfe. Drittens: Ja, ich war nackt baden. Dabei dachte ich, dazu wäre ich viel zu prüde. Aber es war stockfinster, und Andrew hat sich weggedreht – hoffe ich. Es war ja so dunkel, dass ich auch das nicht sehen konnte. Ich glaube, Saint-Tropez war das größte Abenteuer meines Lebens.

Das Rätsel um Leslie ist gelöst. Victoria wird nach England überführt. Dem glatzköpfigen Schläger und Pierre wird hier in Frankreich der Prozess gemacht.

Kommissar Bernart hat sich bei mir und Andrew bedankt, auch wenn er unmissverständlich klargemacht hat, dass er uns am liebsten nie wiedersehen will. Obwohl wir ihm einerseits geholfen haben, haben wir ihm andererseits auch jede Menge Ärger beschert.

Leslie muss noch für einige Tage im Krankenhaus bleiben, und danach wird ihr eine lange und vermutlich schmerzvolle Reha bevor-

stehen. Sie konnte sich schließlich doch überwinden, ihren Eltern die Wahrheit zu beichten. Oder das, was sie dafür hält, denn sie hat behauptet, dass Victoria sie zu all dem gezwungen hat. Die Simpsons haben ihrer Tochter nicht nur verziehen, sondern auch direkt einen bekannten Londoner Anwalt konsultiert. Leslie hat das Glück, dass ihre Eltern noch das in ihr sehen, was ich früher ebenfalls in ihr gesehen habe: ein unschuldiges Mädchen. Doch nun weiß ich, dass meine Kollegin es faustdick hinter den Ohren hat und ihre süße Art bloß Show ist. Aber weil sie letztendlich kooperiert hat, gehen die Anwälte davon aus, dass sie mit einer Bewährungsstrafe davonkommen wird.

Sie hat mich gebeten, mich weiter um Sir Howard zu kümmern. Auch wenn ich das Federvieh echt nicht ausstehen kann, wird mein Dad sich bestimmt sehr über unseren neuen Mitbewohner freuen.

Also steht jetzt die Heimreise an. Heute Abend werde ich mich von dieser wundervollen Stadt am Meer verabschieden und zurück nach England reisen. Mein geliebtes Richmond erwartet mich schon, aber irgendwie ist mein Heimweh inzwischen verflogen. Eigentlich konnte ich es nicht abwarten, endlich wieder nach Hause zu kommen und mit meinem roten Fahrrad durch London zu fahren. Aber jetzt fühlt es sich so an, als könnte ich die ganze Welt erobern. Ich habe eine Verbrecherin überführt und einen Mordanschlag überlebt. Und das alles nur, weil ich mehr oder weniger aus Versehen in einen Zug gestiegen bin. Nein, nicht aus Versehen – wegen Andrew. Ich schulde ihm etwas. Ohne ihn hätte ich mich meinen Ängsten nie gestellt, und jetzt ist es an mir, ihn davon zu überzeugen, sich seinen zu stellen.

KAPITEL 28

»Das Leben bewegt sich sehr, sehr schnell. Wenn du nicht gelegentlich anhältst und dich umschaust, könntest du es verpassen.«
Ferris Bueller in *Ferris macht blau*

Claire hatte eigentlich schon gestern abreisen wollen, aber Andrew hatte sie überredet, noch eine Nacht zu verlängern, und das hatte sich mehr als gelohnt. Der 14. Juli war der Französische Nationalfeiertag. Das bedeutete, dass das ganze Land in Erinnerung an den Sturm auf die Bastille, der den Auftakt der französischen Revolution verkörperte, in Partylaune war. Es gab Volksfeste, Militärparaden und Konzerte. Und alles endete mit einem spektakulären Feuerwerk. Es fühlte sich an wie Silvester. Nur dass der Jahreswechsel in Frankreich wesentlich gemächlicher und meist im Kreis der engen Familie gefeiert wurde. Claire und Andrew ließen sich durch die Stadt treiben, und sie konnte Saint-Tropez zum ersten Mal ohne schlechtes Gewissen genießen. Und eine leise Stimme in ihr versprach sich selbst, eines Tages wieder hierher zu kommen.

Am nächsten Morgen packten sie im Hotel ihre Sachen zusammen und machten sich auf den Weg zum Busbahnhof. Andrew ging es besser, auch wenn er immer noch leicht hinkte und sein Gesicht wie ein Blaubeerpfannkuchen aussah.

Die Busfahrt überstand Claire noch ganz gut, auch wenn sie bei jedem Schlagloch kurz vor einer Panikattacke stand. Aber dies war erst der Beginn der Rückreise. Der Zug, den sie nehmen mussten, fuhr von Saint-Raphaël ab. Und obwohl Claire sich so stark fühlte wie noch nie, überkam sie wieder die bekannte Angst. So sehr sie sich bemühte, sie konnte das Gefühl nicht abschütteln, in eine Todesmaschine zu steigen. Und es war nicht mit einer Fahrt getan. Sie wusste ja, dass sie, um ihre Heimat wiederzusehen, mehrmals würde umsteigen müssen, und es würde jedes einzelne Mal eine Herausforderung für sie sein.

Als sie am Bahnsteig vor dem Zug standen, sah Andrew sie mit einem schiefen Grinsen an. »Wir können gerne hierbleiben. Das Wetter, das Klima, sexy Französinnen im Bikini. Wenn es nach mir geht, müssen wir nicht zurück nach London, wo die Frauen sich in Kunstpelze packen und man vor lauter Regen die Sonne vergisst.«

»Ich muss langsam wieder nach Hause.«

»Warum? Was wartet da auf dich? Ein Vater, der auch gut ohne dich klarkommt, und ein Kakadu, der dich nicht ausstehen kann?«

»Es ist mein Zuhause«, sagte Claire, doch sie musste ihm recht geben. Was wartete dort auf sie? Victoria würde ins Gefängnis wandern, was bedeutete, dass das Reisebüro schließen würde und Claire keinen Job mehr hatte.

»Hab mir schon gedacht, dass ich dich nicht überzeugen kann. Also habe ich sicherheitshalber Vorkehrungen getroffen.« Andrew zog ein paar kleine Gin-Fläschchen aus seiner Jackentasche. »Damit du die Fahrt überlebst.« Lachend stieg er in den Zug.

Claire zögerte, doch als der Schaffner zum zweiten Mal pfiff, wagte auch sie den ersten Schritt. Dann den zweiten. Und der dritte fühlte sich schon gar nicht mehr so schwer an.

Nach zwei kleinen Gin-Fläschchen beruhigte sich Claires Puls, und sie war tatsächlich in der Lage, die Fahrt zu genießen. Andrew tippte und klickte auf seinem Laptop herum und sah immer wieder zu ihr herüber. Claires Vorfreude auf ihr Zuhause wuchs. Sie kamen London immer näher.

In Paris bestiegen sie den Eurostar. Auf dieser Strecke hatte ihre Reise begonnen. In ein Abenteuer, das sie sich niemals hätte ausmalen können. Und nun bekam der Kühlschrankmagnet-Spruch *Jede Reise beginnt mit dem ersten Schritt* für sie tatsächlich eine tiefere Bedeutung.

Und als sie kurz vor Ende der Fahrt aus dem Fenster sah, überkam sie ein Gefühl, dass sie noch nicht kannte. Eine Sehnsucht, die schon immer in ihr gewesen war und die sich jetzt ans Tageslicht kämpfte. Die Welt war so groß und so unfassbar schön – Claire hatte genug davon, sich einzuschließen. Gerade, als sie Andrew ihre neue Erkenntnis mitteilen wollte, bemerkte sie, was er auf seinem Laptop geöffnet hatte. Eine Datei, die ihr mehr als bekannt vorkam. Ihr Tagebuch!

»Wie kommst du da ran?«

»Du hast echt keine Ahnung von Computern, oder?«

»Antworte, verdammt!«, schnauzte sie ihn an.

»Ich hab mir Zugang zu deiner Cloud verschafft. Alles, was du auf deinem PC speicherst, kann ich auch auf meinem Laptop abrufen. Ganz einfach. Ich hab doch gesagt, ich kann gut mit Computern.«

Das ging zu weit. Wie konnte er so übergriffig und schamlos agieren und dabei so tun, als sei das das Normalste der Welt? »Schämst du dich nicht? Das ist privat. Mehr als privat!«

»Ich weiß. Es sind die intimsten Einblicke in das abenteuerliche Leben der Claire Carter. Läuft super.«

»Was läuft super?«

»Dein Blog. Erst dachte ich, es wird eine Art Reisetagebuch, aber als die Nummer mit Leslie dazu kam und du darüber geschrieben hast, dass wir ein Verbrechen aufklären … Ich sag dir, da sind die Klick-Zahlen explodiert. Wir haben schon über tausend Follower. Tendenz steigend.«

Claire verstand kein Wort und sah Andrew fassungslos an. »Was zur Hölle hast du getan?«

»Deine Texte online gestellt. Und die Leute lieben das. Sieh mal.«

Andrew zeigte Claire eine Seite, auf der sie all ihre Tagebucheinträge der letzten Wochen erkannte. Darunter Kommentare von fremden Menschen, die Fragen stellten, Vermutungen äußerten – und das alles übersät mit einer Masse undefinierbarer Emojis.

»Vor allem die Nummer mit dem Sex-Sushi-Traum läuft großartig. Die Leute wollen mehr davon.«

»Wie kannst du mir das antun? Ich dachte, wir wären Freunde!«

»Claire, ich mache das für dich. Eben weil wir Freunde sind … oder was auch immer. Wie du weißt, werde ich nicht ewig da sein, um dir in den Arsch zu treten, damit du dein Leben endlich anpackst. Und wir wissen doch beide, allein schaffst du es niemals aus deiner Komfortzone.«

»Ich hab auch gar nicht darum gebeten, da rauszukommen. Lösch das gefälligst!«

»Sieh es dir wenigstens mal an. Das könnten neue Kunden für uns sein.«

»Kunden? Wovon zur Hölle sprichst du?«

»Carter & Sparks oder Sparks & Carter Investigations. Ich arbeite noch am Namen. Du glaubst gar nicht, was für Probleme die Leute haben, wenn ihnen ein Unrecht im Ausland widerfährt. Da gibt es eine Mutter, die ihren Sohn sucht. Einen Mann, der vermutet, dass seine Frau entführt wurde, und, und, und … Und alle bitten uns um Hilfe. Wir sind Internetstars. Ist das nicht toll?«

»Das ist das Gegenteil von toll! Ich bin keine Detektivin!«

»Doch! Natürlich bist du das. Was hast du denn sonst bitte die letzten Tage gemacht? Willst du mir etwa weismachen, das wäre nicht voll dein Ding gewesen? Wir sind ein super Team, du und ich. Lass uns weitermachen.«

»Weitermachen? Womit denn? Im Ausland bei Verbrechen zu ermitteln?«

»Ja!«

»Nein!« Claires Widerworte wurden durch die Zugansage übertönt. Der Zug hielt an der St Pancras Station. Ohne ein Wort des Abschieds sprang Claire wutentbrannt aus dem Zug. Dass Andrew sie derart hintergangen hatte, war eine bittere Enttäuschung. Was bildete er sich ein? Diesmal war er zu weit gegangen. Das würde sie ihm nicht verzeihen.

Adrenalingeladen stapfte sie über den Bahnsteig, verließ den Bahnhof und steuerte auf die Stelle zu, an der sie vor etwas über einer Woche ihr Rad zurückgelassen hatte. Doch da war nur noch das geknackte Schloss, das lose an einem Pfeiler baumelte. Natürlich hatte man ihr geliebtes rotes Fahrrad geklaut – was hatte sie auch erwartet.

»Jetzt sei nicht böse.« Andrew tauchte hinter ihr auf und setzte einen Welpenblick auf. Doch egal, wie sehr er sich bemühen würde, nach der Aktion würde es ihm auf keinen Fall gelingen, ihr Herz zu erweichen.

»Lass mich in Ruhe. Ich will dich nie wiedersehen!«

Claire wandte ihm den Rücken zu und ging davon, ohne sich umzudrehen. Zu Fuß würde sie von hier über drei Stunden nach Hause brauchen, aber das war ihr egal.

»Der nächste Fall wartet schon!«, rief Andrew ihr nach. Aber sie ignorierte ihn.

KAPITEL 29

»Ich denke, das ist der Beginn einer wunderbaren Freundschaft.«
Rick in *Casablanca*

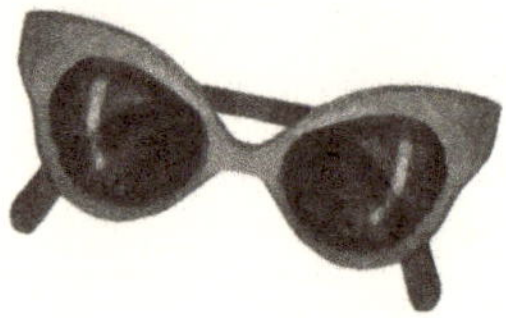

London. Endlich. Es fühlte sich gut an, wieder in ihrer Heimat zu sein. Claire kannte hier jeden Winkel, die Stadt war ihr vertraut, die Leute, die Gebräuche und Gerüche. Der wolkenverhangene Himmel. Etwas über eine Woche war seit ihrem unfreiwilligen Aufbruch aus London vergangen. Eine Woche, die ihr vorkam wie ein ganzes Jahr.

Sie hatte Andrew, ihr verschwundenes Fahrrad und die St Pancras Station weit hinter sich gelassen und war fast zu Hause, als sie den Richmond Park durchquerte und ein Wunder geschah. Sie hatte schon oft davon gehört und gelesen, doch in ihrem langen Leben als Londoner Stadtkind hatte sie es kein einziges Mal mit eigenen Augen gesehen. Und jetzt standen sie einfach da, unmittelbar vor ihr und grasten in aller Seelenruhe vor sich hin. Die wilden Hirsche, für die der Park berühmt war. Jetzt hatte sie hier wirklich alles gesehen.

Claire hatte kein Empfangskomitee erwartet, aber dass ihr Vater sie nur mit einem unfeierlichen »Hi, schon wieder da?« begrüßte, fand sie doch etwas untertrieben. War er denn nicht stolz auf sie? Nicht nur, weil sie ein Verbrechen gelöst hatte, sondern vor allem, weil sie gereist war. Doch er stellte keine Fragen und ging direkt dazu über, ihr zu berichten, welche neuen Tricks er seinem neuen besten Kumpel Sir Howard beigebracht hatte.

»Willst du denn gar nicht wissen, wie die Reise war?«, fragte sie.

»Aber das weiß ich doch«, sagte ihr Vater lachend. »Ich war euer erster Fan.« Er zeigte ihr sein Smartphone und die Seite, die er darauf geöffnet hatte. *Carter & Sparks Investigations.*

»Du hast also auch schamlos mein Tagebuch gelesen.«

»Das ist dein Tagebuch? Ach so … das erklärt einiges. Hab mich schon gewundert. Man muss eben aufpassen, was man ins Internet stellt. Das weißt du doch, Kind.«

»Ich hab das nicht ins Netz gestellt! Das war Andrew.« Claire war verzweifelt. Sie wollte schreien, fluchen, weinen, um sich schlagen. Aber ihr Vater stand ruhig vor ihr, als sei es das Normalste überhaupt, seine intimsten Gedanken mit der ganzen Welt zu teilen.

»Den würde ich gerne mal kennenlernen, diesen Mister Sparks. Scheint mir ein korrekter Typ zu sein.«

»Wie bitte? Er hat hinter meinem Rücken mein Tagebuch veröffentlicht.«

»Aber doch nur, um anderen Menschen zu helfen. Und vielleicht auch ein bisschen, um dir zu helfen. Oder?«

»Ich hab das Gefühl, dass sich gerade die ganze Welt gegen mich verschwört.«

»Nachdem du dich jahrelang gegen die ganze Welt verschworen hast, ist das nur angebracht.«

»Was?«

Er nahm sie in den Arm und drückte sie fest an sich. Sie hatte seinen Geruch nach Pfeifentabak und Karamell vermisst. »Claire, mein Schatz, ich liebe dich, das weißt du. Aber ich war so froh, dass du dich mal was traust und endlich hier rauskommst. Deine Mutter wäre so stolz auf dich. Sie würde das ganz toll finden, wenn du eine internationale Detektivin wirst. Aber egal, was du machst, Hauptsache, du genießt und lebst dein Leben und versteckst dich nicht vor der Welt. Verstehst du? Das ist es, was sie immer für dich wollte.«

Was sollte sie darauf erwidern? Mit ihrer Mutter zu kommen, war ein Totschlagargument. Sie verließ die Küche ihres Vaters und zog sich nach oben in ihre Wohnung unterm Dach zurück. Sie kroch in ihr Bett, schloss die Augen und glitt, erschöpft von der langen Reise, in einen traumlosen Schlaf.

Als sie am frühen Abend aufwachte und ihre Tasche auspackte, fiel ihr eine Reisezeitschrift in die Hände, die sie erst auf den zweiten Blick wiedererkannte. Sie klappte sie auf und fand darin die Karikatur, die Andrew in Paris in Montmartre hatte anfertigen lassen. Claire hatte sie sorgsam zwischen die Seiten gelegt, damit sie nicht knitterte. Doch dann hatte sie sie wieder in Andrews Rucksack gesteckt. Er musste die Zeichnung heimlich in ihre Tasche gelegt haben. Dann fand sie das kleine Glasfläschchen mit dem Lavendel-Badezusatz. Ihr erstes und einziges Souvenir. Sie nahm es und ging ins Badezimmer.

Sie ließ sich ein Bad ein und versank kurz darauf in dem Schaum, der nach Lavendel duftete. Sie erinnerte sich an die prächtigen, leuchtenden Lavendelfelder, die sie auf der Busfahrt nach Saint-Tropez passiert hatten. Und wieder überkam sie ein Gefühl von Sehnsucht, das beinahe schmerzte. Es fühlte sich an, als würde sie ersticken, als wäre die Luft in ihrer Wohnung zu dünn. Hatte Andrew wirklich all ihre Texte ungefiltert veröffentlicht? Damit hätte er nicht nur ihre, sondern auch seine Geheimnisse preisgegeben, denn sie hatte auch über sein lebensbedrohliches Aneurysma und seine Angst, sich operieren zu lassen, geschrieben.

Sie stieg aus der Wanne, wickelte sich in ein großes Handtuch und legte sich mit ihrem Laptop aufs Bett. Leslies Eltern hatten ihr eine E-Mail geschickt, in der sie sich nochmals dafür bedanken, dass Claire und Andrew ihre Tochter gefunden hatten. Außerdem fragten sie, ob sie wirklich nichts zahlen müssten oder ob die Aussage von Mister Andrew Sparks, ihr Detektiv-Service sei kostenlos, ein Missverständnis sei. Claire war irritiert. Warum hatte er ihnen das gesagt? War er plötzlich zum guten Samariter geworden?

Sie öffnete die Website von Carter & Sparks Investigations und überflog die Texte. Tatsächlich hatte Andrew nichts daran geändert. Die ganze Welt wusste jetzt also nicht nur über Claires intimste Gedanken Bescheid, sondern auch darüber, dass Andrew dem Tode geweiht war. Und viele hatten etwas dazu geschrieben, hatten ermutigende Artikel gepostet, die Andrew davon überzeugen sollten, sich operieren zu lassen. Und genau das war es, was sie ursprünglich vorgehabt hatte, bevor er diesen unverzeihlichen Vertrauensbruch begangen hatte. Jetzt war sie so wütend auf ihn, dass sie ihn nie wiedersehen wollte. Das würde nur im Streit enden, da war sie sich sicher. Und dann plötzlich hörte sie seine Stimme in ihrem Kopf. *Streiten wird überbewertet,* würde er dazu sagen, und das brachte Claire unweigerlich zum Schmunzeln.

Sie las die Anfragen von fremden Menschen, die sich mit ihren Sorgen an Carter & Sparks wandten. In vielen Fällen ging es um Diebstahl und Betrugsmaschen – nicht unüblich im Urlaub.

Doch eine Anfrage stach aus allen anderen hervor:

Liebe Claire Carter, lieber Andrew Sparks,

ich wende mich in größter Not an Sie. Ich weiß einfach nicht mehr weiter, und ich habe das Gefühl, dass die Polizei mir nicht helfen kann. Mein Sohn Michael hat sich vor ein paar Wochen mit seinen besten Freunden auf eine Reise quer durch Europa begeben. Das habe ich ihm zum Schulabschluss geschenkt. Aber jetzt meldet er sich nicht mehr, und ich kann weder ihn noch einen seiner Freunde erreichen. Die Polizei hat schon eine internationale Fahndung eingeleitet, aber die hat bisher zu keinem Ergebnis geführt. Ich bin leider aus gesundheitlichen Gründen ans Bett gefesselt und kann mich nicht selbst auf die Suche nach ihm machen. Und meiner Familie kann ich diesbezüglich nicht trauen. Ich bin von geldgierigen Lügnern umgeben, die vor meiner Tür lauern und meinen Tod kaum erwarten können. Einzig mein Sohn Michael bildet da die Ausnahme – und jetzt ist er verschwunden! Die letzte Spur führt nach Spanien und verläuft sich dort. Er und seine Freunde wollten mit dem Auto per Fähre nach Ibiza übersetzen. Das Seltsame ist: Das Auto ist angekommen, Michael allerdings nicht. Was kann ich tun? Wenn Sie sich des Falles annehmen könnten, wäre ich Ihnen äußerst dankbar. Geld spielt keine Rolle.

Hochachtungsvoll, Ihre Countess Abigail Redvers

Claire las die Anfrage mehrmals durch. Obwohl sie jedes Mal über den Adelstitel stolperte, tat ihr die Frau unheimlich leid. Michael, der demnach der Sohn eines Earls war, war eventuell nie auf Ibiza angekommen. Aber um das herauszufinden, musste man dort hinreisen. Und das würde bedeuten, ein Boot – oder schlimmer noch – ein Flugzeug zu besteigen.

Noch tropfnass und in das Badetuch gehüllt, verließ Claire ihre Wohnung. Sie wollte mit ihrem Vater über die Schnapsidee sprechen, im Ausland Vermisstenfällen nachzugehen.

Als sie die Wohnung im Erdgeschoss betrat, hörte sie ein bekanntes Lachen. So laut und ungehobelt, dass es sich bei dem Besuch nur um einen handeln konnte. Andrew stand mit ihrem Vater im Wohnzimmer und balancierte Sir Howard auf dem Zeigefinger. Es machte den Anschein, als würden die drei sich prächtig amüsieren.

Andrew sah Claire an und lächelte zaghaft. »Ein hübsches kleines Nichts, das Sie da anhaben.«

»Und er zitiert Bond!« William klatschte begeistert in die Hände. »Claire, du hast mir gar nicht erzählt, wie grandios Andrew ist! Und du hast völlig recht gehabt, er erinnert mich wirklich an den jungen Sean Penn.«

Erst jetzt bemerkte sie, dass sie nichts außer dem Frotteehandtuch trug.

»Ich bin hier, um mich zu entschuldigen. Ich bin zu weit gegangen. Es tut mir ehrlich leid«, sagte er und hielt Claires eisigem Blick stand. »Ich habe dich verletzt. Das wollte ich nicht.«

So reumütig hatte sie ihn während der gesamten Reise nicht erlebt. Claire war sprachlos. Der Gefühlscocktail, der sich in ihr zusammenbraute, machte sie schwindelig. Sie war wütend und glücklich, wollte bleiben und gehen, Andrew anschreien und ihn umarmen – und alles zur selben Zeit.

Andrew kraulte Sir Howards Kopf, der Kakadu genoss es sichtlich. »Manchmal gehe ich wohl einfach zu weit, weil … na ja … du weißt ja, warum.«

»Das wissen jetzt alle, mein Junge. Weil du demnächst draufgehst«, sagte ihr Vater taktlos, und Claire hätte ihn dafür küssen können. Andrew verdiente es nicht, mit Samthandschuhen angefasst zu werden.

Andrew sah ihr direkt in die Augen. »Jedenfalls wollte ich mich bei dir entschuldigen. Sag, wenn es irgendwas gibt, wie ich das wiedergutmachen kann.«

»Entschuldigungen werden überbewertet«, sagte Claire und zauberte so das freche Grinsen zurück auf sein Gesicht.

»Was willst du damit sagen?«, fragte er.

Ihr Vater holte pathetisch Luft. »Damit will sie sagen: Du hattest mich schon beim Hallo.« Claire warf ihrem Vater einen mahnenden Blick zu. »Und, was habt ihr jetzt vor, junge Jedi?«, fragte er.

»Ich bin hier, um das rauszufinden, Meister Yoda«, erwiderte Andrew und sah Claire fragend an.

»Ich … also … ich …«, stotterte sie. Sie hatte nicht damit gerechnet, jetzt schon eine Entscheidung fällen zu müssen.

»Du hast ganz rote Ohren«, sagte Andrew.

»Die Lauscher glühen bei ihr immer, wenn …«, setzte ihr Vater an, aber sie fiel ihm schnell ins Wort.

»Wieso hast du Leslies Eltern die Rechnung erlassen?«

Andrew lachte. »Weil ich kein Arschloch bin. Und weil ich das alles nicht fürs Geld gemacht habe, sondern weil ich helfen wollte.«

»Und so großzügig zu sein, kannst du dir leisten?«

»Irgendwie schon, ja.«

»Oder machst du einfach nur Schulden, weil du nichts zu verlieren hast?«

Andrew wich ihrem Blick aus, die Sache schien ihm unangenehm zu sein. »Ich hab dir doch erzählt, dass ich früher IT gemacht habe … Ich hatte eine eigene kleine Firma, um genau zu sein. Wir haben Apps entwickelt.«

»Und?«, fragte Claire.

»Ja, und?«, echote ihr Vater, der die Szene beobachtete, als würde er sich am liebsten mit einer Schale Popcorn in seinen Kinosessel fläzen.

»Sagen wir einfach, ich habe die Firma recht profitabel verkauft. Reicht das für den Anfang?«

»Jetzt sag schon, Junge. Wie viel?«, drängelte ihr Vater, und auch Claire war neugierig geworden. Bis jetzt hatte sie angenommen, dass der Pleitegeier über Andrew schwebte. Aber was, wenn er in Wirklichkeit nicht nur ein Computergenie war, sondern auch ein Millionär?

»Man könnte sagen, die Kohle reicht für den Rest meines Lebens«, sagte Andrew und zwinkerte Claire zu. »Also noch einen Tag, einen Monat, ein Jahr … Wer weiß das schon so genau?«

»Das ist keine Antwort«, brummte Claires Vater. »Aber vermutlich soll das heißen: stinkreich. Richtig?«

»Mister Carter, nehmen Sie das bitte nicht persönlich, aber das geht Sie nichts an.«

Claire musste über den verdutzten Blick ihres Vaters lachen. Dass er mit seiner forschen Art mal Kontra bekam, kam selten vor. Er klopfte Andrew auf die Schulter. »Hat Eier der Bursche. Find ich gut.«

»Du hast recht, das geht uns nichts an«, sagte Claire. »Ich soll dir jedenfalls noch mal ein großes Dankeschön von Leslies Eltern ausrichten.«

»Und, wie geht es ihr?«, fragte Andrew.

»Keine Ahnung. Gut, soweit ich weiß. Ich denke, das mit unserer Freundschaft hat sich erledigt.«

»Schade.«

»Na ja ... auf falsche Freunde kann ich gut verzichten.«

»Soll das eine Anspielung sein?«

»Nein. Ich glaube, ich habe dir ziemlich deutlich zu verstehen gegeben, was ich von deiner Aktion halte. Ich stehe nicht darauf, hintergangen und belogen zu werden.«

Andrew nickte. »Wenn wir eine Firma gründen, dann lege ich alle Karten auf den Tisch. Versprochen. Keine Geheimnisse mehr. Also, wie sieht's aus? Hilfst du mir, anderen zu helfen?«

Claire sah zwischen ihrem Vater, der eifrig nickte, und Andrew, der seinen charmanten Sean-Penn-Blick an den Tag legte, hin und her. Sie holte tief Luft und nahm all ihren Mut zusammen. »Ich hab mir überlegt, ob ... also, ich denke ... Ich hab die Nachricht dieser Mutter gelesen, die unsere Hilfe braucht. Ihr Sohn ist verschwunden.«

»Die Nachricht ist mir auch nicht aus dem Kopf gegangen. Also, auf nach Ibiza?« Andrew sah sie mit erwartungsvoll hochgezogenen Augenbrauen an.

Claire kam nicht dazu, etwas zu entgegnen.

»Ich denke, das ist der Beginn einer wunderbaren Freundschaft«, sagte ihr Vater. »Tee?« Ohne eine Antwort abzuwarten, verabschiedete er sich in die Küche und setzte Wasser auf.

»Schöner Vogel, du, schöner Vogel«, krächzte der Kakadu.

»Ich weiß gar nicht, was du hast. Das ist doch ein sehr charmanter Kerl«, sagte Andrew und setzte Sir Howard zurück in den Käfig.

»Lass dich von ihm nicht täuschen.«

»Mich täuscht man nicht so schnell, Claire Carter.«

Andrew lächelte sein typisch schiefes Lächeln, und ihre Ohren befanden sich kurz vor der Kernschmelze.

»Gut, dass du schwimmen kannst«, erwiderte sie und zwinkerte Andrew zu. »Auf ein Schiff steige ich nämlich niemals.« Und Claires innere Stimme flüsterte: *Sag niemals nie.*

Sie hatte sich entschieden. Die nächste Reise stand an. Und sie hatte Angst davor. Aber vielleicht war es besser, etwas zu tun und es später zu bereuen, als zu bereuen, es nie versucht zu haben.

Ende

Danksagung

Vielen lieben Dank an alle Leseratten, Bücherwürmer, Filmfreaks und Serienjunkies. Danke, dass Sie sich von Geschichten entführen, begeistern und verzaubern lassen.

Und von Herzen ein großes Dankeschön an alle kreativen Köpfe, die dieses Buch möglich gemacht haben.